文学之都·青柠檬丛书

火速逃离平江路

高桑　著

南京出版传媒集团

南京出版社

图书在版编目（CIP）数据

火速逃离平江路 / 高桑著 . —— 南京：南京出版社，
2021.3

（文学之都·青柠檬丛书）

ISBN 978-7-5533-3178-2

Ⅰ . ①火… Ⅱ . ①高… Ⅲ . ①长篇小说—中国—当代

Ⅳ . ① I247.5

中国版本图书馆 CIP 数据核字 (2021) 第 011327 号

丛 书 名	文学之都·青柠檬丛书	
书 名	火速逃离平江路	
作 者	高 桑	
出版发行	南京出版传媒集团	
	南 京 出 版 社	
社址：南京市太平门街53号		邮编：210016
网址：http://www.njcbs.cn		电子信箱：njcbs1988@163.com
联系电话：025-83283893、83283864（营销）		025-83112257（编务）

出 版 人	项晓宁
出 品 人	卢海鸣
责任编辑	王晨冰　孙菡苔
封面设计	朱赢椿　戴亦然
封面插画	风　四
版式设计	石　慧
责任印制	杨福彬

排　　版	南京新华丰制版有限公司
印　　刷	南京爱德印刷有限公司
开　　本	880毫米×1230毫米　1/32
印　　张	10.25
字　　数	204千
版　　次	2021年3月第1版
印　　次	2021年3月第1次印刷
书　　号	ISBN 978-7-5533-3178-2
定　　价	60.00元

用微信或京东
APP扫码购书

用淘宝APP
扫码购书

青春因文学而不朽

丁　帆

看到一句话十分感动："青春不死！"言下之意，就是《青春》杂志不死。而从广义的角度来说，这世间一切生命的理想和欲望都是想永葆青春活力的。然而，青春易老，驻颜难求，唯有文学才能使青春不死。

多年前，当方之在为筹办南京市的一个杂志而殚精竭虑、耗尽最后一息生命之时，中国文坛记住了1979年这个难忘的金秋——在那个充满着文学青春活力的时代，《青春》杂志诞生了。她照亮了许许多多文学青年圆梦的道路，几十年间，一批又一批的作家从这个摇篮中呱呱落地，在蹒跚中走向了诗和远方，她成了中国文坛培养青年作家的地标性刊物。

毋庸讳言，20世纪90年代的商品文化大潮无情地冲击着人们的文学理想，当文学成为消费文化的奴仆时，青春不再了，"青春几何时，黄鸟鸣不歇"（李白），"泥落画梁空，梦想青春语"（吴文英）。这样的悲凉却是几代文学青年心头之痛。然而，在 21 世纪的第二个十年到来之时，带有"青春"标识的文学复活，则搅动了新时代文学青年的青春之梦，她会又一次成为新世纪文学新人的摇篮吗？《青春》作为一份以培养文学新人为办刊宗旨的杂志，尽管有许许多多困扰羁绊当道，但是她主办的"青春文学奖"35 年后的重启，无疑吹响了召唤"青春文学"的号角。在这里，我们看到了文学的希望——《青春》杂志把文学青春的触角伸向了大学校园，新一代有知识有文化有识见的青年作者从这里出发，迎接他们阳光灿烂的文学日子，即使再有暴风骤雨的时刻，他们也必定以青春的名义，向这个世界宣告：我们来了！

第六届"青春文学奖"以青春开路，将获奖作品结集出版，定名为"文学之都·青柠檬丛书"，其中包含了获奖的 5 部长篇小说和 5 部中短篇小说。无疑，冠以"文学之都"，其用意不言而喻：也正是在《青春》创刊 40 年后的 2019 年又一个金秋时节，南京被联合国教科文组织评为"世界文学之都"，《青春》也唤回了自己的第二青春期；"青柠檬"则预示着青春文学在青涩中的又一次崛起，她象征着大批的青年作家将从这里起航，走进成熟前的那份没有被污染的清纯境界，走进那个青春萌动的憨态可掬的创作流程之中。

浏览这些作品，我仿佛看到了一种原生态文学写作者对创作的虔诚与庄重，从中既看到了文学未来的希望，同时也看到了他们在成长中需要磨砺的青涩。

在五部长篇小说中，第一名是空缺的，这充分体现了评委会的严谨态度。以我的陋见，这批作品正是成长中的作品。

宋旭东的长篇小说《交叉感染》以变幻着的第一人称与第二人称叙事视角，灵动地展现了作者对生活的深刻思考。时空的变幻，让小说具有了来之不易的成熟和韵味，也让书写脱尽铅华，不显造作，使作品的生活气息显得自然贴切。显然，它的理性哲思通过形而下的形象描写，让读者从中嗅到了青春的气息。

《自逐白云驿》来自一个日本大学社会学专业学生的手笔，其小说也是在时间和空间、现实与梦幻中展开抒写的翅膀，思考的却是生存哲学问题。作品是一部成长小说。作者春马对人性的思索充满深刻的探究和剖析，沉湎于形而上的描写之中。从某种意义上来说，这类作品如果能够完成小说从形而下到形而上，再到形而下的描写过程，或许会更能够打动读者。

阿野的《黎明街区》描写年轻一代人迷茫的人生境遇，青春的痛感与生活的无着，在作者形而下的生动描写中得以充分体现，所形成的作品张力，让人感到无边的生存困惑无处不在。所有这些生活景观都在作者细致的描写中得以较好地呈现，也体现了作者对青春迷茫期的人生叩问与沉思。

钱墨痕作为一个已经在中国现当代文学专业学习的年轻学子，他的《俄耳普斯的春天》虽然过于讲究从主题出发来建构小说的肌理，但是，也写出了被时光和世人之眼"石化"的人物从幽冥的黑暗中提点到阳光下的复活，从这个意义上说，作者对于这个世界形而上的思考是有一定深度的。

高桑的《火速逃离平江路》通过一个儿童的限知视角和一个全知视角，以交替的眼光来展开对世俗生活的描写，虽然没有君特·格拉斯那种具有荒诞性的结构和观察世界的独到之处，以及深刻的哲思，却也写出了人物命运的艰辛，不乏对生活的深入思考。作品对平凡人物的心理描写和市井生活的摹写，也有其独到之处，显示出作者较强的生活洞察力和深切的人文关怀。

在得奖的五部中短篇小说当中，《狂想一九九三》属于那种以澎湃激情取胜的作品，情感抒发一泻千里；而《花朝鲁》则是一篇舒缓的抒情诗；《镜中人，镜中人》是在写实与想象的时空之间，展开故事的叙述，具有一定的小说张力；《木兰舟》以浪漫主义的笔法抒写了一个异乡人的边地故事，以城市文明为参照，反思了两种文明的双重悖论；《心梗》对日常生活的描写，展示了一种对人性的思考。

在这些小说中，我们看到了作者进入文学创作状态下的那种激情与青涩，同时也看到了那种青春创作期的兴奋与亢进，以及在愉悦之中成长的烦恼。随着坚持不懈的努力，他们会在逐渐成熟的过程中完善自我，获得看取世界的生活经验，极大地丰富创作的能力和把握文学主题的信心。

作为一个历经沧桑的文学批评者，我更希望我们的年轻作家能够在广泛阅读的基础上获得认识世界、理解社会的经验。因为许许多多的创作经验并非在习焉不察的生活中获得的，恰恰相反，许多前人对世界和人性的认识，是确立我们世界观和价值观的坐标，能够成为触发我们创作动力的源泉，也是让创作能力永不枯竭、永葆青春的驱动器。

青春不老，文学长青！

（作者系南京大学文学院教授、南京大学学术委员会委员、中国现代文学研究会会长、中国作家协会理论委员会副主任）

目　录

浴

　　平江路一面临河，一面是一排门面房。六七点钟，正是天刚亮的时候，总有一辆电动三轮车跑进平江路，潇洒停下。老周从车上下来，他老婆去开店面的门。这时，王离也从自己的门面房里钻出来，和老周一起，肩并肩地站在河边，两道黄色的尿液便舒展开来。老周年纪大了，撒完尿免不了一哆嗦，哆嗦完，他就贴着王离大喊一声："早上好啊。"王离的耳膜不免受到极大的震动，他不好意思地笑笑，回答道："好，好啊。"

　　说来也怪异，大新的生意人大约天生都悍勇，总在衣服店旁边开一圈衣服店，面馆旁边开三四家面馆。我一开始很不理解，后来大致明白了一点大新人的风骨，好像非要在一起斗一斗，以证明我生意好绝不是占了天时地利，就是我有本事。这么一斗，先伤的一定是和气。老周和王离就不同，两人都是做铝合金的，也肩并肩开在平江路上，可是不见伤什么和气，倒像是关系很不错，因为在我那时候的认知里，每天能一起撒一场尿的交情，一定是很细水长流的交情。我听见他们喊早上好，知道是上学的时候到了，就睡眼惺忪看看门前的流水，两条黄色的轨迹似乎还没有走远，有的时候我甚至想，这条河早晚要被他们搞黄了。

王离他们家是很遗世独立的，我妈妈说他们从江西来，听不懂我们这里的土话，也就是方言，所以倒显得像个外国人。比如，王离的老婆李秀明就从来不参加钱太太那里的夕阳座谈会——那是平江路上的女人晚上探索真理的地方，李秀明起初看着女人们坐在一起讲着她听不懂的话，也不禁要走过去，这时候，大家都开始操一口不太标准的普通话与她寒暄起来。这么一来，她就更觉得自己是她们外边的人。可是女人还是喜欢热闹的，后来她就只远远地看着夕阳座谈会，看着她们叽里呱啦说着大新镇独有的老沙话，哪怕听不懂，也能很是满意地微笑起来。王离更加是一个不爱说话的男人，他只是每天戴着自己的面罩，开始切割和焊接各种各样的东西，发出"呲呲呲呲"的一百多分贝的声音，让我不胜其烦。我家在老周的店边上，老周又在王离的边上，当他们两个一起"呲呲呲呲"的时候，我就真的无法可忍。那时，假如我还正被我的爸爸按在桌子上练书法，心情本就烦躁，便一定要冲出去，不知是对着老周还是王离，大喊一声"吵死啦！"你会发现这两个人的反应很不同。老周会很豪放地说："要死了，你捂着耳朵不就完了！"说完哈哈大笑，抽一支烟歇一会，王离就不一样，他是真心真意地对着我笑笑，好像很是抱歉的样子，然后躲进里面，一段时间不再发出声响，可这毕竟是他的工作，他还是要每天"呲呲呲呲"，也许他自己也并不好受。

　　可我仔细听了一阵这些"呲呲呲呲"的声音之后，意外地发现，王离那里发出的声音不简单。切割铝合金这样的事情，我是细细观察过的，一个飞速转动的坚硬无比的轮子，慢慢地钻进被切割的物件身上，这时声音非常刺耳，像是把刀扎在了金属里面，伴随而来的，是一串飞溅的火花。不得不说，这火花还是很好看的，此时的声音，也正是纯粹的"呲呲呲呲"。但王离那里，有时候渗透出来一些"滋滋滋滋"的巨大无比的声音。这与切割铝合金完全不同，这把飞快的刀一定不是扎向疏松的金属，倒是一种更加细密、质量更大，可又稍比金属柔软的东西。虽然声音难以忍受，可我还是捂着耳朵过去，双手紧紧按住耳廓，几乎要从太阳穴那里凹进去，挤出脑浆来了。走过去，才发现，王离这家伙，在切割着瓷砖，我想这大概不是他的本职工作。有些部分切割完了，他就用一张磨砂纸疯狂地打磨起来。我先注意到的是这张纸，我问他："叔叔，这纸能给我玩玩嘛？"

　　"不行，不行，这个纸快着呢，在你的手臂上一抹，可以褪层皮。"

　　"我不信，不就是纸吗？"

　　"不信？"他拿起一块铁皮，上面布满了锈斑，他们家门口，总是不缺这样的东西，只见他对准一个锈的斑点擦了两下，看似不动声色，锈斑却没了。

"看见了吧？"

我只能暗自惊讶，但仍不服，骄傲地问他："那你在做什么呀？"

"这是一个秘密。"他先犹疑片刻，突然看看我，笑了一下。这时我才仔细与他相对了一眼，他穿着不知道哪个工厂发的工作服。工作服都是蓝色的，我爸也有一件，长得很像。工作服上面油渍已经不少，斑斑点点，可是他仍旧每天穿。纵使如此，袖管处还是带着袖套，袖套上是深红色的几朵大花，我心想这是女人的图案，很不成体统。他的手仿佛是在木头上刻出来的粗糙的木手，纹理很深，我哆嗦了一下，甚至觉得和他的手摩擦一下的后果都堪比他手里的砂纸。转而我又发现他脸上也有这样的粗糙的皱纹。头发梳得倒还整齐，倘若可以过滤掉这些皱纹，他应该也很平淡清秀，不过，还是称不上我的同学所说的"帅哥"。

这个时候，李秀明正好走过，说："还秘密嘞，我都不知道他在忙什么。"看上去有点怨恨的样子。

"我不是说了吗，做好就知道了。"

对于我来说，越是这样，我就越被吊着胃口，开始蹲下身，细细观察这个秘密之物。就我看来，这无非是一个正方形的框架，这个框架是铝合金做成的。这是一个极其结实的框架，因为要把两根铝合金连接在一起，就得用一个电钻一样的东西对着它焊接一番，焊接的人也都带着一个叫人摸不到其头脑的面罩。从小，我的妈妈就告诉我，经过焊接的场面时，切不可以看那蓝色的精炼的火，会瞎了眼睛。于是，我每每经过，都要使出全身力气扭过头颅，以至于感觉脖子要转成一个死结，呼吸不得为止。直到有一次，我实在呼吸不得了，就松懈了片刻，那蓝色的火花窜进我的眼睛里，我的心灵受到了极大的震动，觉得眼睛只在旦夕之间了。于是我抓住失明前的光阴，疯似的看了几本我最喜欢的漫画。后来，只记得书也看得穷尽了，人也疲惫了，我终究没能瞎过去。于是，焊接的威望荡然无存。焊接冷却之后，会留下一个疙瘩，以确保两者通过这个疙瘩联系在了一起。而眼前的这个框架的四个顶点的疙瘩多得几乎要流下来了，可见四根厚重的铝合金被深深地连在了一起，成为一个大且牢固的东西，充满了无尽的可能。而在这个框架中间，放进了一圈瓷砖，正是王离方才在疯狂打磨的。暂时，这就是一个瓷砖圈而已，我还真看不出什么端倪来，于是我开始对王离穷追不舍。可是王离这个人就是这样，他只顾打磨他的瓷砖，对我的问题的态度和他对所有事情的态度没有什么区别，就是低下头很不好意思地笑笑，但什么话也不说。

那个时候，如果说在学校里短短几年的教育教会了我什么道理的话，那就是没有什么秘密能藏得住。王离的秘密也是如此，但这不怪我，我过两天就把这件事忘了，是他自己造出了很大的声势。一天，他突然在他的家里搭起了一个很高的架子，我放学的时候，平江路上的这些个人物已经悉数围在他的门口了，我爸和老周，已经在一边抽着烟。小马哥的老婆放下手里的货，带着湿湿的手套也来仰望着。钱太太作为夕阳座谈会的中心，自然要负起探索真理的责任来，她上前操着别扭的普通话问道："小王啊，你这个，是在弄什么东西哟？"

"阿姨，这个我现在还不能说。"

"哎哟哟，什么不能说呀，你搞得这么高，不要有危险哦。"

"这个大家放心。但，现在我确实还不能说。"说着，王离又只是笑笑。

"钱阿姨，这个呀，我都不知道！"李秀明上来插了一嘴。

"我知道，这是一个秘密！"我按捺不住，上去和钱太太说。

"你们年轻人花样真是多嘞，还秘密，弄得这么大声势还叫秘密？"钱太太见自己亲自出马，如此问询还是无果，心里暗暗不快。我一看，王离这一回的确不得了，那个高架子足有两米高，正是用上次结实的四方框架又接上四条两米长的金属腿做成的。为了稳固这四条腿，王离又分别找了几个桩子，用线与之相连，这样一来他就可以安心地站在梯子上，对这高架子进行作业。而那个四方框架，又衍生出许多横杠来，这些横杆的终点，在正方架子的中间连成一个很大的圆形。我一看，斜靠在墙边的就是那一圈圆形的瓷砖，显然是要和这个圆形对应起来的，但具体如何实现，我还没有头绪，我知道问王离那家伙也是徒然，便也不开口了。

是日夜晚，钱太太便紧急召开了夕阳座谈会的全体大会，也就是说，除了她本人，我妈妈，蒋婷婷的妈妈这几个骨干之外，还呼唤来了三五牌友。会议的精神就是，自这家江西人搬至平江路以来，平日的相处倒也看不出什么异端，但是外面的人的想法做法总是要冷不丁和我们这里人不同的。现如今他们摆出巨大的道台，不知是要做什么东西，把大家蒙在鼓里事小，破了平江路的风水事大。蒋婷婷的妈妈听了钱太太如此一说，面容顿时失色，五官猝然皱缩起来，仿佛生死攸关。但也不知道后来又如何一番选举，去探"秘密"一物的任务竟还是落在我妈妈的身上。也许这是因为我家总和王离他们有一些来往。

我还记得，他们刚来的时候，我妈妈也似乎是很不放心，有点儿忧心忡忡，说："不知道这次来的是什么邻居呢。"

等他们一切安排妥当了，妈妈就带着对平江路命运的责任感去一探究竟。我远远地看见她和李秀明在讲话，王离只是在一边不好意思地笑。

"你们是从哪里过来的呀？"

"江西来的。"

"哦，那远嘞。这是你老公吧，哎呀，里面还有两个人，这个大的？这个小的一定是你儿子。"

"两个都是儿子，哈哈。"

"真是好福气，大的多大了，在哪里念书？"

"不念书了，不念了。"李秀明脸色有点红，仿佛被人批评了错事，声音也轻了。

"怎么不念了，我看着还不太大。"

"不想读，成绩也不好，跟着他爸爸做工吧，也好赚点钱，小的在念书，在镇上的小学里。"说着她看看王离，王离尴尬地笑笑，再看看小儿子。

"哎呀多大啦，我的儿子也在小学，三年级。"妈妈看向我，大声说："童童，叫阿姨，大声点。"

我是很不想被卷进来的，可还是使出浑身气力叫了一声阿姨。

"我们家的二年级。"李秀明也让他小儿子出来："小李，出来叫阿姨。"

"叫小李啊，真是体面。"我也看到了王小李，比我矮了一些，有一双明汪汪的大眼睛。我想，也许我在学校曾见过他，也许不曾。

回来之后，妈妈立马很是一本正经地看着我说："你看看人家的孩子，不大，倒会给爸妈干活了，你呢。"这时候爸爸在一边笑，我继续看我的迷宫书。过了一会，妈妈竟少见地推翻了自己的言论："你看看他们，小小年纪就要出来干活，多可怜。四个人住在一个门面房里，哪有你舒服。"她说这话的时候，我倒是看着她，可是妈妈不再看着我，不知道她究竟是对谁说的了。那天晚上，妈妈就去和夕阳座谈会的委员们报告，说新来的人看着倒是很老实的，也干净、礼貌。似乎经过这样一番鉴定，才像摁上钢印的猪肉一样为人所接纳。

　　此后，妈妈对他们家就总是念念不忘，时不时提上一句，也常常不顾我爸爸的反对，给他们，尤其是王离的两个儿子，送去一些吃的。这一次我家的亲戚送来了不少玉米。妈妈总是说不敢吃菜场卖的，都是药水，倘若洗不干净，吃了就要像害虫一样死去。只有亲戚送的东西她才敢下嘴。只是我不爱吃，大约我的消化系统不很孔武有力，吃了玉米的第二天总是要在马桶里见到它们。所以我家的玉米总是吃不完，妈妈就说："给隔壁江西人送点去吧。"

　　"不留着明天吃吗？"爸爸问，好像有点不满意的样子。

　　"哎呀，又不是不够你吃的，送他们一点又怎么。"

　　妈妈动手在食品袋子里整齐地装了一些，挥挥手把我叫过来。"童童，你过去给那个阿姨家送好不好，你记住，你要说：'妈妈说家里有了点新鲜玉米，让你们也尝尝。'不能说是我们吃不下的，知道吗？"

　　要是放在从前，我会很不情愿，不过这一次，我点点头就跑出去。因为我知道王离那家伙的"秘密"又有了重大的进展，我可以趁此机会端详一番。我刚一起步，妈妈立马又把我叫住："记住，过去要叫阿姨，不然被人说没有教养。"我点点头只是往外跑。

　　那个时候，天色正要暗下去，而王离家的卷帘门还很低，这让我有些怀疑他们家里有没有人在。我微微一弯腰，发现里面有些奇怪的光亮，而王离正好从梯子上下来，走到饭桌上去。我就小心地拉开一点卷帘门，弓着背进去，这时，李秀明也就发觉了动静。

"哎哟，这是童童！"李秀明喊我。

"有点玉米，妈妈说，给你。"说这句话的时候，我显然已经被"秘密"吸住了眼球，说得心不在焉了。我拎着那一袋玉米，站在他们家靠近门口的半段，门面房本就空间有限，这半截地方，充斥着切割机、铝合金以及满地的碎屑。因为门拉得低的缘故，本就暗淡，只有"秘密"上闪烁着五颜六色、梦幻但又不强烈的光。"秘密"正安静地靠在墙边，身上缠满了电线，以至于这些电线也枝枝蔓蔓地延伸下来，像学校里的爬墙虎一样爬满了地面。我需要小心地挪步才能找到落脚的地方，我怕稍有不慎，就踩到线上，触成一道闪电。而"秘密"本身，的确在日新月异地变化着，之前所说的那些横杠的终点，已然被一圈银色的圆形钢导轨连接了起来，这导轨中，装满了一粒一粒的小圆珠子。而导轨和这些横杠中间，则是通过许多我看不明白的东西连接了起来，似乎是一张由精密的弹簧、圆珠构成的网络，我看见那些弹簧似乎自己就拥有无尽的力量，有一些压缩起来，有一些伸展出去，那些原本压缩的逐渐开始伸展，那些原本伸展的也缓缓地被压缩，就如此一般循环往复地运动。这样运动的后果就是那一圈钢导轨竟慢慢地转动起来，顺着里面小钢珠的滚动。我疑心这些钢珠和导轨之间的润滑一定做得相当之好，因为在这转动的时刻里，几乎听不到一点声音。而那些枝枝蔓蔓的电线的终点，不用说，自然就在这导轨和方形架子上，在电线的尾部接上了一串很小很小的灯泡，他们是各种各样的颜色，但也数得过来，无非是绿色、紫色、红色、和蓝色。随着导轨慢慢地运动，加上这些灯泡本身每隔四五秒钟闪动一下，整个屋子里就好似充满了万般温柔的色彩。

我看得入了神，整个人也变得安静起来，没有听到李秀明在里面说"哎呀，怎么那么客气。告诉你妈妈，以后不用的。"这时，我才注意到，李秀明也安静了许多，和我一起注视着这一"秘密"，说话也是轻柔的。

我自顾自端详一会后，才跳着步子，绕过电线，走进他们的里屋，把玉米给李秀明。

"没事，反正我们也吃不掉。"说完我转身要走，可是忍不住多看了里面一眼。我觉得那里是很灰暗的地方，桌子上摆着两个菜，一盘青菜，和一碗酱肉。我们这里的人喜欢用自己做的辣酱炒肉丁吃，优点是可以放上几天也不会坏，里面大多搭配上花生。在我们家，酱肉是搭搭早饭的，正餐却不上桌。眼前的这一碗里面，花生很多，肉不多，不知是吃完了还是本来就少。就这样几个盘子，紧凑地放在桌子上面，"秘密"身上的灯光摇晃起来，让我简直分不清是他们的饭桌在转动还是灯光在转动。屋子的一边是水池和放碗筷的地方，小得转不过一个身子来，到处油腻腻、黑苍苍。开了一盏白炽灯，而"秘密"的灯光斜映过来，油腻之处更显光泽，整个屋子像是一个舞厅。不过看上去倒还是整齐的，至于那些油腻，是因为房东"姜子牙"的房子有了年头，不可避免的破旧。另一边，横着两张床，一大一小，大的还有床的样子，小的不仔细看，你会看成是在桌子上铺了被子而已。我脑子里似乎就形成了这样的画面，李秀明和王离一定是在大床上，小桃小李在小床上。后来我才知道，我猜反了，是王小桃和王小李睡大床。王离家的屋里似乎就这点东西，一眼就穷尽了。

那一天，我产生了这样一种欲望，我想和王小李成为朋友，这样说不定我可以和他们一起吃饭，在那样有意思的灯光下面。走到门口，我还是忍不住在"秘密"的下面驻足了一会儿，这一次，我对王离充满了敬畏。等我出门后，妈妈先是批评我不曾按照她的话讲，之后又向我打探"秘密"一事。我知道这是钱太太组织上分配给她的任务，但是我也觉得我有了无穷的义务，来帮助王离那家伙完成"秘密"这一事业，便含含糊糊不与妈妈细讲，找个机会上楼去了。

平常的日子里，平江路的人总是注意不到王离这家子人，他们就这样，一声不响地埋头干活。再一个，我也说过，他们听不懂我们的语言，在人群里是很无趣的。平江路很短，很小，似乎到处都是老沙话打招呼的声音，"吃了吗？""吃了。"在这些音调里，你是找不到王离的声音的。可是他也不是从不表态，他看见人就笑笑，给人很是谦虚的感觉，甚至你会觉得，他对着你笑的时候会不自觉地退一步。他有时候也会进一步，那就是和老周打招呼的时候。老周递出一支烟，他就进一步接下来，为老周和他自己点上烟。老周手叉腰，写意地开始抽烟，王离就再退一步，坐在凳子上，佝偻着背抽烟，像一张图画。

即便如此，因为"秘密"，王离竟也就成了平江路上的焦点。用钱太太的话说，王离动这样一个大工程，却一直缄口不语，可以称得上是桀骜不驯。但我还是不明白，王离这个人和桀骜不驯有什么关系。

一时之间，平江路上掀起了关于"秘密"是什么的大讨论。钱太太和蒋秋英坚持说可能是什么做道场的东西，搭得老高，大概是要请道士上去作法，这样是很不好的。老周最是忧心忡忡，他每天都要到"秘密"下面去抽烟。那个时候，王离正在把那一圈圆形的瓷砖嵌套在圆形的钢圈里面，老周和他的老婆说，这会不会是铝合金行业的什么最新革命，倘若没有跟上，将来的生意可是要吃亏的，接下来还大讲工业革命是如何改变世界的格局。小马哥倒觉得没有什么，他说也许王离就是接了一个游乐园的活儿，在给别人做什么游乐设施呢。

终究有一天，"秘密"还是要出现在姜子牙的眼里，大家总还是要听听大房东的见解，而我们都知道，姜子牙总是不同寻常。那个时候，王离已经把那一圈圆形的瓷砖弄上钢圈，进行下一项作业，疯狂地打磨出一块巨大的铁锅一样的大瓷砖，用不知道是什么的神奇技术，竟把这一块巨大的瓷砖和上面的一圈瓷砖粘连了起来。至此，这巨大的框架中间，便形成了穹顶般的弧形。这一过程，正被姜子牙看见。他沉吟良顷，浑身颤抖了起来，跑到我的妈妈和孙友亮那里说："不得了，不得了，这可能是飞碟的发射器啊！"

"你这老猢狲，又在说些什么东西？"孙友亮满不在意地大笑起来，我听了都想笑。

"飞碟你不知道？就是UFO，神舟五号，都是要飞出去的东西。"姜子牙说得多少有些满脸涨红，青筋一条条立起来。

"哎呀，我们不和你瞎说。"孙友亮便把姜子牙打发走了。

于是他只好去找钱太太，钱太太就细致得多，先是听姜子牙说了飞碟的来龙去脉、前世今生，又再说自己确实不是这方面的专家，希望姜子牙去报社里问问清楚。

正当《张家港日报》准备空出一整个篇幅来做一次关于"秘密"是什么的大讨论的时候，"秘密"却不复存在了。

蒋秋英家里（我更愿意说是蒋婷婷家里，蒋婷婷是蒋秋英的女儿）想重新做一面铝合金的纱窗，一开始请老周做。老周是个肚子很大的人，所以喜欢叉腰，再者年纪也大了，他把房子里的部分做得服服帖帖，很是体面，可是还有一部分活儿要在房子外面做。蒋婷婷家住在三楼，说高不高，说矮不矮，和我家一样高而已。但是要做好，总要有人几乎是悬在外面的空中，脚踩着薄薄的阳台檐子。老周顿时脸就白了，他肚子一顶，大约就可以轻而易举地从檐子上掉下去。你要知道，蒋秋英是个少有的强硬派，可是为了做个称心如意的窗户，她专门下楼来，恭敬地对王离说："王师傅，这个活儿能做吧？"

王离站起来，这时候倒有点风度，就说了两个字："看看。"

我这时跟在蒋秋英屁股后面，王离对我笑笑。王小桃跟他爸爸上楼去，我很想看看蜘蛛侠似的场景，所以也四处张望，用王离的话说，"看看。"

王离在上面敲了敲玻璃，量了量檐子的宽度，就又说了两个字："试试"，既而转向王小桃："小桃，我上去的时候你扶着我些。"

"爸，要不我去吧。"

"不，不用。"

他慢慢地探出身子，真就像是攀在平平的房面上，稍不留心就可能掉下来。这个时候我心里有点儿紧张，像是数学考试最后的十分钟，对于看蜘蛛侠早就没有期待了，可是我的眼睛又离不开，就在下面仰着头。我看见王离粗糙的手抓着窗户的上沿，手臂像膨胀起来的钢铁，可以看见突起来的血脉。我才知道，王离也不是超人，他的腿颤抖着，檐子只够他大半个脚，另一只手在做工，一滴一滴汗从三楼飘下来，斜着落到地面，化作一个个浅浅的印子，一会就被太阳吃了。就这样，王离坚持了半个小时。楼上，蒋秋英、蒋婷婷、老周、王小桃围着他，一个个都很吃惊，老周下意识伸出手，好像随时准备抓住他。最揪心的脸还是蒋婷婷的，她站在边上，看着王离，脸上有点扭曲了。

这个时候，王离一只脚站在檐子上，另一只脚在里面的窗檐上，可是外面的那一只终究没有稳稳地撑住，在颤动的一个瞬间，滑出了窗檐，只听得他的手下意识地猛抓窗户，打出巨大的声响，小桃和老周飞快地去抓他的身体。而我也第一次知道，我们这样的旁观的人，在惊吓中居然是叫不出声音的。这个时候，唯一的声音来自那个被我忽略了的人。因为一直抬头，我没有注意到李秀明正半躲在自己的门口看着王离，见此场景，她尖叫了出来，细而充满了爆裂感，划破了整条平江路。她的身体猛地向后一坐，缠在她脚上的电线撬动了起来，拉扯着高架旁边其中一根木桩，木桩又和架子相互扶持，但还是被猛烈地扯倒。高架也只能整个斜倒下来，重重地摔在平江路上。

就这样，王离被拉回了楼下，"秘密"倒了下来，架子的四条腿和上面的方形框架脱离开来，横杠都摔断了，钢圈中间的钢球跑到了很远的地方，瓷砖满地都是，只有方形框架还是方形框架，正如我一早就看出来的，这个框架焊接得相当牢固。

总之，"秘密"不复存在了，事情就是这样。

王离下来的时候，李秀明还是白着脸，她冷漠得好像不知道"秘密"碎了一样，对着王离心灰意冷地说："你倒是好能耐！"

王离看看李秀明，看看满地的"秘密"残骸，身体似乎还在发抖。

王离在那之后，还在打磨一些瓷砖，可是没有了之前的劲头，他没有再搭出高架来，没有钢圈和钢珠，也没有那些绚丽的小灯在他的家里发闪，他只是在闲暇的时候打磨瓷砖而已。

姜子牙说，一鼓作气，再而竭，王离恐怕飞不出太阳系了。但是有没有人飞出太阳系对于平江路上的人来说并不是一件太重要的事情，只要没有什么邪门的东西破坏钱太太的风水就好了，于是，也就没有人再提"秘密"了。

但自那事之后，大家似乎都更加真切地接受了王离他们家的存在。王离从窗沿上下来的时候，老周就颤颤巍巍地给他发了一支烟，钱太太一看见王离，就夸王师傅本事实在是大，蒋秋英看见王离则更是尊敬，我知道她是为了那件事过意不去。可是王离并没有什么变化，他们一家仍旧是沉默着做工。

要我看，也只有夏天的时候王离的话才多一些。南方的夏天一到，即便是他这样沉默的人，也开始和人搭话，说来说去，就是一句话："这天太热了。"平江路的人，白天喜欢在门面房待着，吸收一点阳光和地气，到了晚上，无论如何是要回楼上的，特别是夏天。白天不消说，四十度的大热天蒸得地上似乎都在冒烟，姜子牙总是叫我打个蛋在地上，说，会熟的，我知道他在糊弄我，即便真的熟了，在地上的蛋，谁又去吃？夜晚黑色笼罩过来，却不能天真地以为天要变凉一些，还是那么热，一种轰响的热，叫人睡不着觉。

这个时候，妈妈和蒋秋英在外面聊天，两个女人说话说到兴起声音大多是控制不住的，一旦变小，大约就是在议论别人了，而且所议论的人大抵还在周围，让她们心里很不安。这时候，蒋秋英压着嗓子说："他们家，没有空调，这个天还真不知道怎么过。"

"是的呀，天这么热，挤在这个小地方里面。"

"真是作孽啊。"

"他们晚上，就拿着桶接点热水，拿毛巾沾水，打在身上，也洗不到澡。"妈妈这么一说，我抬了头，之前我是八九点就睡了，还真没见过这样的场面。不知道为什么，我心里一动。

等蒋秋英走了，妈妈竟又来对我说："童童啊，你看看他们多可怜。"这个时候，王小桃带着王小李走过来，妈妈就不说话了。

"阿姨。"王小桃先喊了一声。

"阿姨。"王小李声音很弱。

"哎哟，小桃啊，吃完饭去哪啊？"

"我和妈妈去超市。"

"买点吃的啊？哈哈，妈妈呢？"

"我在后面，没有他们走得快咯。"李秀明笑笑，看上去有点疲惫。

"去超市啊，小桃说。"

"他们说那个新开的超市，鸡蛋便宜嘞，我去买点回来，也能吹吹空调。"

"嗯，鸡蛋蛮好的。"

"走了啊。"

"哎呀，童童，你怎么不叫阿姨呢。"

"不用的，不用的。"

我不知怎么又被妈妈提到了，只能补上一句。

晚上，妈妈还在外面乘凉，我们双腿都在甩动着，停一会就有无数的蚊子要涌来，万万不敢怠慢。这个时候，王小桃还在外面，卷着裤腿。在黑暗里面，我能依稀地看见他腿上一块一块红色的，包括暗红色的斑点，恐怕都是蚊子席卷过的地方。只见他拎着两只热水壶，到街头接开水的地方去了。妈妈说："小桃，去打开水啊？"

"嗯，阿姨。"

"我们上楼啦，小桃，你们也早点休息哦。"

"我们洗完澡就睡，也睡不着啊。"

"怎么啦？"

"天太热了，我们在床上睡不着。有的时候爸爸下床再洗洗澡，哎。"

妈妈没有再说什么，小桃也走了。我们在上楼的阶梯上，妈妈又对我说："这日子真是不得过活。童童。你看看人家，多难过，要是有个浴缸洗洗澡，倒也要好得多嘞。"

每个夏天的晚上，王离的一家都是这样度过的，准备着一桶桶的热水。王离拎一桶出来，正当当地对着门口。先是王小李，他人小，王离把他脱个精光，他的小手就在身体上游走起来，王离自己呢，留一条四方短裤，穿得很久了，内裤也拉拉扯扯不成样子。他们两人就这样站在水桶的前面，王离开始给王小李洗澡。他用毛巾沾点水，毛巾立马饱满了起来，王离迅速地把毛巾举到小李的头上，生怕浪费一点热水。

"烫不烫？冷不冷？要说啊。"

"正好。"

"那来咯！"

爸爸迅速挤了挤毛巾，一道水流就像闪电劈到儿子的身上，水流过头发，沾上一点头上的油腻，可还是干净的水，淌到眼睛里，王小李立马乐开了，半睁半开的眼睛一眨一眨的，嘴里也发出可爱的笑声，在四围慢慢回荡。王离也笑了，水继续淌——下巴，肚脐眼，裆部，腿部——到脚的时候，慢慢地流成了一道污浊。越来越多的水流到王小李的身上，小李一直在笑，身子扭来扭去，王离索性和儿子玩了起来，用粗糙的手开始挠小李的痒痒。空气里尽是快活的味道，王离的笑声安静又轻盈，和小李的缠绕在一起，在空中飞来飞去。世上好似就他们两个人了，在玩属于他们的游戏。平江路另一边是小马哥的水产店，他一般都是最晚收工的人，晚上，他总是在收拾自己水淋淋的地面，这时，他会看到王离和王小李，他朝他们笑一笑，继续干自己的活。慢慢地，小李的笑声收了回来，而那些之前的声音还在夜空中飘荡。王离开始为他擦身子。

"爸爸，我热。"

"别想了，一会就好了，睡着就好了。"

"爸爸，为什么不用冷水洗呢，凉快。"

"用热水洗，洗完更凉快些呢，冷水只是洗的时候凉快，之后就热了。"

"哦。"

"嗯。"

"爸爸，我累了，我想睡觉，可是我还是热。"

"我们把电风扇开到最大，对着你，你就睡着了。"

李秀明看着王小李躺在席子上，刚到屋子里，脸上就泌出汗，她把电风扇对着他，不敢开大风，怕呛着气难受。王小李是最幸福的人，一会就哼哼着睡着了。

这个时候，王离开始洗澡，就冷清多了，他一个人，一个桶，也没有人陪他。王小桃在一边坐着，不知道在想什么东西，眼睛里是一种厌倦和疲惫的神态。王离甚至飘出两嗓子歌曲来自娱自乐，那边的小马哥像是不存在。他洗澡也干脆利落得多，一把一把的毛巾塞进水里，一次一次拿出来，一遍一遍膨胀与缩小，那些水都游走在他刚劲有力的身体上了。有时候，他也卑微地伏下身子，在水桶里面洗头。那些原本整齐的头发，一下子朝着地心引力的方向张扬开来，甩起来，立马又变得乱七八糟。这个时候，他好像觉得很舒服，故意用手抓抓头发，把它们变得更乱，然后在夜空中用力地甩头，一片片水珠像伞一样四处飞溅，真是畅快极了。然后他又抓起一把水，塞进自己的四方内裤里面，浑身险些是一哆嗦，他不由沉默地一笑，这时，要是有一辆自行车，或者电瓶车经过，他甚至要笑出声音来，让那些过路人听一听。然后他的手又握着下体，甩动，让内裤上的水也走去些，对小桃说："这样多方便，裤子也省得洗。"

这个时候王小桃也就是看他爸爸一眼，并不回答。王离又问："不现在洗了，早点睡觉？"小桃冷冷说一句："不。"王小桃在等待，等待小马哥收拾完所有的残局，等待平江路上最后一盏灯熄灭，路上也已经百无聊赖，只剩下路灯白蒙蒙一片的时候，他才拎着水桶出门去。他带着青年人特有的自尊和羞涩，躲进黑夜里，开始一场安静的洗澡。这个时候，王离和李秀明只是在屋里注视他，看那一桶水晃着出去。他也如他父亲，站在那个位置，开始用毛巾吸水，开始在身上抹水，奋力地擦拭，地上会漂泊起一些灰色的污垢。他总是这样，奋力擦拭，有时候，背上红通通的，才收手。等他走后，平江路才彻底寂静，任由地上那一摊水四面八方蔓延出枝枝蔓蔓，向远处伸去。

王小桃上床的时候，小李约莫是睡熟了，这个时候，王离也上了小床，李秀明还没有上来，他可以暂时地摆成一个"大"字，释放一下身上的热气。李秀明不天天洗澡，她很不方便，只有多等待一会，等小桃也睡着了，她才轻手轻脚地开始倒水，这个时候，她站在屋里洗碗的角落里，那里的地面上有一个引水到地下的口子，不至于流得家里到处都是。她轻轻地解开裤子，再向上撩开短袖，一个浑然的身体就显现出来，在昏黄的灯光里。这个时候，王离就坐起来，坐在小床上，和妻子相视一笑。她洗澡也是如此，毛巾就是唯一的工具，可是她手脚是放不开的，只能挤少量的水，让它们正好能顺利地流进下水道中。王离贪婪又带着一点习惯性的羞涩，看着水流抚摸自己妻子的全身，这时候，李秀明的手开始刻意地搓洗自己有力的身体，乳房、臀部和黑乎乎的看不真切的下腹。大多数时候，其实王小桃还没有完全睡着，不断摇着头的风扇只能间歇地给他带来一点点微风，丝毫不能驱赶这无孔不入的炎热。他眯开眼睛的时候，近处是睡着的王小李，头上似乎还有点儿汗珠，由于眼睛在小李身上的聚焦，远处的东西是迷蒙一片的。他一下子怔住了，似乎心里有什么东西游移不定，他更加用力地看着身边的王小李，直到王小李越来越清晰，远处的人越来越模糊，变成迷蒙的白色。一种羞耻感揪住他的喉咙，他的喉咙里有一阵逼仄的干渴的感觉。伴之而生的是一种高傲的愤怒与无奈，当他游荡在无数街角，他幻想过无数的女人，近乎疯狂地渴望得知那些女人肉体的样子，像一个孩子渴望得知一个字的发音。这一阵迷蒙的白色，是所有那些女人的肉体的总和。他越发努力地让自己眼睛的焦距停留在王小李的额头上，让那模糊的迷蒙不至于流于具体而统统丢失。可是这样，眼睛就看得太累了，宇宙的讯息都好像爬上王小李的额头，再蜂拥地跳进小桃的思维里。他猛地闭上眼睛，让这一切随着无名的欲望深陷下去。

　　这个时候，李秀明桶里的水也轻盈起来，一家人的一天也就结束了，李秀明用脚轻轻挪动一下那个木桶，望着地上枝枝蔓蔓的水印。她也没有力气和耐心再去收拾这满地的残局。

　　王离和李秀明挤在那张小床上，更加小心翼翼地互相触碰，两道粗野的又刻意压住的喘息在屋子里蹑手蹑脚地传开。即便有外面无休止的蝉鸣，王小桃还是隐约可以听见的，可是他太累了，一切声音都不约而同灌注到他的耳朵里，蝉的叫声，外面空调外机滴水的声音，电风扇的响声，父母的呼吸。他的耳朵也累了，汗液还在无意识地流动，他这才开始了睡眠。

　　在南方的热天里，人的身体总是黏糊糊的，李秀明和王离就像两摊胶水，开始互相附着起来。皮肤也正像是胶带一样，碰到什么都是实打实的，都是叫人难受的，当欲望平静下来的时候，连身体贴在席子上都叫人无法忍受。如果说欲望的躁动可以平息，那欲望之后因为热的躁动就不可平息了。王离希望自己赤身裸体地悬浮在空气里，周边都是冰块，都蒸腾着冷气，这才快活。他平日里的沉默似乎积压在心里，在深夜一点点抽离出来，他开始睡不着，努力想尽各种各样的办法。入伏之后，热天是疯魔一般地肆虐着，王离白天就把窗帘拉得很是严实，不让太阳入侵一寸地盘，又搬了一个落地扇回来，两张床一张一个。那天蒋秋英的老公孙友亮正看他卷着袖子，搬着落地扇，说："哟，买电风扇了？"

　　"啊，是，太热了，这样好了，我们两个电风扇，多少好一点。"

　　"诶对。"

　　"就是电费要多些。"王离盘算道。

　　"电费有限的，热着倒是难受。"

　　"是啊，是这么一回事。"王离更加自信起来。

这样，两个风扇呼呼地工作起来，像是两个将军，可是还不解气，王离晚上在屋子里洒水，几乎遍布了所有地方。可是一次又一次的努力就像是吃抗生素，让他免疫力下降了，让他觉得热量一步步地向他逼近，最后，他索性把席子铺在地上——那风扇对着地面吹。李秀明不得不陪着他，睡在地上，周围又都是水，难以跨出一步。几天里面，王小桃和王小李就看着他们的父亲，做着这个，做着那个，一言不发。可是这么一来，不得不说，的确好了不少。

王离脸上也就没有那么忧愁了，他继续笑眯眯的，到晚上，仪式般完成他们特殊的洗澡。那天房东姜子牙不知道晚上去哪里溜达了回来，上楼总是不可避免，要经过王离门面房后面的窗户，他飘飘然的，甚至有点像喝了酒似的，左顾右盼，哼着小曲，猛地从纱窗里看到了李秀明的裸体。他呆住了，竟靠近多看了几眼，微秃的头顶上毛发在风里扬了起来。李秀明的身体在纱窗一个个的小格子里分崩离析，成了纯粹的肉色，是不是李秀明也无关紧要了。这个时候，李秀明正不紧不慢洗着澡，回过头来，就撞上了姜子牙贪婪的眼睛，她下意识把手划到自己的乳房前面，几乎要叫出声来，可是不知道怎么回事，什么东西卡住了她的喉咙。姜子牙立马装作碰巧看见，回头就加快了脚步上楼，王离正躺在那里，李秀明便也装作什么都没有看见。

姜子牙没有意识到，自己在那一瞬间，腰子猛然收紧了一些，就恬不知耻地有了反应。快六十了，这样的坚硬已经几年不曾光顾他，而突如其来的李秀明陌生的裸体让他轻松地释放了出来，回到家里，宽衣解带，久久不能平息。他的老婆看见了，以为是自己引出了姜子牙的大兴奋，就白了一眼，假装愤愤不平地说："老不正经。"

不知为什么，李秀明也感受到了奇异。她躺在王离身边的时候，生出一种犯罪般的快感，在她身上挥之不去，尽管她觉得自己又在故意营造一种氛围，让自己痛恨起姜子牙的无赖之处。之后的每日，看见王小李、王离、王小桃一个一个排着队开始洗澡，她的身体就开始躁动着、盘算着、等待着。黑夜像一道屏障遮下来，她看着儿子和丈夫身上一道道炎热的水流，看得星光、月光都悄无声息地黯淡下来。她就打开些窗帘，王离说："怎么开窗户了？"

"我洗澡的时候，太闷了些，又不像你们大老爷们，待在外面。"

"被人看到怎么办？"王离浅笑。

"哪里有人哟？你看看。"她也很不安地笑了。

她开始沐浴，时不时，隐蔽地看着窗外，她想，姜子牙再来，我就看着他，却又当作没看见。她也看看王离，心里很是紧张，害怕自己的想法被丈夫看穿了去，于是刻意地转动身体，多一些正对着窗户的机会。外面多躁动，蝉也躁动，空调外机的声音也躁动。她在等待，姜子牙的目光也好，谁的目光也好，来与她的身体相撞。

奔跑的甲鱼

我放学时，简直想绕一个大弯走回家里，不然的话，总是要走过整条平江路，而路上的那些人又都很熟悉，就算是平江路东头的阿拐和西头的蒋婷婷也可以互称邻居。这就是大房子的不好了，每个人都只有一个格子属于自己，然后一个挨着一个。

既然熟悉，就要和这样那样的人打招呼，这是我所深恶痛绝的事情，如果妈妈在身边那就更加痛苦，她会一刻不停地提醒我："童童，叫阿姨"，再不就是"童童，叫叔叔"，然后再是"童童，叫奶奶"，让人听了头大。

如果说这些人里，硬要我挑一个与之打招呼不算太痛苦的，就是小马哥了。老周打招呼太大声，四五个街区都听得见；王离笑得叫人很有些不舒服；蒋秋英话又多了些；肖丽丽尖声尖气；只有小马哥笑得非常灿烂，会缓缓地说一句："童童。"这样就很好。

小马哥一心要做生意！

他的爸爸老马是做工的，瘦得像一匹真正的马，小马哥的妈妈也是做工的，也瘦，也像一匹真正的马。老夫妻两人一起在大新的五金厂里面磨剪刀，还是不太一般的剪刀，是专门剪鼻毛的那一种，老马总说这样的剪刀很有商机，还发给平江路上的邻居一人一把，我们平时哪里会用这样的东西呢，在我家那一把早就不知道沉进哪个柜子里了。可老马既然自己做这个，就不自觉地产生了过度剪鼻毛的倾向，导致他的鼻孔内表面太过于光滑，风一大，鼻子就冷，通红且剔透，总打喷嚏。这样也少了一条病菌的防线，动不动就感冒。可是他一没有事，仍旧把剪刀塞在鼻子只是剪。

可是小马哥不愿意去厂里做工，大概缘于他妈妈。他妈妈一次加夜班回来的路上骑车摔了，跌掉几颗门牙，换牙齿是很昂贵的，一颗就几万，他们舍不得，便装了金牙。大太阳天里，我往往不敢背着光和她打招呼，怕她一张嘴，晃得我流出眼泪。可恨的是当时厂里一分钱补贴也不给，说是回家的时候摔的，死活也与厂里无关，还找了专门的文书人员写了一篇正式的解释公告，其实就一句话："如果回家的路上被仇人打了，是不是厂里还要派人吃官司啊？署名：XXX五金厂。"小马哥说，一个公文居然用反问句，是无法可忍的，当即宣布，他再也不想进厂里做工了。

于是，平江路上多了一家"小马哥水产店"，这也正是小马哥三个字的出处。开业是在两年前，我对此很有记忆，那时候，小马哥还很瘦。店名叫水产店，其实卖的东西很多，租了姜子牙两个大门面，右边卖菜，鸡鸭鱼肉样样都有，蔬菜也是一把一把的鲜嫩；左边的一大半就是正儿八经的水产了。小马哥开业那天找我去，因为我会写毛笔字，他叫我写一块招牌。那时候，其实我才练了一年多，写得歪歪扭扭，可是他说不要紧。

到了水产店门口，看见已经到处泼着水、鱼鳞这样的东西，因为全是些黑苍苍的水，显得很暗，开着纯白色的灯，有点儿冷清。最主要的是那股子鱼的腥味，到处都是，无处可躲，我想着，一定要快些写完它，早点离开这里。

"要写什么呀？"我一边整理着毛笔、墨水，一边趾高气扬地问他，有人请我写字，我心里很有点骄傲。

"这样，我来想想，先写一个卖字。"

"卖。"我重复了一遍，开始写。

"鲫鱼，草鱼，桂鱼，鲈鱼，长江虾，长江鲜，大闸蟹等等，对，就这么写。"

"啊？什么什么啊？"我听了一遍，哪里记得住。

"我一个一个来。"小马哥也尴尬地笑笑。

"鲫鱼，先写。"

"鲫鱼的鲫怎么写啊。"我抬头问他。

"嘿嘿，这个，我也不知道。"

"你也不会啊？"我大声问他，他又是笑笑。

"那，草鱼。"

　　"哦，这个我会。"

　　然后陆陆续续写了一些，最终，鲫鱼的"鲫"，鲈鱼的"鲈"，大闸蟹的"闸"，死活写不出来，他又去把我爸爸叫来，才补上的。之后，小马哥水产店门口就放着我的作品：

　　卖

　　草鱼桂鱼长江虾

　　长江鲜鲈鱼鲫鱼

　　大闸蟹等等

　　就这样，小马哥在我手书的招牌的引领下开始做生意了。那晚的夕阳座谈会一开始，钱太太就总结道："水产是能赚钱，可苦着呢，而且刚开始不好做。"

　　不过小马哥从来是不怕苦的，他有一辆白色面包车，每天早晨三四点钟，他就起来，发动白色面包车去青草巷拉货，那是张家港最大的批发中心，他的货物要放满整整两个门面，所以早上要走两趟，回来之后就开始卸货。有时候老马也帮他，可是天太早了，他不想要老马这么早起来，就一个人干。要是你愿意早起，就可以看到，他抱着比他自己大出好几倍的东西下车，看上去就要被压垮了，可是每次还是稳稳当当地搬回来了，再摆放得整整齐齐，等待早上买菜的人。平江路上的邻居自然都是要去捧捧场的，小马哥人客气，对谁都是笑脸相迎，买点水产，总要送你一把韭菜，你去拿两棵葱，也向来不要付钱。

　　每晚，小马哥都是平江路最晚走的人。等到王离和两个儿子开始洗澡了，他就行动起来。先拿一个粗糙的大扫帚扫外面的鱼鳞、内脏和脏水，把公家的地面弄干净，不然巡警秦桂是要来说闲话的；之后再仔细地打扫店里面，拖地、擦桌子，因而小马哥的店里总是这样干净。

可是，邻居里没有人知道为什么，一到晚上九点，小马哥和他的白色面包车就要跑出平江路。

起初没有人注意到这件事，直到有一天，小马哥的母亲闲着没事，顶着两颗金牙也去参加夕阳座谈会。那个时候，夕阳正是无限好，小马的生意也已经步入正轨，而马妈妈走到钱太太家门口，却带着一股莫名的忧伤，金牙也反射出两道惆怅的红光。钱太太看见她走过来，立马摆出了排场。

"哎哟喂，老司哟。"钱太太扶着老司的手臂说道："小马这孩子的生意算是做起来了，我就说他肯吃苦，一定成事！"

夕阳座谈会的众多成员也纷纷附和，我妈妈还说："昨天，在你家买的鸡，就是比别处的新鲜！"

小马的妈妈看上去有点彷徨，她环顾了一圈在座的女人们，金牙反射出来的光亮掠过一只又一只眼睛，终于开口："你们是不知道，小马这孩子，赚的钱不知道够不够他出油钱的。"

"哎呀，你可说笑了，去青草巷进进货，花得掉几个油钱？"蒋秋英立马驳斥道。

这时候小马的妈妈转过头来看着蒋秋英，金灿灿的光线就落在蒋秋英的脸上："哪里，我跟你们讲，我最近担心坏了，小马不知道怎么回事，一到晚上就开车出去，还每天都是九点钟，一去就起码两个小时才回来。问他去做什么，他也不说，就说去开开车，你说这开车开两个小时，不得到苏州一个来回了？他也不至于天天到苏州去吧！"说着，她露出急切的神情。

听她这么一说，夕阳座谈会倒是有些默然了，没人知道是怎么回事。

"两个多小时，你就知道他一直开车嘛？怕不是到什么地方去了？"蒋秋英第一个猜道。

"我看不像，白天听他说了好几次去加油站，你们是不知道，那油钱烧得可真凶诶。"

"这样，你也先不要急的，什么时候咱们大家一起看看再说。"钱太太是一个有着定海神针般作用的女人。

钱太太这么一说，小马的妈妈才肯回去。她刚一转身，女人们就默默地擦起眼睛里被照出的泪水来。

经马妈妈这样一说，我们的确都注意到小马哥每天晚上九点就准时出发了，没有一天不是如此。甚至有一次他打扫卫生的时间晚了一点，猛一看墙上的钟，九点过了几分，他竟扔下手里的扫帚，蹿进车里，立刻，那辆白色的面包车就震颤着开动了。

也正如小马妈妈说的，小马总是出去两个小时，在很深的夜里，那辆白色面包车才和他一起回到平江路，好像车与人一样，疲乏了，且都一无所获。可他不直接上楼，往往绕到门面房后的楼道口，坐在花坛边上，开始抽烟。都已经过了十一点，要是这个时候谁准备上楼，准能看见小马哥坐在那里，吐着花里胡哨的烟圈。看到人他还是会打招呼，并不怠慢，只是招呼完之后，仍是抽烟，没人知道他什么时候上楼，最重要的是，没人知道他抽烟的时候想什么。

纵使钱太太放下狠话，说要帮小马的妈妈一探究竟，可她终究不是神行太保，没法尾随着小马哥去看看他在干什么。能够完成这一壮举的只能是我。

有一天晚上，我肚子痛得快要昏死过去，爸爸也上夜班去了，妈妈一个人把我从楼上背了下来，放在楼道里，出去找人帮忙。整个平江路只剩下小马哥在打扫他的水产店。

"怎么了，阿姨？"见到我妈妈焦急地出来，小马就问。

"童童肚子痛，他爸爸不在家。"

听完，他立刻把扫帚放了，来不及锁门，就说："我去开车。"

平日里，我想妈妈肯定不愿意坐他的车，就像她总是说让我少去小马家，因为那里全是鱼腥味。可是那一天，她就管不上这么多了。妈妈抱着我，把我往车里面塞去，这时，鱼腥味与我像是两块相互排斥的磁石似的，让我很不情愿。车里一塌糊涂，到处可见一些零落的鳞片、虾壳，最要命的是开门的地方还有一个鱼头，大概是这条鱼的头在关门的时候被夹掉了的缘故。但腹痛还是如同一百根针一样刺着我的五脏六腑，我毫无生气地垂着头，缓慢地呼吸着生鱼汤一般的空气。看得出来，妈妈也很无奈，一上车就皱起眉头，空气是被抽成丝的，一丝一丝被妈妈吸进去，她不敢大口大口地呼吸。

"车里，有点脏，将就着坐一下吧，我开快点。"小马哥回头朝向我们，不好意思地说了一句。

"蛮好的，蛮好的，不脏，不要太快，安全第一。"妈妈急忙摇头，诚然，嫌弃车脏是一件很不礼貌的事情，这我也知道，心里就不怪罪妈妈说谎了。

后来到了医院，我落在一个因为玩扫雷而显得心不在焉的医生手里，他把我弄到各种地方，检查了我的诸多部位，把小马哥累得半死，因为都是他把我背来背去。但最后，我的腹痛随着我屙在医院里的屎而消散，成了妈妈多年与人说笑的谈资。

我们回到车上的时候，小马哥的头上还闪着一点汗珠。他启动了面包车，设备上的灯缓缓亮了起来，方向盘边的电子钟也开始闪动着九点二十的字样，小马哥好像一惊。他回过头来问我们："阿姨啊，你急着回去吗，如果不急的话，我正好有点事情，我们先开到一个地方去，然后再带你和童童回去好不好？"

我和妈妈刚找人帮了忙，便不至于这就翻脸不认人，就答应下来。小马哥的白色面包车再一次在夜幕中启动了。一开始，还没有什么不寻常的地方。等车开到大路上，两边枝枝

蔓蔓地衍生出去，净是些小路，这时候，他就眯起了眼睛，背
一弓，似乎在仔细端详每一条路，像是一个第一次来此地的司
机，不知道在哪一个路口转弯似的，车速自然也缓慢了下来。
等开过一两个路口，他就胡乱转个弯，嘴里还念叨一句，"就
这里吧。"随之，车轻轻一摇，就摇进一条小路，两边净是些
居民的房子。小马哥的车速变慢了一点，却仍旧是那姿势，微
微弓着背，从挡风玻璃的下沿看出去，似乎在确保道路的安
全，但是他左顾右盼，又好像在寻找什么东西。

　　一条路，如果让人慢悠悠地走，就似乎很远很深，可是
开着车的时候，这个小镇上的路就像即将用完的修正带，稍稍
一抽，倏忽间就到了底。坐在车上，会觉得路口才是城市的基
本单元，我们总在思考每个路口处该如何转弯，而路本身只作
思考的间隙。我坐在小马哥的车上，看到了大新镇一个又一个
我之前没有见到过的路口。平日里，我的活动范围很有限，走
来走去无非就是平江路和学校之间的地方，那是镇上的中心。
可是小马哥每到一个路口，总是弓下背去，仔细地选择，他选
的，都是在我看来更加破旧的路。

　　"小马，你这是要往哪里去？"我妈妈实在是忍不住了，
就问道。

　　"没什么的，就是去找个地方。"

　　"那怎么我看你，也不太认识路的样子，你要找哪
里呀？"

　　"啊……我随便看看的，阿姨，再开一会就回去了。"

　　见小马哥支支吾吾的，妈妈也就不再追问了。很快，我们走进了一片很老式的街区，这里的房子都是我没有见过的式样，而妈妈却有点兴奋起来，开始指指点点地告诉我，这里是大新的老水塔。我看过去，那是一个远处看很暗淡的建筑，仿佛要融在黑苍苍的夜色中，细看，能辨清外边绕着一圈楼梯。妈妈说她年轻时还爬上去看过夕阳，当时这是大新最高的地方。之后，还经过了老电视台、天宝集团的旧址等等，妈妈一开始竟像我一样新鲜，后来，就逐渐疲乏了。但我还是止不住和小马哥一样，四处转着观望，多数的地方，就是些外地人的住宅，因为我看到了很多穿着脏兮兮的小孩，这么晚了仍然在路上打闹。这样的孩子，平日里我是不被允许与他们玩的。

　　渐渐地，路越走越深，路灯也更加稀疏起来，我看见有人在路边的井旁洗衣服，有的理发店还没有关上门，这里的夜宵摊脏兮兮的，地上因为油渍的堆积成了深深的黑色，还有几个人骑着电瓶车被我们超过。

　　最后，我看见小马哥似乎也累了，他放松了一下自己的背脊骨，靠在车座上，眼睛也不再眯着去看外面，而是滑下窗户，把手臂搭在了玻璃上。我想，他大概知道那个地方今天是找不到了，自然就潇洒起来。他转过头来，看见我的妈妈在打瞌睡，笑着轻声说："童童，我们现在回去吧。"

　　我点点头，感受到了后背上的一股推力，知道车被开得快了一些。同时，从滑下的车窗缝隙里穿进一道微风，令我觉得很舒服。所以，我不再四处观望，也和小马哥一样，靠在后座上。有时歪一点头，看着窗外，又经过了那些水塔和旧房子，还有密集的住宅，路灯重新一点点变亮起来。我突然觉得这个世界上有好多好多的人，远比我们学校的人要多得多，而且他们这么晚都没有睡觉。这个世界上也有好多好多的路口，让小马哥都难以选择。

渐渐地，我几乎忘记车里浓郁的鱼腥味，也起了一点困意，朦胧中竟希望这次旅行永远都不要停下。可就在车上的电子钟写着十点四十五分的时候，我看到了那个熟悉的地方。

我们和小马哥通通下了车。

"小马，今天真是麻烦你了！"

"没什么的，童童肚子不痛是最要紧，我倒不好意思，拖着你们这么晚睡。"

"不打紧，还是谢谢你，谢谢了！那我们先回去了。"

说完，我们准备走，可是小马哥，仍旧掏出香烟，在花坛旁边坐着。

"小马，你不上楼？"

"不，一会儿再上去。"

"我看你天天在这里抽烟，有什么心事啊？"

"哈哈，就是，太无聊了。我……"

"哦，我们走了。"

其实我想听小马哥说下去，可是妈妈拉着我走了。大人们都是一个样子，他们问你有什么心事，可却没有一个人想好好听你说。我在拐进楼道的时候，回头看了一眼，小马哥还是坐在那里抽烟，一圈一圈的烟圈徘徊着升高。小马哥每日这样忙碌，可还是感到无聊而抽烟，这是一件真正有趣的事情。

　　终于有一些天，小马不抽烟了，那是他结婚的日子。

　　那一天，小马家不像那些阔绰的人家在酒店请了司仪，弄一些仪式。他的仪式就在水产店的门口，街坊都留出门前的空地，让他摆上几十桌。平江路似乎都因为这一场婚礼变得一片红色，到处贴满了双喜的红贴纸，就算不是小马家，大家也都愿意沾沾喜气。我那天也在这些桌子中间穿来穿去，玩得很开心。那天小马只和我打了个招呼，之后就不太搭理我，我知道，他有很多事情要做。只是那天的老马和马妈妈脸色有点铁青，你看得出他们的确是在微笑着迎四方的客人，可是这样的微笑是敷衍的微笑，心里大约是不很快活的。小马就更加到处吆喝，四处说话，吃力地带动起欢快的氛围。

　　到了晚上，我才看见新娘子，那是个很有些臃肿的女人。五短身材，脸很小，似乎很难和雄浑的身体搭配起来，五官称得上标致，皮肤也白净，就是身子实在胖了一点，四肢像白色的条形气球，圆滚滚的，肚子也大，你可以想象那一圈一圈的肉，不用多说，她也是有着骇人的胸部的。就是这样一个女人，站在小马哥边上，比他宽了太多。叫我说，我也觉得别扭。等这个女人开口说话，我们才知道，她不是本地人，可我也不知道她是来自什么地方，操着一口歪歪扭扭的普通话，就像是写得很倾斜的汉字一样。

　　第二天，夕阳座谈会就谈开了，可纵使是这样一群神通广大的女人们，也没有人知道小马老婆的来头。她们说来说去只能是些揣摩。有人说，女人是河南的，和小马相亲认识，可是老马他们很不同意。有人说，女人是四川的，是小马之前的一个水产客户，可是老马他们很不同意。说来说去，女人到底怎么样谁也不知道，唯一确定的就是老马夫妇很不同意。

　　也的确，结婚之后，老马夫妇在水产店露面的次数越来越少，严格地说，几乎是没有了，他们除了上下班经过平江路，之后便是匆匆上楼。帮小马干活的变成了这个臃肿的女人，这女人有的是力气，和小马一道，早上四五点起来，夜里九十点才上去，两个人形影不离，不得不说水产店的确比之前干净明亮了许多。女人和小马一样大方，买菜的时候，总帮你割掉些零头，赠送些葱姜大蒜。两人的声音此起彼伏的。小马原来见到人是微笑，现在见到人咧开嘴大笑。人人都说这对夫妇很不错，小马也开心，唯独我觉得，小马的大笑不如微笑来得真实一些了。不过，几个月之后，小马明显胖了很多。而且我也发现，女人不干活了，挺着肚子坐在藤椅上，偶尔帮着收收钱。终于，再过几个月，小马收获了一个女儿。

　　"妈妈，不是说十月怀胎吗，小马哥哥才过了，一二三四，五六，六个月，怎么就有宝宝了呢？"我问妈妈，妈妈恶狠狠地叫我闭嘴。我问爸爸，爸爸笑嘻嘻地叫我闭嘴。大概这又是一道不解之谜了。

　　可是我还是很喜欢那个婴儿的，和她妈妈一样，胖嘟嘟，有着白净的皮肤。人人都去逗这个孩子，小马在干活，看见别人逗自己的女儿，总是忍不住回头，朝大家伙儿不好意思地笑。那个孩子一定是很喜欢我的，因为我逗她的时候，她从来不哭，只是笑，每次我耍鬼脸的时候，笑得最是厉害。我也很喜欢她，最要命的是她的小手，同样是五个手指，可是因为太小了，就显得特别精细。当她用小手攥起我的手指，就特别惹人怜爱。

日子一天天过去，女人又重新开始干活，孩子也一天天长大，老马有时候也下来，出现在水产店里喝酒。小马也开始和从前一样，让女人抱着孩子先上去，自己抽根烟。

我知道那个女人的名字叫李秀娥，是因为陈国平的缘故，也是因为我家的缘故。陈国平是肖丽丽的老公，他们夫妻两个都是天宝的大经理、大股东，天宝又是大新镇最大的五金公司。这样一来，陈国平一家就是平江路上最阔绰的人。

那天，陈国平说要在家里大宴宾客，都是些有头有脸的人物。早上就准备了一堆长江鲜，都是些长江里野生的刀鱼、鲥鱼，平日里卖几千一斤，陈国平拎了一袋子，到小马哥的店里。

"小马，这里的鱼，先养在你这里。我晚上来拿好不好，不然要干死。"

"行呀，什么好鱼啊，陈总。"

陈国平大摇大摆地放开口袋。

"哟，鲥鱼，刀鱼，都是野生的。"

"还是卖的人识货，不过这些东西你这里是没有的。"陈国平扯着嘴角笑了起来。

"我去拿个盒子，专门给你放好。"

"别急，这里还有一只野生甲鱼，你也保管。"甲鱼出来，足足有一个大盘子那么大，确乎是个好家伙。那时候，老周也在，他看着沉默了，回来也说："娘啊，那个甲鱼是真个大。"

就这样，小马哥放好东西，陈国平就再大摇大摆地出去，背着还不忘说一句："晚上来拿的时候再问你买些菜。"好像这就是小马的报酬一般。

白天里，发生了些十分诡异的事情，那只甲鱼到我家去了。甲鱼莫名其妙地爬了出来，可见它的求生欲之强，又辅之以阿拐的推波助澜，总之是来了我家。既然来了我家，就不在小马的水产店了。

晚上，陈国平去取东西，小马放下手里的活，掀开盖子，鲫鱼、刀鱼还在里面扭成一团，他翻来翻去，就是不见甲鱼去了哪里。一下子，小马头上就出了汗来，开始四处找，翻箱倒柜地，把草鱼、鲈鱼都一条条地拿出来看一眼，看看底下有没有藏着甲鱼。他女人看见小马这样找东西，就问怎么回事。

"早上，陈经理给我们保管的甲鱼不见了。"

"啊？照理在里面啊。"于是两人都开始找，小马还出去，看看路上有没有。

"怎么，把我的甲鱼弄丢了？"陈国平愤愤地说。

"应该不会吧，甲鱼走得慢，就算是出去了，也不会太远的。"

"你们倒是厉害，看个甲鱼还能让它逃走，我想就是让它从早上开始跑，也跑不出小区吧？"说这话的时候，陈国平的脸色已经不太对劲了。小马愈加奋力地只是找。

"快点，我一会得上去做饭了，刘老板也要来，你们不知道吗，能让大老板等？"

可是小马实在是找不到了。

"哼，甲鱼还能自己走呢？怕不是被人藏了起来吧？"陈国平摆出一副看穿诡计的讪笑来。

"你什么意思？"女人第一个恼怒了起来，小马在一旁沉默，可是眼睛里也开始愠怒。

"什么意思，你说一只甲鱼能走多快？"

"陈经理，多少钱，我们赔你就是了，我是做这个生意的，知道一只野生甲鱼多少，三四百是要的，我赔。"小马说。

"就是啊，三四百给你就是，别在这说难听的话。"女人唱和道。

"我差你们这三四百，谁要你们赔，要是鲥鱼丢了，几千块，我看你们还赔不赔得起。现在买一只野生甲鱼多难你知道不知道，专门给大老板弄的。这怎么算？"

"那你要怎么办？那你就说那些屁话出来气人？"小马女人彻底火了，她怕是听不得这些冷嘲热讽。

　　"屁话？你说得倒是好听，李秀娥，在车间你们俩就做不出好事，现在甲鱼也管不好，一辈子做不出好事！"这时，陈国平的眼珠奋力撑开，眼球也白多黑少起来。

　　"你们家好……"这时，小马立马过来，暗暗做了个手势，不让她再说下去了。小马的脸色发黑，只淡淡地说："要钱我们赔你，经理要是不计较，拿些别的菜走也好。"

　　陈国平瞪着两只圆眼睛，眼镜框似乎都要容不下眼球了。他愤愤地捡了一些菜，都是最贵的，竹笋、芦蒿之类，然后拎着刀鱼等就走了。他走后，小马在那里抽烟，李秀娥坐着，恶狠狠地抱着孩子。宝宝的名字已经取了，叫马逸云，我觉得有点像男孩。马逸云那时候还听不懂话，呆呆地看着父母，咬着手指。

　　第二天，我起床下楼之后，看见小马家的门口，走着十几只甲鱼，有大的，有小的，都在拼命走路，在我看来它们自然是很慢的，但我想，甲鱼自己看来，恐怕是在拼了命奔跑的，不想再被抓回去。小马和邻居们都看着甲鱼笑，说从今天开始卖甲鱼了。"魅力宝贝"的郑阿姨和公鸡（郑阿姨男人的雅号）走出来都吓了一跳。小马在一边只是嘻嘻地笑着。他看见我就迫不及待叫我过去，让我重新写一遍招牌，之前那个被日晒雨淋，也旧了，再说也没有甲鱼两个字。

　　之后，小马哥水产店的下面，正中间，又摆着我写的字：

卖

草鱼，鲈鱼，桂鱼

　　长江鲜，长江虾，鲫鱼

　　大闸蟹，甲鱼等（甲鱼是加粗的）

　　再后来，我不爱去小马哥家了，一来是我大了，二来，马逸云也大了。她爸妈有时候叫她坐在柜台前面，一本正经地收钱，她的账也有些会算了。有一次我去买菜，买了五块五，递给她十块，她从柜子里摸出四个硬币，嘴里念叨："十减四等于六，六减五块五等于五毛。"再从柜子里面摸出五毛钱，还是用那双小手递给我。这样的算数我在她这么大年纪是不会的。再者，我做鬼脸她也不似从前那样地笑，总之，我不爱看她坐在柜台前面的样子。

　　十几年前，张家港大约还是一片软趴趴的沙子，叫人看不见什么希冀。平江路那个时候可能就是一片混着沙子的泥土，在远处住着几户农民，当然，也可能不是这样。几个抗美援朝回来的老兵分在大新镇的一个个局子里面做了这样那样的书记，在这样一片沙子里面做书记总也是穷极无聊的，于是又一起挤出"雄赳赳，气昂昂，跨过鸭绿江"的热情，办了沙洲医疗器械合作社，招了大家一起来磨剪刀。后来合作社没了，可是大新人血液里磨剪刀的热情还是久久不能退去，沙洲医疗器械合作社就改成了沙洲县第二医疗器械厂，为首的还是一个姓冯的老兵，老兵底下也开始有了一个叫刘小宝的，刘小宝别的事是不太会做的，整天陪着冯老喝酒。改革开放春风起，企业改革也迫在眉睫，张家港到处都贴着市委书记的四个四字成语：

团结拼搏，负重奋进，自加压力，敢于争先。

刘小宝从冯老手里接过帅印，趁着私企改革，把沙洲第二器械厂的牌子拿了下来，更名江苏天宝集团，为什么叫天宝，大多数人揣摩，是因为刘小宝的名字里面有一个光闪闪的宝字。而他自己也成了董事长，上任第一天，他什么都没干，监督工人把四个成语十六个烫金大字铸在天宝大门右侧的墙面上。市里来的人笑开了花，钦点大新镇做全国的五金镇，把剪刀好好地做出去。刘小宝倒还是有点良心，虽说没空天天跪在冯老面前喝酒了，可是逢年过节几瓶茅台是不少的。只是现在冯老不在人世了，天宝的董事长也从刘小宝变成了刘小宝的儿子刘大峰，刘小宝断断续续就剩下半口气。刘大峰上任第一天，也学他的父亲，先做了一场演讲，说天宝的理念是以人为本，然后监督工人把"以人为本"四个烫金大字铸在天宝大门的左侧。现在右边的字早就失了神色，可是左边的字还是熠熠生辉。

几年前，马国鹏也是在天宝做工的，在第五车间打扳手。那是无数个油腻的夏日，天宝把车间做成四方的空间，在高处有寥寥几扇小窗户，吝啬地放进来一点逼仄的阳光，更多的是靠四盏大功率的白炽灯照耀，你似乎可以隐约地看到白炽灯的四围蒸腾出来的热气，像软化的波浪形的玻璃，能让你的视线都变形。八个车间每一个都挂了一条巨幅——"工人阶级是领导阶级"。四处都是黑色的、猛兽般的器械、机床，坚硬又棱角分明，上面铺着一层蜡状的黄色的油。地面是没有打磨过的粗糙的水泥地，马国鹏有的时候一低头，那些水泥地上的粗糙的凸起像一支支箭射到他的眼睛里，他就猛地被惊醒了，继续凝视手里永远不变的扳手。长长的把手和头部怪异的凸起，就组成了这个叫作扳手的怪物，而他的工作，就是接过一个又一个千篇一律的家伙，把它们变得完美一些。室外是三十八度的热天，室内的温度大约可以到五十度，他的手套是粗线条的工人劳保手套，可是每分每秒沉浸在汗里面，让那些线条不再分明，而是黏糊糊地融在一起，有时候一拉扯似乎就要化了。每次拿下手套的时候，马国鹏都觉得那些纤维和自己的肉已经连在了一起，将要扯下一层皮来，所以他都格外小心翼翼。手套的外层，是油腻，永无止境的工业油腻，黑色、黄色，融合在一起。起初的时候，他感到恶心，总是让自己尽可能地不接触到那些一旦接触就难以分离的东西，现在他早就习惯了，甚至故意大大咧咧地，恨不得往身上涂抹一些油，做起活来也好施展出手脚。他的上衣脱在车间的门口，这没有什么的，在车间里所有的男人都是这样光着上身干活，如果不是仅有的一点点礼义廉耻牵扯着他们，他们简直要把裤子也甩开，仅仅留着内裤，即使那一层布没有什么作用，可是脱去总还是不大习惯。

鞋子是人字拖，鞋底也薄，地面传递过来的热浪在一轮一轮地拍自己的脚掌。砂砾、铁屑，在人字拖发蔫的胶皮和脚底之间滚着、揉着，让工人们的脚皮又坚韧又厚重，当然，还不可避免的脏。马国鹏在这样五十度的空间里，不敢稍稍抬头，眼睛的角度一旦变化，就是油面反射的白炽灯大功率的明亮塞进自己的眼球里面，让他死一样地恍惚。马国鹏那时候很胖，自己几乎就要融化了，肥的肉成了波浪一样不自觉地颤动，他总觉得自己在溃散的边缘游走，心如同在水里跳动，而不在自己的肉体里，他一点也感觉不到那些经脉、血管相互串联的踏实，只是一种叫人没力气的浮动感。他觉得下一秒可能手里的扳手就要跌落出去，自己一头倒在油里面。可是他努力地喘息，努力在五十度的空气里恣睢地吸收一点养分，他不想如此轻飘飘地倒下去。

中饭有一个多小时的休息时间。这个时候，人人都会到电风扇下面坐下，渴望那些高速旋转的热气冲击自己的肉体。相同体型的人总是有三五成群的习性，马国鹏和另一个挺胖的陈俊挤在一条板凳上，看着风扇漫无目的地摆头。送饭的人也将陆陆续续过来。

陈俊话多，总是要先开口："册那，这个天也太热了，我要热死了。"说着他故意喷了一摊口水到地上，几乎将要听见水遇到高温的嘶嘶的声音。

"嗯。"马国鹏的鼻子里哼出一点声音，他们两人被油染成古铜色的肉体互相蹭了一下。那些精瘦的人更是如此，原本黑漆漆的肉都像打了蜡一样，可惜在这热气中间肌肉都是软趴趴的，完全没有古铜色的逼人的生命力可言。马国鹏的样子痛苦极了，汗不像是从他脑门心里流出来的，像是他的体内有着巨大的身不由己的压力，全身上下都往外压出了汗，每一个毛孔旁边都沁出一小滴。

"小马，咋回事，扛不住了？"

"实在是太热了啊。"小马的声音里没了生气。

"哎，也该装点空调，不对，这个狗屁地方，空调也没用，太闷！该换个地方，弄点窗户什么的，这什么破地方。"

"别说了，我说不动话。"

这个时候厨师进来，推车上是一个一个小盒子。

陈俊按捺不住："你只宗桑，整天搞些这种东西，狗食也不如了。"

"说我宗桑又有什么用？厂里面的指标，一个人伙食三块钱，我说了多少遍了。"

"就几条青菜，几条白菜，汤和盐水一样，叫我们怎么吃？"那个精瘦的小伙子和周围的人也抱怨起来。

"我说了，三块钱，你叫我自己去掏钱给你们买鲍鱼龙虾来？"

"刘大峰个宗桑。"陈俊把饭盒往旁边一扔。

"骂有什么用，算了吧，晚上回去吃吃好的，叫老婆烧点好的。"

"呵，伙食三块钱也就算了，工资一个月才一千出头，这样找个卵子老婆？"

"哎。"厨师走到下一个人那里去，不知道怎么接话了。

"你找不到，叫女人来找你歪。"女人们总是团坐在角落里面，说话的是一个胖胖的二十多岁的女工人，李秀娥。

听了这个陈俊倒是苦笑出来："你来找我？"他和马国鹏不约而同转过去看那个说话的女人，女人脸上也沾了油，可是还看得出皮肤的白皙。肥硕的身体像一座断山，穿着短袖和中裤，衣服也男人似的黑漆漆，正是这样的黑色让偶尔露出来的白色愈加珍贵惊艳。她的乳房绝对是扎人眼球的，肉似乎想从衣服的边边角角挤出来，陈俊总是趁那些女人弯腰的时候看她们的乳房，那是整个空间里面唯有的纯洁白色。

这个时候，马国鹏已经默默地打开饭盒，开始下咽一些青菜，陈俊也去一边拿起刚刚自己扔下的饭盒。一下子，空间里寂静了许多。女人们在谈论一些家常。

"明天孩子的爷爷奶奶还不在家里，小孩暑假没有人带，叫我带到厂里来。"

"哎呀，可不能来，这里太热了，你们家的小孩子哪里吃得消？"

"是的呀，可是怎么办呢，也不能让他一个人在家。"

"到这里来也是不行，而且机器那么多，很危险。"

"我说，你把他送到同学家里去玩一天……"

……

旁边女人小鸟一样的声音像是从远处飘来的，似梦似幻。

　　五点下班，那个时候太阳还正是旺盛，毕竟夏天夜里，太阳八点才落个干净。天宝的厂址也很有趣，两片区域的中间隔着一条河，也许是长江的一条小小的支流。那块地方叫段山，可是并没有山。也只有下班的时刻，天宝才一下子有了生机，大路上是开车回去的人，大多是些经理、主任的角色，女人们骑上电瓶车回家，脸上挂着些虚假的笑容，因为遇到认识的人总是要热切地打一个招呼，问一下："回去吗？"回一句："是，回去。"这样的废话。一到八车间的工人似乎一下子从囚笼里面涌了出来，他们不约而同到河里去"凉快凉快"，清洁一下身体上黯淡的油渍，好有头有脸地回到家人和邻居的眼睛里面去。大多外地来的男人都直接猛地扎进水里面去，开始嬉闹起来，仿佛鱼归了水里，一下子生出许多活力。外地的女人，也是走沿河的道路，这个时候，有些男人猛地从水里跳出来，已经一丝不挂，腹下线条分明的东西一下子跃进女人的眼里去，尖叫、嬉笑怒骂就混成一片。马国鹏这个时候既不能像本地人一样骑着电瓶车回去，因为身上实在是太脏了，也不愿意和那些外地的男人一样在水里失格，他只好自己带一条毛巾，浸在水里，可是近处的水都脏，他总是试试这里，试试那里，最后默默地擦擦身体，再回去。不免瞥到周围快活的风景之时，他也要冷不丁笑笑。

　　他把短袖挂在肩上走了出去，背上还留着一些水珠，走到门口，就是一阵灼烧感，左侧烫金的大字聚焦过来一大束太阳光，射在他的背上，他还是忍不住回头看一眼，仍旧是那几个字而已。

　　八月十七号那一天，他怎么也记得住那个日子，厂里面的领导下到车间里面来视察，为首的就是陈国平，每一个车间四处都放了几块大冰块，即便这样，也丝毫拉扯不下室内五十度的温度。陈国平和几个经理一起戴着安全帽，穿着条纹的短袖衬衫，把长裤向上卷了卷，平日里的皮鞋也换了一双有点发旧的耐克跑鞋，俨然一副与民同乐的姿态。陈国平戴着小书生样子的墨镜，从一车间开始走走看看，每到一处，那个车间的主任就戴好安全帽，一路小跑地走到陈国平身边，说话也不敢抬头挺胸，背是稍稍弓着的。几个人象征性地看看车间里面庞大的机器们，看着摇头的大电风扇，看着在一旁流水的冰块。即便是这样，陈国平书生气的眼镜旁边也全是滴滴答答的汗水往下流，他想着的，无非就是早点结束这无聊的旅途。

　　陈国华转过头去，看看后面低头跟着的几个小领导："这个这个，温度还可以，哈？"

　　他们听见陈国平发话，立马笑着抬头："可以可以。"正是这一回头，每个人脚下又多了几滴汗的印记。

　　五车间的人陆陆续续走出去，等着今天一定比往常丰富的午餐。马国鹏低着头，想着把手里的活干完，拖了也就几分钟光景，等他抬头的时候，四围一个人也没有。他颓靡地走着，身体里面一如既往地干燥，口腔里黏黏的，人像是被烘得已经干瘪，他便走到一块角落的冰那里，冰很大，被几个支架固定着，可在融化的过程中已经失去了原先的形状，冰的旁边，的确可以看到一层一层飘忽的水珠。他走过去，也许是浑身淋漓的汗液一下子架不住这冷气，他颤抖了一下，可是转瞬又十分满意，他甚至笑着看那块冰，不自觉地凑近自己的脸，伸出舌头，仔细地舔了一下，一阵凉气像电流一样刺激自己的舌头，他笑得更开心了。他注视冰的时候，突然隐约看见一个模糊的人形。他悄悄走到背面，整个车间的角落，一个被冰块遮住的地方，他看见了李秀娥。她撩起了短袖，露出白色的肚子，浸润在冰散发出的冷气中间，像一个被封存的尸体。

白炽灯光猛地被塞进他的脑子里面，一股凶猛的热气在马国鹏的五脏六腑徘徊。周围细碎的扳手的残骸，威严的机床，透明的冰，都天旋地转起来，唯独眼前的这个女人，一点点放大，一点点精确，肚子上的赘肉膨胀、散开，于是马国鹏的脑子里便迷蒙出一片肉色，白色的皮肤、细微的毛孔遮蔽了所有的感官。李秀娥胸部的上半部分似乎从衣领那里飞了出来，贴在马国鹏的脸上，挤压，变形，让他窒息。马国鹏觉得自己被闷热的、潮湿的枕头裹住了口鼻，难以呼吸。

马国鹏自己也不记得是如何开始与结束，他的手似乎伸向了什么东西，一阵死般的混沌，直到听见背后两声锐利的咳嗽声音，一切重回秩序。他回头的时候，看见陈国平和第五车间主任，以及一群人，面无表情地看着自己。最让他羞耻的事情，是那一瞬间，他从坚硬一下子变到柔软。

第二天上班的时候，他眼里的一切都已经不成样子，所有的东西似乎都在排斥着他。上午上班刚半小时，八点的时候，他跑出车间，意味深长地抽了一根烟。车间主任正好路过，恶狠狠地剌了他一眼，他踩了烟头，回去做工。十点的时候，他又出去抽第二支烟，车间主任又刚好路过，淡淡地看了他一眼，就贴出公告：马国鹏旷工两小时。

马国鹏看了一眼，骂了一句："册那。"声音很轻，他收拾东西走的时候，看了一眼李秀娥，可是李秀娥没有看他。自那之后，他再也没有回过工厂。

那一年里面，马国鹏瘦成了现在这个样子。因为他心里想着那个女人，明明可以问问当时的工友，或者去厂里再见她一面，可是他偏偏没有这样。几个月之后，他骑着自己的电瓶车，开始每天在天宝夜班结束的时候绕着整个大新转，一圈又一圈，一个角落又一个角落。无论什么样的天气，你总是会偶然碰到在电瓶车上左顾右盼的马国鹏。他那个时候太瘦了，他从你的旁边疾驰而过，简直就像一道闪电。他总是期盼着再见到李秀娥，在一个不为人知的角落里。可是他没有。

开了水产店之后，他买了一辆面包车，夜里，他仍然在这个小镇上穿行。终于有一天，他看见一个女人在路边，接着一壶热水在洗头。正好是那一个动作，腰弯着，头发顺着下来，水滴滴答答地落下，晶莹剔透，正反射着皎洁的月亮，乳房的上半部分从衣服领子里娴静地走出来。他认得这两只乳房，他坚硬无比。

结构

  如果说蒋秋英家有什么吸引我的地方，一定不是蒋秋英粗糙又永无休止的声音，一定不是蒋秋英她老公孙友亮短到可以看见头皮的头发，应该是蒋婷婷。在平江路上，没有一个人不说蒋婷婷有出息，她总是穿着校服低着头走路，见到人，才不失礼貌地抬头，打个正儿八经的招呼。我在这个时候就会凝视着她走过去，她身上有一种力量，一种让你一下子安静下来的力量，我疑心这是她长长的马尾辫的神力。

  我家和蒋秋英家是一个单元的，每天晚上某个时间，你在楼梯上走过，准会听到蒋婷婷弹钢琴的声音，即使像我这样愚笨的人听到，也觉得有一股潺潺的小溪从她的卧室出发，淌过大厅，穿过防盗门，流进我的耳朵，最终到达我浑浑噩噩的脑浆和沟壑密布的颅骨。有一次，另一幢楼的钱太太的沟壑密布的颅骨大约也是捉到了这样的一股小溪，循声来到我们这里。蒋秋英见到钱太太来了，立马给她开门，拉她进屋坐坐。钱太太说话总是尖声尖气的，可是那一次却安静了，站在婷婷卧室的门口怎么也不进去，她远远地看着蒋婷婷，就说了一句话："这个姑娘将来有出息嘞。"然后只是在远处点点头。我那个时候不明白，钱太太和我打招呼总是把我放在手里揉来揉去没个休止，现在怎么不去把玩蒋婷婷呢。可远观而不可亵玩，说的大概就是这么一回事。

在我二年级的那年元旦，学校要大办一场家校联谊，就是原来的元旦联欢会，家长也被请去看，而且是和全校的人一起在大操场上，声势极其浩大。那个时候蒋婷婷四年级，他们班的节目中有一个就是她的钢琴独奏。我们都穿着厚厚的衣服，在操场上观看，无非是唱歌跳舞的，不少高年级的人总是偏爱唱周杰伦的歌，哼哼哈的，我也没有耐心看，只顾和同学在一边摔卡片玩。蒋秋英那天很开心，穿了她最昂贵体面的衣服，不厌其烦地在平江路上对每一个人说："今天小学里有活动，我们家婷婷也要去表演，有空就一起去看看吧。"

钱太太大为惊诧，说自己想去得不得了，比自己儿子的结婚典礼还要想去，只是下午约了牌友打牌了；姜子牙故弄玄虚地甩起了脑袋，说："好！到时候看看，看看吧……"李秀娥说店面是不能关的，有个客人一会要来拿鲈鱼。总之大家好像都有自己的事情。

最后只有老周去了，开衣服店的郑阿姨锁了门也去了。我看见蒋秋英和我妈妈坐在一起，而老周、郑阿姨和孙友亮在后面没有座位，只能站着看。蒋婷婷上场的时候我也放下了手里的游戏，可是周围的人都太闹了，他们还在不厌其烦地玩这玩那，钢琴的声音也不如歌舞的声音来得宏伟，那一股小溪流到操场上怕也得渐渐干涸了，只能听见零零碎碎的一点声音。可是我看见蒋秋英的脸色立马就明亮了，昂着头看着自己的女儿。周围仍旧还是吵，我只能看见蒋婷婷，穿着一身大人般的衣服，最不同的是她的眼睛上面涂了亮晶晶的东西，脸上也有着厚厚的粉妆，我几乎都要认不出来。我就这样远远地看着她，结束的时候，所有人鼓寥寥几下仪式性的掌声，蒋婷婷站起来，鞠躬，然后看着下面的人微笑。我突然觉得，那些亮晶晶的东西在阳光下有了一点孤独和悲伤的颜色，蒋婷婷也不是看上去那样的光鲜。

那天回家之后，我家的餐桌上不可避免地说到了白天的演出。

"蒋婷婷今天在小学里面演出了，穿得好漂亮，那个姑娘啊，从小就有气质。"妈妈这么说道。

"弹琴吗？"爸爸问。

"不然还能干吗？"

"童童你怎么不上去表演一个，你不是平时在家里看着少林寺打拳的嘛？练书法毕竟不能表演。"爸爸突然看着我说。

"我的拳还没有练好。"我只顾吃饭，有点懒得搭理。

"童童会干什么，你看看婷婷姐姐呢，又认真，学习又好，又有出息。"妈妈接过话茬。

"对对对。"别人夸蒋婷婷我是不会生气的，因为我也喜欢她。但是妈妈夸别的人的时候，我总是很不甘。

"你呀，也应该学点什么东西。我假期给你报一个班，练练二胡什么的。"

"我不要！"

"算了吧，现在外面的班多贵，他估计也没耐心好好学的，我看着他在家里练习书法就好。"爸爸说道。

于是我们各自开始闷声不响地吃饭。我也不知道哪里来的灵感，问了个让我自己很引以为豪的问题。"妈妈，我发现了一个最最奇怪的事情！"

"嗯？"妈妈似乎很轻蔑，因为我总是和她说一些这个宇宙中最最奇怪的事情。

"蒋婷婷为什么姓蒋啊，不应该姓孙吗？"

"小孩子别问不该问的。"

不过我也习惯了，我那些最最奇怪的问题，大概都是些不该知道的问题。

其实关于蒋婷婷的问题，我心里有太多太多，我怎么也想不明白，蒋秋英这样的妈妈和孙友亮这样的爸爸怎么会有蒋婷婷这样的女儿。

在我的印象里，蒋秋英是极凶猛、且无所畏惧的角色，她总是在嚷嚷着什么，而且声音也挺粗糙，音色似乎在男人和女人的分界线上，倒是和她瘦而显老的身体般配。之前，孙友亮在门面房开一个卖鞋的店，把招牌放在门口，安安稳稳的。有一天，说是市里有领导来镇上，市容市貌应当要好，不能有招牌放在路上。许是开会的话音刚落，大新派出所的巡逻大队长秦桂就亲自出马，扫荡街道，他骑着摩托车在路中央，旁边六个实习保安队员雁形排开，浩浩荡荡地就去了。我总是觉得秦桂穿着制服，骑着灯一闪一闪的摩托车是很威风的，而且所有人都怕他三分。那天他一到平江路，就扯出嗓门喊上头的通知。小马哥门前的鱼虾也只好全部塞进去，把门口的水扫得干干净净。这个时候大概孙友亮在打瞌睡，没出来拿招牌。等秦桂从别处扫荡回来，见孙友亮的招牌仍在外头，一身的忠肝义胆都冒出火来，仿佛圣旨没有达成，他一个传令人的使命就难以完成。于是，他直接把招牌拎起来就扔，这时候，蒋秋英一下子就冲出来。

"怎么？你怎么能扔我们的招牌？什么意思？"蒋秋英将眼睛一瞪。

"我已经说过了，市里检查，都要拿走。"

"拿走你扔它干什么？"

"我说了你们不拿，我倒是看看谁敢不拿走？"

"哎呀，你这个话有意思了，你说的时候我正好没听见，你就可以扔了？"

"那……"

"我家的招牌也轮不到你来动手吧？"

"我不……"

"你给我捡回来，你当我警察局里没有认识的人是不是，我看你也就是个巡警嘛！"

"我不和你女人烦！"秦桂骑着车就走了。

"呸。"蒋秋英独自骂了一句。她也没去捡招牌，却折回去看在家里待着的孙友亮，还是骂。

"真不算男人。遇到事情就知道缩在家里，自己的招牌都被扔了，也不知道出来说一句话？"

"那我确实没有听见。"

"没听见就被别人欺负到头上来？别人家里什么事情都靠男人撑着门面，我倒好，什么都要我做。"

"那我帮着你出去吵架吗？"

"我这叫吵架？欺负到你头上来了，还在帮别人说话。给你开个店，钱也不赚，还要被人招牌都砸了，也是有意思，哪里还有点男人样子？"

"你不要再吵架了……"不出几句，孙友亮就涨红了脸，好不容易找到蒋秋英一个说话的间隙，插进去一嘴。既然插一嘴已不容易，那势必要铆足力气，大声一点。

"短寿命的，和外人说话倒是不出头，在屋子里和我吵声音倒要把顶给掀了，不得了了……"

"你什么意思？"

这样的场面几乎每隔两三天就要发生，作为邻居，我也习惯了蒋秋英夫妇这样平淡又凶猛的争吵。他们总是这样，因为一些奇怪的事情，在别人看来并不足道的事情开始，到最后咿咿呀呀地只是大骂，似乎其初衷就是要咿咿呀呀地大骂。蒋秋英吵架的时候，人显得更加瘦了，却高大逼人起来，话不停地说啊说，像一张铺天盖地的大网把人笼罩住，即便是我听着他们的争吵，都觉得这样的攻击是无法可忍的。蒋秋英总是两脚叉开，手插在腰间。孙友亮说的话少，他发火的时候，脸便通红，五短身材也显得愈加得小。而这个时候，他的头皮发红，也更加明显地叫人看得清清楚楚，像一颗红色的炸弹一样叫人害怕，他在蒋秋英绵密的语言里，插不上话。最后，只能说得越来越少，声音越来越大，就像这样一颗红色的炸弹，真爆裂开了一样。

　　除此之外，蒋秋英还是夕阳座谈会的元勋，倘若夕阳座谈会的英雄要排座次，钱太太是宋江，她一定就是卢俊义。她又似乎很要强，总是想做世界的中心，可是没人真的做得了世界的中心，她只好退而求其次，去做舆论界的中心。大新镇的所有事情她都知道，仿佛心里有一本谱，记录着谁是谁的情夫，谁是谁的情妇这样的事情，于是这件事就成了她骄傲的资本。她对外人是贤惠且大方的，女人喜欢和她说话，因为在她这里，你总是可以听到世界上只有你和蒋秋英才知道的秘密。就好比在姜子牙的儿子犯错的时候，也是蒋秋英最先刮出来的风声。因为这样的事情重大又隐秘，在那一天的夕阳座谈会结束之后，她悄悄地走到钱太太旁边，说："诶，那个，你知道吗？"

　　"啊？我不知道啊！"钱太太总是能配合得很到位，立马全身都惊悚了起来。

　　"你不知道啊？"

"我不知道。"

"就是那个呀？你不知道？老姜呀。"

"哎呀呀，不知道，不知道。"

"我跟你说啊，你不能和别人说的，我就和你说，千万不能说出去的，可不是开玩笑。"

"你放心，我你还不知道，不说的，不说的。"

"老姜的儿子，在外面欠高利贷，几百万。"

"要死了，真的假的。"钱太太几乎急得要跺脚，仿佛自己的儿子犯了事。

"嘘，我也是听别人说的，说是真的。你千万不能说出去，更不能说是我说的。"

"知道知道，我心里有数。"

可是过不了多久，女人们还是会都知道的，因为"只告诉你一个人"大约不仅是我们这样的小孩子的口头禅，也是所有女人的口头禅。可惜蒋秋英似乎永远也不明白这样的道理，她还是喜欢和别人说这说那，如果她会推己及人、由此及彼的话，她大概也就能知道，她在说着别人的山海经的时候，别人也在说她，恐怕只有当事人还不知道风言风语竟可以传播得这样快。总有一天，女人会一脸诧异地听见一个与自己不熟的人说着自己的私事，她想不明白这个人怎么知道，等她想明白了，她就知道自己最隐秘的一面已经在世界上绕了不大不小的一个圈了。

就像，连我也知道蒋秋英和孙友亮分居了。

　　那个时候，我还不知道分居代表着什么，我很想问问妈妈是什么意思，可是我没有问。因为我在蒋婷婷的脸上看出来，这一定是我不该知道的事情。

　　蒋婷婷变得更加沉默了，现在她走路低着头，装作没有看见任何人，只是安静地走过去。我也更加频繁地听见钢琴的声音，她似乎没有事情的时候就只是弹琴。她小的时候，是蒋秋英让她学个琴，既然蒋秋英自己要做世界的中心，那在教养女儿这件事上也应力争上游。蒋秋英总是希望蒋婷婷可以带来属于她自己、也属于她们家庭的自豪。但是她也并不亲自指导，只孙友亮陪婷婷弹琴。那个时候，婷婷弹琴也不很专心，时不时把头探出窗外，向往着自由的生活。现在她也变了，她弹琴的时候是那么专注，就好像这真的是她喜欢的东西一样。与此同时，我觉得蒋秋英和孙友亮的争吵也随之频繁，永远都是一些鸡毛蒜皮的小事，大家伙儿总是很惊奇，这一对夫妻为什么总是这样有力气。

　　姜子牙试图解释："不是那些小事真的值得一吵，是他们两人早就看对方不顺眼了。"

　　有一天，我一人在楼道上，本来在外面是可以听见钢琴的声音的，可是突然停了，我到蒋秋英家门口的时候，看见蒋婷婷站在门口，脸朝着门，门里面呢，一如既往是他们夫妻俩在骂。我看见蒋婷婷在哭泣，她的双手紧紧地捂着脸，发出了很小的声音，不想让别人察觉，可是从手指的缝间，晶莹的泪水冲破万重阻力流了出来。我呆住了，眼前的这双手，平日里能流淌出灿烂的音乐小溪，现在却流出泪水来。那使我产生了一种印象，蒋婷婷的眼睛就是小溪的源头。我奋力跑回自己的家里，从那一天以后，我看见蒋婷婷，我觉得她变了，不再是那一个沉默的、不可靠近的形象，而是离我很近。

　　蒋婷婷的语文老师柳老师，教二年级和五年级的语文，也住在这个小区里。有一天，他拐到平江路来，到孙友亮的鞋店里坐一坐，这可忙坏了蒋秋英，她见老师来，又是端茶，又是买瓜子。蒋秋英就是这样一个爱体面的人，即使她的家事已经乱得一塌糊涂，待人也要和和气气。我只要去她家，她也总是和颜悦色地送来巧克力、橘子这样的小东西，可不知道为什么，我还是挺怕她。蒋秋英出去参加婚礼什么的，一定是和孙友亮挽着手，不让别人看出什么端倪来，穿最贵的衣服，随最重的人情，姜子牙说她是个好胜心强的人。这次老师来，蒋秋英知道和婷婷密切相关，不敢怠慢，这搞得本来就低调的柳老师浑身不自在。柳老师只是说了几句，"婷婷最近成绩有些下滑。"

　　"啊，怎么回事？"蒋秋英很是惊讶，因为蒋婷婷一直是尖子生。

　　"就是觉得，怎么说呢，有点心不在焉。"

　　"怎么会呢？"

　　"也许是我说重了，我就是过来问问是不是有什么事情，有什么事，学校和家里要一起解决嘛！"

　　"是是，柳老师，谢谢你，这么关心我们婷婷，我们一定好好问问，给你一个答复。"

"好，这样我就没什么事了，那我先回去。"

"柳老师，留下来吃个晚饭。我们去买菜。"

"不了，不了，我家里烧好了。"接下来就是一番客套的拉扯，蒋秋英几乎要把柳老师扯个粉碎留下来，柳老师早也诚惶诚恐起来。只有孙友亮把老师说的话听在心里，那几日他心情很是沉重，与老周一起抽烟也说不出话来。

　　没过多久，蒋秋英开始和孙友亮在门面房里细细讨论一件大事，第二天，孙友亮便开始促销自己的鞋子，最后干脆送个干净。晚上蒋秋英就宣布，要把门面房好好装修一下，把后半部分分成两层，做成一个复式结构。之后，他们就开始招呼大新镇有名的木匠楚田吃饭，楚田带来了许多专业的器械，叫我十分着迷，我总是喜欢跟在他后面转。那天，楚田又带来了一把很是精致又多功能的尺，我就过去看，蒋婷婷看见我，就很内敛地笑了一下，我竟有点茫然。楚田横七竖八量了一圈，又用很神秘的眼神朝四围一看，就轻轻说了一句："能做。"

　　蒋秋英大悦，便开饭了。我就在一边玩尺。一开始，他们说些有的没的，楚田总是说："婷婷都这么大了。"要不就是"上次见你才这么高，现在大姑娘了"。我在一边听着都为蒋婷婷头大。蒋秋英只管说："老楚吃这个，吃那个。"最后孙友亮端着一只蒸鸡出来，蒋秋英立马招呼，楚田很不好意思，一把推开鸡，义正词严地说："婷婷多吃！"鸡的香味引我看去，只见楚田虽然明着不吃，等他们一家三口都吃得专心的时候，他轻轻地去夹了一只鸡腿。大概鸡不很烂，他脸立马一狰狞，手腕小范围地使出千钧气力，悄无声息地扯下鸡腿，放在嘴里只一个囫囵，便只剩一根直直的鸡腿骨出来了，这一切发生得波澜不惊，就我一个人看在眼里。

之后，孙友亮的店面就开始了大张旗鼓的改造，楚田又带来了两个搭档。先是把原来的地方敲个粉碎，再慢慢开始建设。那几个月里，我每天看见这个门面，似乎都有些变化。孙友亮没事做，然而也并不帮楚田干活，只专心做监工，等着晚上蒋秋英回来视察工作。中午是要管工人的午饭的，孙友亮就陪着他们去旁边的小饭馆点几个菜。据说工期在两个月左右，可是两个月到了，蒋秋英笑眯眯地问："老楚，还有多少时候？不是说两个月就好吗？"

"哎呀，这个两个月估计不行，你用的都是最贵的材料，我们也是最认真地做。你看看。"

说着他敲敲铺好的几个地砖："看看，一点缝也不留，慢工出细活，这种事不能急。"

蒋秋英听了心里很是高兴："好好好，做好就是最要紧的。"

两个半月的时候，蒋秋英有些焦急却不好意思地问楚田："楚师傅，还没好呢？"

"总的来说还差一点，你看看。主要是这个楼梯，难做的，我是想给你做到最好！"

"是是是，我和你说的，不要忘记。"

"我怎么会忘记，台阶要十阶是不是！"

"是是是，我可是找人算过的，十阶最最吉利，少一点也不行。"蒋秋英又是大悦。

"好，我们在做。"

三个月的时候，蒋秋英不找楚田，直接对孙友亮破口大骂起来："你个短寿命的，让你天天什么也不做，看着他们，怎么到现在还没做完？"

"那他们就说要做这么久，有什么办法。"

"你也好好督促督促，不要整天没事和他们瞎讲话。你知道不知道，一天就是一天的工钱，你就不能为家里想一想吗，里里外外我一个人算计。"

"我怎么……"

"我看你整天和他们小饭店里抽烟喝酒舒服得很，真是急死我了，婷婷马上放假，也好让她安安心心。以后，中午就给他们半小时吃饭！"

"我哪里和他们……"

三个半月的时候，蒋秋英中午突然下班回来，看见孙友亮和楚田三个人坐在地砖上喝酒谈天，孙友亮头皮马上发紧发红，向她解释说，刚吃完饭，歇一会儿。可是蒋秋英立马愤怒地赶走楚田几个，一下子天崩地裂。我发誓，那绝对是我见过最凶猛的争吵，或者说是骂街，似乎蒋秋英一下子不再顾着自己的脸面了。他们两个人互相对骂了足有两个小时，可以写一本大新方言脏话的百科全书。老周在一边直摇头："作孽啊，作孽。"

　　骂完，蒋秋英就甩头上楼去，孙友亮留在了楼下，没想到的是，傍晚的时候，蒋秋英从窗户伸出头来，竟对着路人大骂孙友亮，我发现，她是哭着骂的："短寿命的，一个人窝在家里，天天和楚田那个畜生吃吃喝喝，也不知道装修花的是自己的钱，家里里里外外靠我一个人撑着，在天宝赚着工资，现在也要没了，没了靠你这种男人吃皮鞋上的皮啊……从结婚到现在，没有做过一件正经事情，现在让你吃吃喝喝看着别人干活也做不好……"我从来没有见过这样的一幅景象，最后，蒋秋英干脆已经泣不成声，缩回窗户里面。我看见孙友亮的脑皮不再红得通透，不知道为什么，那一天他出奇的平静，却像是藏着巨大的力量，他坐在屋子里面，一根接着一根抽烟。那一刻，我觉得他们夫妻俩好苍老，并不是看上去那样的精力十足，比我的爸爸妈妈苍老太多。也是那一天，这栋楼的另一侧，是平淡如水的钢琴声音，这一次的平淡比之前的小溪要平淡得多了，不像小溪那样，奔流着，碰撞着，倒像是大海，风平浪静。我也知道，现在的蒋婷婷已经不会再因为父母的争吵放下手中的钢琴而掩面哭泣了，反而，周围的一切事情，都好像与她无关似的。

　　下一次见到蒋秋英的时候，她正和肖丽丽在一块，我发现她对肖丽丽唯唯诺诺的，不像平时一样大大咧咧地说个不停。不知道是这幅景象的缘故，还是我看见了她的哭泣的缘故，我在那一瞬间觉得，蒋秋英不再那样骇人，她也很柔弱，并不比别的人更加强硬。左右思索，这大抵还应该是我看过她哭的缘故，就像我看过蒋婷婷哭泣之后，蒋婷婷也不再离我那么遥远了。那时我开始明白，一个女人的哭泣大约有着什么重大的意义，就好像我害怕被别人踢到我的裆部一样。

三个半月到四个月的半个月里，楚田这几个人不再多说话，只是低着头做工。孙友亮也开始帮着做工。

四个月的时候，这场漫长的装修结束了。蒋秋英四围看了一遍，洁白的瓷砖一扫原来堆砌皮鞋的颓唐，墙面的瓷砖每隔五六个有一个带着朴素的花纹，高雅且不失大气，里面的半部分分成上下两层，配着深色的地板，摆着供人休息的桌椅，一下子沉静许多。连接两层的关键就是楚田的拿手绝活，雕花楼梯。楚田雕刻的花纹和机器做的十分不同，不是千篇一律的重复。就以这个楼梯为例，一朵夺人眼球的牡丹花延伸出来，铺张随意地缠绕在楼梯的扶手上，旁边缀着叶子、小花，以及两只以假乱真的蝴蝶，似乎扶梯都随着这颇具生机的画面要腾空而起了。蒋秋英驻足观赏了许久，脸上浮现着淡淡的却真挚的微笑，因为牡丹一方面也寓意着大富大贵，合了她的心意。

这时候，她走楼梯上复式的二楼，边走边数："一，两，三，四，五，六，七，八，九……"一下子她的脸就一片煞白，面如死灰般转过来："楚田，我不是说十阶？"

"我知道的，可是这个地面太高了，只能做九个楼梯。"

"你就不能每一个扁一些？"她的声音有点打战。

"能做我一定给你做的，你们这个地方，或者说整个张家港，地基都松，而上面整整一层楼的东西，靠墙边的支持不够的，这个楼梯等于一个支持，必须要厚，里面门道太多了，我讲不清楚，反正只能做九阶，九阶也是给你多做的。哎呀，你知道，算命那种东西，信则有不信则无，有的时候也不好信，我们搞建筑的，第一个就是安全，这是最主要的……"

不知道蒋秋英听进去没有，她如木偶般走了下来。

之后，再走这个楼梯，她总是有气无力地看着孙友亮："短寿命的，让你看好他们做十阶，哪里听得进去！十全十美啊，专门算过的，天机又不能和你明说！现在九，不吉利了，不吉利了……"她为这件事骂孙友亮的时候，声音也不敢洪亮。

可是没过多时，蒋秋英又恢复了快乐的神色，她是不甘于被楼梯所困扰的，总要想想办法。为此，她专门又去山上找了仙姑，多备了两张一百元的现钱，静悄悄地放在仙姑旁边，仙姑一直闭着的眼睛，微微一眯，心里顿觉通畅，又通了一回神灵，这一次，说九阶楼梯也是好极的，不必十阶，正所谓九五至尊。又解释了一番，说上次算得确实不精细，但人生天地间，算错一次也委实难免。蒋秋英立马抚慰仙姑不必自责，就笑盈盈地回来了，见人就说自家的楼梯正着了九五至尊，是再吉利没有了。

钱太太也和她乐得相仿了，说秋英很不简单，持家做事，靠的就是这逢凶化吉。

❧

孙友亮重新寻了个工作，他年纪大了，工作时间也不太长，好长一段时间，还是要坐在平江路东头第一家的门面房里，现在这个门面房是最时髦的复式结构，他坐在下面，闻不到皮鞋的味道，觉得空气是完完全全的真空、干瘪、百无聊赖，他看着阳光从外面射进来，像是一根根很长的金针扎到地上。

他还是喜欢这个房间充满皮鞋的样子，堆积，无穷无尽的堆积，到处都是黑色和棕色，棕色和黑色。阳光再射进来的时候，还是像金针，可遇到每一双鞋都会断裂，然后洒出一片金光铺在发亮的皮上，他躲在一个个鞋架中间，对抗这光芒。他的眼睛睁不满了，疲倦，一天一天，一夜一夜无休止的疲倦，像是千斤的重物挂在他的眼皮上，他照镜子的时候发现，眼皮是松弛了，一道一道弯弯曲曲的褶皱，"跟蛋一样！"他要这样咒骂。他的手里，总是拿着什么东西，要么是一本《莫扎特传》，要么是写着"某某大会顺利召开"的张家港日报，要么，总还有可能是别的东西。疲倦啊，正是下午一点的时刻，老周切割铝合金的声音刺过来，像是经过了一百层海绵的阻挡，也很疲倦。他的眼皮反抗不了无聊的重量，下坠了。睡前，往事要袭来了，从前的时候，他把往事一遍一遍地诉说，就从来不会想起。现在，他再也不提起过去，回忆反而一阵一阵地涌来。

用他的话说，三十年河东三十年河西，他也有被当作少爷的时候。那是他二十七八的时候，结婚两年，儿子刚刚出生。大哥三十五岁，在镇上的中学教书，教物理。二哥三十一岁，在天宝做会计。父亲去世了，父亲的去世，对于一个三个男孩的家庭来说，是自由，母亲再也管不住谁。他混在肮脏的火车站里，穿着时髦的大衣，放在口袋里的手抓一张去东北的票，跳上了绿皮火车。那几年他做石油生意，白手起家，凭的只有独自跳上火车的勇气，这是他的两个哥哥没有的东西。这之后每一年回来，他都穿着貂皮大衣，揣着两条中华，一下车，挨家挨户发香烟，一到家，把缝在内衣上的一张张钞票解下来。那个时候，他是孙少爷。

等到他三十六岁的时候，生意的钱已经亏光了，在外面还零零碎碎欠了一点。东北的情人卷走他所有的现金，去医院里打了胎，他一个人在地下室里，吃了三天的白酒加花生，也学会了在饥饿的时候抽最劣质的烟。等他穿着褶皱的貂皮大衣回来，大哥领着他去了妻子的娘家，签了一张离婚协议书。他走的时候，站在原地，看见儿子从卧室的房门缝里看自己，那是一个茫然的、由平淡到犀利的眼神。那个时候儿子快要上初中了，他突然觉得，他并不很认识这个男学生，以后也注定永远陌生了。他想去摸摸儿子的脸，或者干些别的事情，可是他还是直接走了。那个时候，没有人再叫他孙少爷。

　　第一次见到蒋秋英，是被二哥领着去相亲，二哥说这么下去不是个事，总是要结婚的。蒋秋英也是天宝的会计，离过婚，三十出头。他们那天去镇上的小饭馆吃饭，菜单递到蒋秋英的手上，她来来回回地翻看，点了一个大煮干丝，便宜也体面。之后她给孙友亮，孙友亮就看了一眼第一页的招牌菜，说："酸菜鱼。"蒋秋英说那个贵，孙友亮笑了笑，还是要酸菜鱼。之后，蒋秋英用开水把桌上的碗筷一一洗了一遍，先给孙友亮递上，才断断续续说上一点话。服务员把酸菜鱼端上来的时候，晃了一下，一撮油溅在蒋秋英的身上，也溅在服务员的手上，服务员立马吹起自己的手指来，蒋秋英抽出餐巾纸便擦自己的衣服，脸色一下子不好了，逼仄地对服务员说："你怎么回事，弄得我一身。"

　　"对不起，对不起。我不小心滑了一下。"

　　"菜汤是洗不掉的，一直有味道，你说这怎么办。"蒋秋英脸红成一片，嘴里念念有词。服务员又给她抽了些纸来。

　　"你的手不也烫坏了？以后也好当心点。"蒋秋英冷静下来，看着服务员的手指，努着嘴又说。

　　这一顿饭对她来说，大约是不愉快的，她手里总是捏着一张纸，动不动蹭蹭那个有菜汤的地方，每次做这个动作，都要紧紧皱一下眉头。

　　回家之后，孙友亮看着二哥说："人是个好人，脾气可是烈着呢。"

　　"你这样的人，没有个厉害媳妇，哪里管得住家，还想和以前一样？我说这样是最好。”

孙友亮回想着第一面的记忆，蒋秋英是整齐的短发，小小的脸庞，不算白皙却是透着健康的红色的皮肤，短小精悍的身躯。生气的时候有一股别样的气概，他想着竟也入了迷，这是一种他不曾品味过的女人，象征着控制与束缚，他想着那是火车站、船票、油田、东北的玉米的反面，这些东西，必将全部都旋转着离自己远去了，只有蒋秋英，封闭的空间，捆绑与控制。他开始油滑地想象，蒋秋英的乳房也是瘦小的，臀部也是干瘪的。可是一切都很好，他觉得。他开始渴望自己被蒋秋英捆绑着，像一朵自由的海浪被塞到一个玻璃瓶里，但仍然可以起伏，喘息，高潮和伤感。

结婚前，蒋秋英的父亲请他到院子里喝酒，抽烟，吃一只干蒸鸡。吃到一半的时候，她父亲拿出了五千块钱，说，把债都还了吧。那天夜里，孙友亮在被子里竟哭了很久，觉得自己重新被当个人看了。

结婚那天，是在蒋秋英朋友的饭店里办的，孙友亮穿着西装，胸口别了一只红花，手里夹着一根香烟，给每一个路过的人倒上一杯时髦的可口可乐。那一天的行人他都依稀记得，有一个穿着红色衣服的小伙子，他的鞋破了一个洞，他喝了一杯，一个劲说甜，说这东西的气泡震得舌头麻麻的，再要一杯。孙友亮笑着说，一人一杯，他赖着不走，高声说了一句：“百年好合，白头到老。”蒋秋英笑着看他，又给他倒了一杯。有一个穿着军大衣的男人，说马上要出发了，走之前碰到这个婚礼，是缘分。有几个女人，嬉皮笑脸地经过，还有……那些人物，都摇摇晃晃。还放了两行红色的鞭炮，他也记得那些小东西炸开的场景，让一切都开始摇摇晃晃。那个时候，他捂着蒋秋英的耳朵，四面八方的笑声、尖叫以及爆竹炸裂的声音塞进了他的耳朵，多年之后回忆起来，他已经分不清是狂热还是完完全全的寂静，只知道太阳似乎在近处颤抖了起来，一切都像是在风暴中心的船只一样叫人眩晕。直到现在，他的眼皮慢慢睁开，看着指向两点半的时钟，也分不清什么，而且只会越来越模糊。

如今，他每天都把自己围在鞋的迷宫里，像一只习惯生活在暗处的老鼠一样害怕外面的世界，一顿平庸的午饭，一次煎熬的午睡，一段难以打发的时间，偶尔几个叫得出名字的顾客，不厌其烦地说与他们听，这双鞋在你脚上好看，这个皮多么结实，这个多么合算。然后为自己的女儿和蒋秋英准备晚饭，他渴望的束缚和控制，一应俱全，他感到自己的肉在束缚的绳索里面腐烂了。

如果说一天之中还有什么新鲜和可期待的事情，那就是每天晚上他把蒋秋英扑倒在床上的时刻。只有那个时候，他觉得生活在自己的掌控之中，一朵被瓶子封装的海浪仅有的自由，就是掌控摇晃和翻涌的节奏。这个时候，他觉得生活的绳索还可以捆绑得更紧密一点，海浪应该嗜着海浪，最后难以分解。有一次，他甚至在翻涌即将到来的时候，问蒋秋英："我和之前那个，哪个厉害？"蒋秋英甩着娇小的脑袋，喘息着说：

"神经病。"他短暂地觉得，他才是执绳索者，但也仅限于那一刻。

结束之后，快感的绳索才像是松了下来，两个人对着天花板躺着，蒋秋英那时问他有什么打算，他说，我这人干不了活，进不了工厂，还好有个手艺，会做皮鞋，我去开家店吧。蒋秋英付钱，给他租下房。他做的皮鞋扎实，穿不坏，一批顾客走了，就少有人来，赚的钱敷衍了房租，剩下不多。那一天两个人去市里逛街，蒋秋英看上一条围巾，一百块钱，孙友亮放在手里摸了很久，说："有点贵了，别买，回去我给你做。"蒋秋英心里委屈，拉下了脸，孙友亮买了一匹布，也是好料子，但便宜得多，可谁知道回去之后，蒋秋英立马翻天覆地找到了一把剪刀，把这块布扯了个烂碎。这一天之后，他们束缚的绳索仿佛也碎了许多。

蒋婷婷出生那一天，孙友亮抱着她，突然感受到了一股心底里面的震颤，像是一道不可遏制的电流。他重新想起了离婚那天儿子看自己的目光，他一下子觉得，自己的身体很重，自己赚的钱也太少，一种疯狂的责任感和欲望囚着他。

第二天，蒋秋英的父亲就来家里，宣布了孙女儿要姓蒋。孙友亮甚至觉得无所谓，他在乎的似乎只有那个弱小的、在他怀里的肉体，一下子就同意了。

他一丝不苟地做皮鞋，甚至出门叫卖，可是赚得还是很少。他问二哥借钱，给女儿买最好的奶粉、最柔软的衣服。他不知疲倦地做鞋，甚至在平时接下给别人折纸盒子的活，可还是捉襟见肘。那个时候，他感受到了蒋秋英性格的变化，那种无常的脾气越发频繁，他心里明白，用尽心思百依百顺地对待她们。老房子的阴暗与潮湿让女儿脆弱地咳嗽，这个时候，总算蒋秋英在天宝顺风顺水，三十多岁的女人，也正是事业上成熟的时候，于是，他们又贷款买了平江路的房子。

似乎有了点希望，当时在东北的朋友叫孙友亮合伙重新干些事业，几十万的投资已经到位了，只要他过去谈谈生意就行，地点在南京。他便走向张家港的汽车站，同样的拥挤，他在上衣口袋里的手攥着一张长途车票，可是这一次，他心里空洞无比，车票上全是手心底的汗液，他再没有从前跳上火车的激情了。在南京，每天工作到十一点，每个月的工资有在当时很高的四五千元，他仔细地、紧张地把这些钱藏在公文包的最底下，每一周坐着长途汽车回来，小心翼翼地交到蒋秋英的手里，渴望看到女儿的笑容。

仅仅一年，公司就不太稳固了，这个时候，他从家里拿出两三万来，可也无济于事，朋友告诉他破产的时候，他也有点无动于衷了，他知道，多年以前，在穿着褶皱的大衣回到这里的时候，风光两个字就再也不会光顾他了。

他继续在平江路的门面房开鞋店，没有了租金，似乎轻松了很多，可是他也认识到他自己变了，一种努力却一败涂地之后的堕落注入了他的皮肤，一切都开始松弛。直到他和蒋秋英的一次正式吵架，蒋秋英骂道："哪里有点男人样子，别人出去都赚钱，就你出去，弄了一屁股债给我还，还了出去还是赔，倒霉胚子。"那一刻，他也愤怒了，一根针扎进他自尊的伤口，忍无可忍。

也就在这个时候，蒋秋英展现着极强的攫取的欲望，她不断地工作，争取着升职，事业上的胜利成了她唯一的慰藉。她把孙友亮摁在家里，让他一丝不苟地开鞋店，让他教育女儿，孙友亮意识到，这是一种注定的悲哀，在蒋婷婷被决定姓蒋的那一刻开始。

曾经幻想的束缚真正到来的时候，孙友亮已经来不及反抗，也不可反抗了，他不再一丝不苟地做皮鞋，而是直接去温州进一些劣质皮鞋来卖，给他们抹点亮油，整整齐齐地摆放罢了，又整天研究钢琴的谱子，和女儿一起学琴。每一个下午，他睡眼惺忪地醒来，看见外面的阳光，一切空气中的浮尘都像是有生命的，在陪伴着他，这是一种深层次的无聊。在这样无聊的午后，他唯一可以做，也乐于做的事情就是去细细揣摩着蒋秋英的一切行为和背后的心思，正因为这样宁静的思考，他开始洞察蒋秋英和他自己的、甚至是这个家庭的无奈：蒋秋英不断地和自己争吵，也许不是因为他们之间爱情的丧失，也许也是丧失了的，起码在争吵之后，他和蒋秋英很少再享受云雨，他们肉体的疏离似乎也潜移默化地润养着隔阂。但是最重要的是蒋秋英心里的恐惧，她即将迎来自己的五十岁，一个退休的年龄，而蒋婷婷的人生还需要太多的东西。蒋秋英即使现在富有，可是未来的不确定深深地吞噬着她的内心，她企图控制一切，这种欲望不仅仅表现于在公司里对权财的争夺中，在家庭里也渗透着。她毫无理由地让自己灭掉烟，即使在擦地的时候，自己横着擦，蒋秋英也要让他竖着擦，这似乎已经衍生为一种习惯的病态，不可纠正了。而这未来的不确定也正是因为自己不能给家庭一点点可靠的保证，不能与她分担。蒋秋英在天宝公司春风得意，越来越不把自己的皮鞋店的一点点收入放在眼里，而自己呢，也悲哀地接受了这样一个事实。要知道，男人的堕落，总是从自尊心被人遗忘开始，然后这种堕落还没有终点。唯一能做的就是去反抗，不是对自己的无能，对自己所受的肮脏辱骂的反抗，而是对着无聊的生命下作的反抗。蒋秋英也的确因为自己的无能而承受了太多，压抑了太多，这一切就是因此而起，但是自己再也无力改变了。从家里拿出钱去南京的时候，也许就是蒋秋英对自己的最后一次信任，而现在，彻底的束缚，彻底的控制，彻底的颓废，彻底来临了。

可是这一切对婷婷，是莫大的伤害，她不得不承认自己出生在一个病态的家庭了，男人像是女人，女人像是男人，父母年迈又苦苦支持，而这支持背后的辛酸不断地转化成制造出来的不和谐的骂声。蒋秋英强大的好胜心和更强大的不安全感最后只能移植到婷婷的身上，让她出色，让她一丝不苟，让她不快乐，婷婷注定要承受这样的生活。孙友亮这样想到，心里生出无穷的痛苦。

如果说这样无趣的生活还有什么美丽的，那也只能是蒋婷婷的存在，孙友亮一遍又一遍听巴赫和肖邦的曲子，虽然他什么都不懂，可是他为婷婷选了钢琴这门课，希望音乐的美好一直种植在她的心里。而自己在有音乐的午后与无聊的纯粹的时间一起沉寂下去。孙友亮期待着这一天的到来——与蒋秋英明明白白的对战的开始。在一次争吵之后，蒋秋英终于向他发出挑衅，提出分居。孙友亮知道蒋秋英在变相地侮辱自己，以为自己不会在性上面让步，而卑微地求情，可是孙友亮没有让她得逞，他反而觉得，这是一种狭小的自由，一种深渊般的自由。

与此同时，蒋秋英在天宝上升的斗争中赢了一个又一个敌人，可是这一次，站在她面前的对手是肖丽丽，刘小宝的情人，她知道，她不可能再赢了，而且她与肖丽丽为敌，也注定她要输得很惨。蒋秋英疲倦地和孙友亮坐在饭桌上，告诉他："老孙，这次我可能要被调走了，而且快退休了，估计就给我一个养老的职位，没有多少工资咯。"

"怎么了？"

"肖丽丽在老板那里说我的坏话，那个婊子，估计是要让她妹妹上位了。"

"哎，随他，这几年，也不错了，养养老也好，你看看你多瘦了。"

"你怎么不懂啊，没了职位，没了权力，就是没钱啊。"

"我当然知道，我这不是安慰你吗，心态要放平。"

"我怎么放平，你又不赚钱，婷婷才小学，开销不大，初中反正也是义务教育，你想想高中大学，最主要是个找工作的事情，又是找关系、送人情，要多少钱啊，简直没个底。"

"别想那么远了，你看看比我们困难的还很多，不也在过吗？"听到蒋秋英说自己不赚钱的时候，孙友亮心里还是动了一下，可终究平和了。

"我只要看到婷婷找个好工作啊，别像我们厂里那些工人，早上做到黑，全身是油，多可怜啊，一个月还只拿个一千多块钱，你想想怎么生活。"

"婷婷怎么可能这样。"

"我知道婷婷不会，就是这么一个说法。"

"女孩子，还是找个好人家最重要，不要和别人勾搭坏了。"说完这句话，孙友亮心里止不住愧疚，他眼前的人是不是就是没有找到好人家的典范呢。

"老孙，趁我现在还能管点厂里的车啊，东西啊，你的店别开了吧，我们把下面装修一下。"

"嗯？为什么？"

"婷婷上了初中，同学什么的一来，也要有点样子才行啊，一个鞋店，叫别人笑话。"

孙友亮沉默了，似乎这是他最后的领地与尊严。他看着眼前的蒋秋英，那个点大煮干丝的人已经死了，现在的蒋秋英呢，头发有些白了，脸也称不上娇小，反而轮廓如刀刻一样尖利，声音也不似从前的柔和，一段段的大声争吵和吃力的呐喊让她的声音也坚硬了起来，身体如他说的一样瘦、精炼，而且，有点孤独，这一切，都是因为自己。孙友亮决定放弃所谓的狗屁尊严，坚定地说："好。"

可是当榔头把一个又一个鞋架打碎的时候，他才知道，自己一生苍白的流离什么都不剩了，鞋中间的角落，自己负隅顽抗的角落都被砸得干净，放在太阳底下曝晒、融化，孙友亮觉得一阵眩晕。

孙友亮老早就认识楚田，家里装修一直就是楚田做的，其实楚田的手艺一般，可是认识的人总是不能不给面子的，倘若请了别人让他知道，反倒有点自己理亏的样子。也正是楚田的拙手砸掉了所有的鞋架，瓦解了孙友亮的生活，可是孙友亮心里倒也没有生出一点点怨气，反倒是轻松，在把收银台砸掉的时候，孙友亮觉得一下子暴露在了阳光的下面，就像是自己一直都赤身裸体地躲在黑暗的角落，一下子暴露在光下，灼热，难受，可是一点也不羞耻。他只是开始管不住自己的嘴巴，不断地和别人诉说自己的往事，似乎再不说，就全死了。看着楚田和水泥，就点上一支烟坐在旁边，说："以前我在东北的时候，就这个天，天也冷得冻冰了，你在那，哪里和得了水泥。估计那里的匠人十一月就停工。"

"你还去过东北？"

"我怎么没去过，沈阳、长春都没意思，就是哈尔滨，零下三四十度，撒尿的冰柱都把人顶开。"

"瞎说，这么冷，那那里的匠人冬天干吗？"

"哪个知道他们在干吗哦，估计和我一样，暖气里面待着，外面雪再大，里面一件汗衫就行了。"

"在暖气里待着不干活，吃西北风？"

"我哪个知道他们，那个时候，那个时候我……天天浴室里面一钻，泡泡澡，再找个女人按按背。"

"瞎说，开始瞎说了，哈哈。"楚田笑了。

孙友亮的眼睛里似乎闪出了东北浴室里满满当当的金黄色灯光，那里的女人，都穿着短裙，露着大腿，脸上雪白，眼睛一闪一闪地看着你，总之一切都像是酒吧里面疯狂的音乐一样，强制让你的精神极度兴奋，那个时候，真像是喝醉酒的年岁，也很像喝醉酒的快活，可是忘了个干净。太久了，孙友亮已经太久没有徘徊在床笫之间，那些事情，空口说出来，竟让他很是羞耻，可是充满快感，一种试图用羞耻浸染楚田的快感。

一到午饭时间，孙友亮的屁股后面跟着楚田，在快餐店里点上鸡腿和鸡蛋，竟让他体会了许久都没有的爽利，他说："东北的菜盘子大，一个小鸡炖蘑菇，够两个男子汉吃饱了。"这种时候，楚田笑着听，这些都是他想也无法实现的事情，毕竟大多数男人没有在二十五岁的时候坐上三十个小时火车，想着永远也不要回来，江南的小男人，大多数过着小男人该过的生活，就像楚田自己一样。

渐渐地，孙友亮越来越依赖楚田。那一天，吃完饭，可是孙友亮的故事还没有讲完，在一堆装修的废弃木材旁边坐下，孙友亮的烟还剩半截，楚田的啤酒留了几口，另外两个帮工似睡非睡，孙友亮缓缓地说："那个时候的火车哪像现在身份证实名什么的，乱得很啊，当时在天津一停，几个戴墨镜、挂着拐杖的人进来，掏出监狱释放证就给我们看，什么意思知道不，有钱的给钱，有烟的给烟，多少都不拒，但是不给的话，立马一拐杖下来，脑子都给你打出血。我那个时候怀里有两万块钱，那个时候的两万啊，哪里像现在，做个楼梯都不够，我上火车也紧张，小偷遍地都是，可是我把它塞在大衣外口袋，当作什么事都没有往对面一挂……"

这个时候，蒋秋英进来，孙友亮知道自己紧张了，可是还是摆出一副外强中干的男人的从容。接下来，也许在别人的眼里，就是一副凶恶的夫妻争执的画面，可是对孙友亮来说，这就是他的一个普通的、恍惚的下午，他看着楚田晃晃悠悠地离去，听着蒋秋英密集的辱骂，可是声音又似乎在真空中。之后，蒋秋英在楼上哭着朝下大骂的时候，他心里是一种撕裂的感觉，透不过气来。他知道自己有多么无耻，和工人聊天聊得天昏地暗，寻求一点吹嘘的快感，却不管自己家里的正事。可是他控制不住他自己，他的生活太寂寞了，连过去也无人知晓。他不敢去直视妻子哭泣的脸，如果说生活里真的有柔软的一面，那就是他们妻女两人。在蒋秋英烦躁的辱骂声中，他才知道，过往的一幕幕在他向着楚田倾诉的那一刻开始瓦解了，再也记不起一点点来。

动工做楼梯的那一天，楚田老老实实告诉他："这个地方，只能九阶楼梯。"

"不行，要十阶，九阶秋英是不高兴的。她亲自去算的，你就给她做十阶吧，不好看也不要紧。"

"真的做不了，总共就这么一点距离，楼梯就是意思一下，说白了，弄出一个复式的形状而已。九阶已经是我为你们做的极限了，照例七阶最合适。"

"不不，秋英最讨厌的数字就是七。怎么做不了？"

楚田指着地上挖出的伤口，告诉他土地和建筑的机理，都是些专业的名词，说了很久，其实孙友亮什么也听不懂，可还是耐着性子听着。

楚田要走了，他客套地问了一句："在这吃饭吗，我马上做饭了？"

"不，娘子在家里做了等我呢。"

孙友亮觉得一阵战栗，等他们走后，他一个人在楼梯处冲着地面凝视了很久。又转了几圈，最后用只有他一个人听得见的声音说了一句："原来，这结构从一开始就错了。"

逐渐加重

那是一个秋天，我们一家三口注视着老周来到平江路。

当他拐进远处的路口的时候，我们就开始看着他，他骑着一辆很大的电动三轮车，身边还坐着一个女人，年纪和他相仿，事实证明那就是他的妻子。那女人挺瘦，裹一条红色围巾，衬托着她的脸，倘不是年纪有点儿大的话，一定是个漂亮的女人。而老周穿一件藏青色的夹克，也许是不太保暖，脸在风中有些凛冽。他们就这样驶来，我们都经历过这样的时刻，你和一个熟人面对面地走，可是还没有到足以打招呼的距离，这是一种相当尴尬的境地，如果一直笑着，就显得有些愚钝，大多数人的做法就是把目光看向别处。老周当时也是如此，在我们长远的凝视下，他的脸已有些绯红，只好看向别处，差点把电瓶车开到河里去，不过在蹭到河沿的时候他猝然警觉，猛一打弯，挽救了他二人的性命于水火，不然也就没有后来老周对着河撒尿的后话了。

也许我们的凝视真的能抵得上几年的交情，老周来了以后，和我们都好像一见如故。他总是举着一包烟发给这个发给那个，最标志性的是他豪放的声音，是平江路的大场面，没了他就要冷清了许多。譬如他把烟给小马哥，小马哥总是摇摇头，并且示意他自己弄水产弄得手上正湿淋淋的，老周立马一皱眉头："哎，怎么回事？"声如洪钟，小马哥只好在围裙上擦擦手，接过烟来。给王离的时候，王离也笑着摇摇头，老周再一皱眉："啧，这客气什么。"就这一咂嘴，也有透人心魂的神力。至于给我爸爸或者孙友亮，他们是不佯装拒绝的。

平日里，只老周一人干活，而那活无非就是切割铝合金罢了，我听到那个声音就浑身毛骨悚然，可是老周没有戴耳塞，竟毫无反应。我严重怀疑他的听力是不是有些问题，这样一来，也就和他说话大声对上号了。至于老周的妻子，我不知道她叫什么名字，只听过老周称呼她"老芳"。她总是躲在门面房的最里面，灯也不开，听着收音机。饭点的时候就端着一大锅菜出来吃，他们的中饭永远是一大锅混杂的东西。我的妈妈总是夸老芳是一个很贤惠的人。她和老周一样客气，只是收敛很多，买了水果总是分一些去邻居那里，说话也轻轻弱弱，符合她优雅的外表。可是有一次，老周看见马逸云哭了，就问怎么回事。李秀娥说没事，可是马逸云哭着说："妈妈不给我买巧克力。"李秀娥拿不标准的方言连忙解释："一点点就十块钱，可不敢这样惯着她！"老周立马灭了烟，在口袋里摸索出十块钱塞在马逸云手里："叔叔给你的。"李秀娥连忙推辞，叫马逸云："还给叔叔，妈妈给你去买。"他们互相拉扯，场面一度混乱，也许就我一个人看见，在老周拿出十块钱的时候，老芳在他身后扯了一下他的袖子。

我们都看得出来老周喜欢孩子，当我歪着脖子练字的时候，他也会悄悄地走进来，看我写字。我练字的时候不太认真，大约是因为无趣，所以我总是哼着歌或者自言自语。因为沉浸在自己的世界里，反而显得认真了，于是我总是察觉不到老周的到来。等我闻到从身体后侧飘来的一阵阵烟味，我才知道是老周来了，这个时候我回头叫一声叔叔，他只对我笑笑，然后开始走到我身边告诉我哪个字写得好。他不懂书法，总是说我练的字太胖了，不好看，那是因为我在写颜真卿的楷书。一旦我厌恶地摇摇手，他就知道是他的烟味呛着我了，立马出去灭掉，可是他还是每每在我旁边抽烟，让我觉得他抽烟实在是一件身不由己又无法控制的事情。

当马逸云第一次被小马哥抱出来的时候，他也抢着去抱，放在手里玩了一会，摸摸脸，又很是拘谨地晃了两下，好像很想逗她玩，可是手法不很娴熟，怕把宝宝晃到空中去，又没有接住，最后摔到地上砸个稀烂。没多久，马逸云就号啕大哭起来，可是女孩子的哭声就是裹在海绵里的糖果，有种软软的甜味。老周没有办法，把孩子交给小马，可是自己还是忍不住盯着马逸云，然后对老芳说："你看，这孩子蛮有趣的呢，蛮有趣的。"

无论如何，老周他们这些年纪大的人总是和我玩不来，马逸云也太小，和老周的接触多是身不由己的。叫我惊讶的是，这些孩子里面，和老周最亲近的人是王小桃和王小李。王小桃也整天干铝合金活，虽然他是王离的儿子，却像是老周的徒弟。但两人之间却没有什么礼仪来往，不像我一见到老周就要喊叔叔。王小桃和王小李就从来不，不过这样一来他们之间反而显得不那么生疏。王小桃在干活的时候有什么问题就到隔壁问老周，老周总是扯着嗓子解答，然后王小桃笑眯眯地离去，这个时候，王离大约还在打磨他称之为秘密的东西。王小李就更喜欢老周了，老周也是那种每天都要看一遍张家港日报的中年男子，他总是端着一只小凳子在太阳底下专心地看，王小李就忸怩地站在他身边，等他翻过前面无聊的政府报告和农村新鲜事，到最后一页的时候，两个人一起开始看幽默笑话和猜谜。王小李平时不声不响的，只有这个时候，会因为笑话笑个不停，还给老周解释一些谜语的谜底，你这么看过去，真像是一对父子似的。可是你稍加思考又会觉得不像，父子之间大约是没有这么融洽平等的关系的，就像我和我爸爸之间，就摆不出这样一幅动人的画面来，我会觉得很不好意思。

　　纵使百般讨厌，可我还是渐渐地习惯了切割铝合金的声音，换句话说，也就是习惯了老周在平江路的存在。无论他怎么高声吆喝，你总还是觉得他的存在是很平淡的，因为他大多数时候都在辛勤工作着，要么在用卷尺量什么，要么在做着什么。当一批货来的时候，老芳甚至都出来和他一起搬东西，好像他们的生活比别人更加踏实、自得。可是你也会觉得老周没有第一天骑车来的时候那么精神，那么面色红润且容易绯红，几个月下来，他似乎添了一点白发，脸上总是灰蒙蒙的，很疲倦的样子，大嗓门都让我觉得有点外强中干了。妈妈说："那是他们一家子都太辛苦了，铝合金这个活可累着呢。"

起初，他们大约对于平江路还不熟悉，行为还很谨慎，可是融入其中之后，我们也渐渐看到了老周真实的一面。虽然他对待别人都是友好忠厚的，可是他总是和老芳吵架，吵架其实也算不上，因为老芳从来不还嘴，可以看成是老周单方面的训斥。有的时候，老芳甚至委屈地一个人在门面房的最深处对着收音机哭泣。譬如，只要老芳给别人送货的时候搞错了，老周立马对着她大吼："臭女人家，什么事都干不好！"还把铝合金砸得乒乒作响，很是骇人，如果老芳在他饿的时候没有做好饭，老周甚至说："当我的拳头留着回去种田？"大家都觉得老周虽是个强势的男人，可对于漂亮的妻子总还不至于真动拳头。可我们都猜错了，过不了多久，老芳就带着半边肿胀的脸坐着那辆三轮电瓶车来了。妈妈去问她怎么回事，她眼角一红，看了一眼老周，说："牙疼肿起来的。"老周呢，若无其事地干着手里的活，眼神却开始飘忽不定，脸也终于又绯红了。妈妈回来说："一看就是一记重重的耳光呢。"也许是开了头就停不下来，也许是本就如此，只是刚来的时候都故意掩盖起来不给我们看。自那以后，老芳身上间或就看得到伤痕，手臂上红色的印子，脸上的破处。特别是夏天的时候，老芳的腿部总要引来男人的注目，可是他们贪婪的目光顺着腿往上爬，看到大腿根部的红色击打痕迹时，心里就凉了下来。妈妈和别人的谈话里总是说老周有点家庭暴力的倾向，那些女人都嗤嗤地笑起来："不就是男人打女人？还家庭暴力嘞！"这时候我妈妈就面红耳赤地解释："我也是在网上看到的呀！"可是这样的事，女人们只能在背后悄悄谈论，毕竟是老周隐秘的家事，是不能和他本人探讨的，况且老芳对外人仍旧很贤惠，当作什么也没有发生。

当钱太太的夕阳座谈会开始说这件事的时候，有人就说老周和老芳没有孩子，所以他们之间有了矛盾，蒋秋英就问，为什么不要孩子，那人说，老周这么喜欢孩子，一定是媳妇不能生呗。

蒋秋英就是这样一个喜欢追根究底的人，她第二天就来和老周他们搭话："哟，你们这么晚还不下班呢，多少钱要赚呀？"

"赚得到钱，我们可就回家喝酒了，还干活做什么。"老周半开玩笑半苦涩地说。

"老周喜欢喝酒？"

"他不得了喜欢，哪天不是喝？"老芳立马抢答。

"臭老娘们话多。"老周立马就凶神恶煞起来。

"哎哟，你说这儿子也大了，喝喝酒享受也是该的。"老周突然的发火让蒋秋英很是尴尬，但她并不理会，头皮发紧地往正题里说。

"没有儿子。"老周冷冷地说。

"啊，不好意思，那是千金吧，在哪里发财？"

"我们没有孩子的，哎，养了烦得要死。这样也蛮好。"老周说着点起一支烟，老芳也不再插话。

"哦哦，你看，这时候不早了，你们早点回去，我也回去了。"蒋秋英知道点到为止，这又是她的高明之处了。

这样一来，这个传言也就证实了——老芳生不了孩子，是他们潜在的矛盾根源。平江路的人好像一下子都成了弗洛伊德或是什么大人物，把老周夫妇的潜在都看得一清二楚。

一个冬天，我们家三口又注视着老周的电动三轮车驶进平江路。

我们之所以要注视，是因为那一天很不寻常，开三轮车的是一个看上去三十上下的胖男人，虎背熊腰，几乎是一个光头，眉目生得倒也福泰和蔼，穿一件黑色的臃肿的羽绒服，鼻子已经被风吹得通红。老周夫妇则坐在三轮车的后面，两人挤在一边，这样一来，三轮车的重心就很有些偏斜了，老周的那一侧下沉了很多。而这胖男人在我们的注视下，脸也渐渐绯红，转而也把眼睛看向别处，车就不自觉地朝老周那一侧歪斜开去，几乎就要开到河里了，还好蹭到河沿的时候那胖男人猝然警觉，猛一打弯，才挽救其三人性命于水火。

那个胖男人，我只听得老芳叫他"牛犊"，老周则直接唤他"犊子"，那些头发花花绿绿的，身上有着文身的男人，又叫他"牛哥"。而他的本名其实是毛牛犊，我想，"毛牛犊"正是一个很有趣且多变的名字。

　　这个胖男人是老芳的侄儿，用她的话说，"来帮我们做做事"，而这做事就又是切割铝合金之类了。他到底是年轻些，切割铝合金也莽撞得多，并不像老周慢慢地往下切，仿佛一刀斩去似的，声音又快又尖，但凡他往切割机旁一站，我是万万不敢在附近逗留的。做完活，也不似老周那样安稳，他是不甘于在休息时间读《张家港日报》的，他一定要走到平江路后边不远处的桌球店挥挥杆子才好。

　　而那个桌球馆，我有的时候也去，因为老板娘是一个很温柔的女人，她告诉我如果没有人的话我就可以随便打，是不收钱的。但我胆子很小，而桌球店里总能遇到叫我骇破胆子的人。他们大都三五成群，脑袋的四围刮得干净，头发只留中间的一撮，而且染成了别的颜色，往往只穿汗背，意在露出文身来。那些文身，尽是人面的兽，九头的蛇，一脚的牛，袋子似的帝江。倘若有人赤着上身，你还要看到整张肚皮上因地制宜地放着一个没有头，以乳为目，以脐为口的刑天。他们只要打球的时候手微一用力，臂上立马勒出两段精条肉，霎时间，那人面的兽，九头的蛇，一脚的牛，袋子似的帝江统统立了起来。他们打球是一点含糊也不能有的，弯下腰去对准时，脸上一定现出咬牙切齿的神情，等精条肉一收缩，桌球随即"啪啪"作响，无论球进了不进，他们都要嘶吼起来。遇到他们，我只好偷偷摸摸地逃走。

　　经常遇到的人中，也有毛牛犊，他见到我很热情，教我打桌球。他的桌球技术出神入化，可是他总说自己在圈子里不算厉害的。我念念不忘的是他的一个绝活，就是把桌球杆从背后穿过，在腰部的位置，手也在背后撑着，屁股坐在桌球沿上，脸一歪，开始打。这个动作帅极了，我说，"这真是一个绝活！"可是他说，"这算不上什么绝活。"但是说完他却又要把屁股挪上桌去，用这个动作打上三五十杆才作罢。

　　在桌球馆里的师徒关系，竟增加了我和他的感情。可是有一次，我正和他打着，却瞥见空中走来了人面的兽和九头的蛇，我放下杆便走，毛牛犊把我拉住，说不用怕，这都是他的兄弟。我肃然起敬，毛牛犊竟有这样的兄弟，而叫他"牛哥"的，也正是他们。那一次，我便看着他们吵吵嚷嚷地打了一次球。但临到要走，付钱时，众人却又忸怩起来，先推输最多的付钱，输得多的又推赢得多的，几乎有些面露凶相。三五来回之后，还是毛牛犊过去付了，众人才又叫着"牛哥"，一团和气地走了。

　　有一天上午，毛牛犊歇了也不去打球，老周的店里来了一个老人和一个小女孩。天哪，你要知道那个小女孩有多可爱，你也一定会想要看看的。她的眼睛很明亮通透，好像时时都含着一层泪，皮肤白净如雪花一般，说话的声音也很甜软。老周也开心极了，不顾一切地逗着她，那天上午，老周甚至没有做生意，怕声音太大，把孩子的耳膜弄坏了，大家一起都陪着她。那个女孩把汽车叫作"野人"，每当有一辆车呼啸而过，她就很是发嗲地跑到老人的怀里，或者是毛牛犊的怀里，喊着"野人，野人来了"。

　　她叫毛牛犊"爸爸"。可是中午的时候，一个女人就来把她接走了，毛牛犊抱着她，她问："爸爸，我什么时候再来。"

　　"你想来就来呀。"毛牛犊说。

　　"下次。"女人冷冷地说。

　　女人走后的下午，毛牛犊来到我的身边，我正好在练字，他突然对我说，那个老人是他爸爸，那个女人是他前妻，他们离婚了。接着他笑着说他的女儿多么多么的可爱，说了很多很多的东西，一听就是那种很少向别人提起的故事。我不知道他为什么突然对我说。我写完字本该走了，毛牛犊问："你会写我的名字吗？"

　　"会啊。"我用毛笔写了一遍"毛牛犊"。

　　接着，他拿过去笔，写了一遍"毛牛"，歪歪扭扭的，我以为他不会写犊这个字，但他却又一伸手，把我写的"毛牛犊"的"犊"字划掉了。

　　"以前我叫毛牛，我爸嫌我太狠，太会闹事，说是我的名字太烈了，非要加个"犊"字，去改了名字，现在，真活成犊子了。"说着，他便开始抽烟，"以前我快活呀，以前那个时候，嗨……以前……"他似乎话很多，可是一句也说不出来，最后还是抽烟。我快被呛死了，二手烟的危害我是知道的，我似乎看见我的肺像书上画的一样在一点点变黑，可是我没有挥手打断他，我知道这么做似乎不合时宜。

　　第二天开始，他仍旧是天天在切割铝合金罢了，见到我也就是笑笑。

直到有一天，老周的午饭不再是一锅乱炖，而是去多买了许多凉菜。有一个很丑的女人来吃饭，那个女人脸有点浮肿，他和毛牛犊都挺不好意思的。妈妈笑着说："犊子今天相亲呢。"

又过了几天，来了一个很胖的女生，戴着厚厚的眼镜，透过眼镜看她的眼睛，有点变形。

妈妈立马过去问那个女人："这是你女儿呀？"

"嗯，离婚了和我一块的。"

"这么大了，几年级了？"

"六年级了。"

"挺漂亮的呢。"我实在不知道妈妈这"挺漂亮"三个字是怎么说出口的。

"呵呵。"那女人苦涩地笑笑。

"这女孩挺乖的，喜欢看书，不声不响的。"毛牛犊插话了，笑着对我们说。

我看见女孩的手里捧着一本书，花花绿绿的，什么《总裁爱上女秘书》，看书的神情的确很是认真。

春天到了，我们一家三口再一次注视着老周的三轮车驶进平江路。

因为那一天，车上的人格外多，老周重又操控着车把了，老芳还是依偎在他身边。车后，一边坐着毛牛犊，一边是那个胖女人和她的胖女儿，三人都容光焕发，只是两边的车轮都瘪下去一段，这么一来，竟也算平衡。这一回，老周再对着我们，脸已经不必绯红，朝着我们笑着往前稳稳地开。只是经过减速带时，车歪歪扭扭地一震，毛牛犊和那女人女孩上下都一起伏，可惜两边起伏的频率好像不同，导致车难以自持地左右摇晃起来，老周失了神色，配合着快速地扭动车把，寻找平衡。眼见车就要开到河里去了，蹭到河沿的时候，老周没有办法，猛一打弯，才挽救其五人性命于水火。

平江路的人也都明白了，上了一辆车，便是一家的人。毛牛犊这相亲算是成了。但我却挺为毛牛犊可惜的，我觉得他以前的妻子和女儿更好。其实我想说的是，他自己的那个女儿更加可爱。可是这件事我说了是不算数的，毛牛犊现在很开心，经常和未婚妻笑成一片，搂搂抱抱。老周和他们相处得不错，整个门面房热闹了许多。唯独觉得不平的恐怕就是那一辆三轮车，因为它实在难以支持了，现如今开起来总不太稳当。

有一天早上，三轮车终于没有到来，一辆陌生的汽车开进平江路，老周他们走出来，喜气洋洋的，大家都去祝贺老周买了新车。老芳在一旁说："这是他一直想买的呢。"老周也豪迈地说："娘的，总算没白苦。"

买了新车，要放五个炮仗图个吉利，老周放了四个，看着它们在天空中喜悦地炸开，据说，声音越是响亮，越是吉利。第五个的时候，老芳抢过老周的烟，说我来点。她红着脸跑过去，点了之后，害怕地捂着耳朵撒开腿就跑回来，可是久久没有响声——是个闷声炮。

"晦气娘们，一样干不好，倒霉东西。"老周立马脸色阴沉。老芳又回到收音机旁边，一声不响地坐着，整个一天，一句话也不敢说。

老周去重新买了五个炮仗，重新放了一遍，都是他亲自去点，个个炸得响亮。可是他心情大约还是不好，毕竟买车是少有的事情，容不得半点闪失。

可能老周新买的这五个炮仗威力过于强劲了一些，震得平江路上建筑的结构发生了根本性的变化。下午时分，老周和毛牛犊在外面抽烟，只听得一声巨响，店里的铝合金架子突然塌了，东西全部倾斜下来。我第一次看见老周这样慌张，他扔了烟就大喊："老芳！老芳！"

"我没事，就是堵着了。"直到听见里面传来微弱却坚定的声音。

等他们全收拾好了，老芳重见天日，问老周道："你刚刚这么着急喊我干吗呀。"说着她笑笑。

老周看了她一眼："看看你死在里面没。"

老芳扑哧一下笑出了声音，毛牛犊也笑了，老周终究是没有笑，他专心地在研究张家港日报上的最新谜语。

毛牛从派出所里走出来，夏天太热，又几个月没有吃到荤腥，他觉得自己肥胖的躯体渗透出的汗也素了。他拿出监狱归还给他的墨镜，戴上，手机也揣在兜里，用手摸了摸头发，还是如此坚硬的触感。他走到一家店的门口，对着镜子站住，大约还是老模样，可他又摸了摸头发，光头已经长出些许，但四围头发的长度都相同，看上去就颓唐了。

几个月前，在一个灯火昏黄的桌球店，他猛地一下在大腿上折断了一根桌球杆子，大腿上的肥肉一阵猛烈地颤抖，可是没有什么疼痛的感觉，因为愤怒在刺激着他的胸膛。当他第一次去澡堂洗澡的时候，他在所谓道上认识的一个年长的兄弟猛地打了一拳在他的肚子上。他那个时候还小，"啊"地叫了出来，说痛。那人说："男人不能怕痛。"他知道大腿上也许会生出一条青色的痕迹，可这算不了什么。一下子，桌球杆不再那么光滑了，在折断的地方生出一个又一个尖尖的锋，他先是一挥舞，头上的吊灯晃了起来，黄色的光斑开始在这个屋子里面不均匀地分布，暗与亮在他的眼睛里飞来飞去。那个小个子男人的身上布满了因为灯晃动而产生的条纹，他把尖尖的木头对准他的腹部，视网膜映上了一片红色。不知道为什么，他心里像是爬满了虫的木头一样虚空。他后悔了吗，他自己也分不清楚。但他知道，那个时候，他很想告诉那个身上有血且在呻吟的男人，"男人是不能怕痛的"。

随后，他看见惊恐的人脸在他的旁边掠过，伴随一声声尖叫。男人在呻吟，警察来问话，他一言不发，被铐上带走了。白天下过雨，一路上，他眼睛里净是些灯光反射在脏水塘子里的样子，垃圾、塑料袋在漂浮，道路都是些泥泞，车轮会把一些水滴卷起来，水滴被警车的顶灯照成五颜六色的样子，有几个孩子穿着拖鞋在脏水里走来走去，一个街角站着一个衣着暴露的女人，在招摇地游行。嘴唇涂得太红了些，毛牛心里想着。还有一个人骑着自行车，这么晚了，他还去哪里。抓他的警察在前面抽烟，他一下子觉得这个世界就是个不折不扣的垃圾场、下水道，自己是其中最大的垃圾。

毛牛走了三条路，仍旧没有碰到一个熟识的人，往日左右逢源的江湖很有点辽远了起来。他的每一个步点都很游离，好像在空荡荡地等待什么，可是等待的东西终于没有来，他已经到家，坐定了。这才开了手机，看了一眼，这是几个月来第一次接收到外面的讯息，毛牛眯着眼睛读了，又把手机放下。

"砰砰"，门被敲得咂舌作响，这很好，毛牛想来是不喜欢听门铃"叮咚叮咚"的声音。听到这手掌和木板的正面相碰，他知道是等待的东西到了。

"哈，在里面待舒服了？"进门的是狼哥，毛牛也清楚只能是狼哥。在平日称兄道弟的人里，只有狼哥和他年纪相近。

毛牛朝狼哥笑了笑，也不作答。

"嗨！不要晦气，难免的事情。怎么样，晚上再去赖皮的烧烤店，洗洗晦气就好了。"狼哥宽厚的掌打在毛牛的肩背上。几个月前，他全身有的是精壮的定力，这一掌一定是能稳稳接住的。可这一次，手掌"啪"地拍在他的身上，他顿觉身体一飘忽，几乎难以站定。

"好！晚上吧。"毛牛的声音有点空，却力保其语调坚定。他不自觉地把手伸进裤兜里，想了一下，是要摸手机起来看，可是还要看什么呢，无非是那一条长长的消息，他方才眯着眼睛读过了，手心微微出了点汗，又从裤兜里抽出来。

"你小子，进去是被收了骨头了。"毛牛这一串动作的犹疑被狼哥看在眼里，他轻缓地一叹道。毛牛这才立起眼睛，看看狼哥。狼哥还是老样子，一撮紫色的头发，尖翘翘地挺在那里，眉毛挂了一小段，使之四围都是直线形状，浑身满是花纹。毛牛也看见了那紫色的发根下有些白影，眉角也有淡纹，于是这紫色的头发和四方的眉毛今天看来竟有些可笑。

"怎么样，老婆孩子呢？"狼哥继而又问。

"回娘家了。"毛牛说着往前走了一步，想要往什么地方去，"狼哥，你陪我出去一趟吧！"

"去哪里？"

"文身店。"

"怎么，你哪里还要纹？我倒是还想纹，除了裤裆没有什么白地方了。"

"我去洗了。"

"洗了？"狼哥眼睛睁圆了看毛牛，毛牛却已经往门口走了。

"怎么洗了？"狼哥追上去还是要问。毛牛并不作答，只是往外走，走到门口，那辆红色的摩托车前，等狼哥来开车。狼哥追到车前，准备找钥匙。

"我和她离了，离婚了，都办完了。"毛牛这才重又看着狼哥一字一句地讲。

"女人都一个样子，落魄了哪个不是走？你不要……"

"话不能这么讲了。"

"什么不能这么讲。"

"我连女儿也养不起，女人不要我怪不得。"

"……"

"她说往后去看女儿，要把文身洗了去，狼哥，你带我去吧。"狼哥似乎还有话讲，可是毛牛低着头自顾自地说。

两个头盔往头上套下，夏日的闷热又胜了一重。红色的摩托车立马引出了轰鸣的声响，轮胎好似在地上飞快地一寸寸碾过去。两侧的路牙倾斜翻转，如同那一段段浑浑噩噩的时间。这是他选择的生活，他不记得什么时候第一次把拳头抵在别人的齿骨上，不记得什么时候第一次看着那恶心的颜料混在他的头发上。那些日子犹如啤酒瓶里的泡与沫，一次次随着瓶沿上升，落下。等到那个可爱的生命诞生的时候，他也无数次地想过要成为一个足以在世上被人依靠的人。可是桌球厅和老虎机的浮光仍像一张陷阱。

摩托车飞驰着，激光却缓慢地打在他的身上，一点点地灼热下去。痛吗，痛楚在几分钟之后就绵密地成了感官的底色，无法察觉了。他定坐在那里，和第一次坐在那里没有什么区别，他觉得自己的身体如同钢筋，能承受得起雕琢，也不免要承受其毁灭。

等他再一次站到摩托车的旁边，痛楚的底色刚刚剥离去，生命一阵风似的轻,他看见狼哥,那些扭在狼哥身上的花纹,似乎是过去的自己,如今已经剥落了,而他的身上,那些坑坑洼洼的白色就是他的青春的形状,也如同那死去的义气。

"还没有?"周万民凑上去问。

"哎呀,没有!"护士已经不耐烦了。

"你再好好看看!"说这话时,周万民的脸已经贴到屏幕上去细细地找。

"这已经很清楚了,你看也不明白,没有就是没有。"护士已懒得再看他。

周万民死死地盯着那粗糙的B超屏幕,上面一片扇形展开,黑白和灰交相混融,如同紧闭双眼所演化出来的幻觉。这些白色,在左上方要凝聚成一个圈,几片灰影围着它旋,这白圈下面,衍生出浑然的躯体,黑色的细丝若有若无地缠着、动着,仿佛是双臂在舞了。这扇形的底部,更是灰灰的两端,终点几乎要幻化出精致的小脚掌来。周万民越是盯得紧,这黑白灰越是隐隐地浮现出肉色来,分明就是一个婴儿,在体液里飘着,本来好像是要天南地北地胡乱飘的,可是又被脐带死死锁住,就固定在这一片扇形之中,成了一个溺婴的标本。许刘芳还躺在医院白色的床上,肚子露在那仪器之下,这影像又正在这张黄色的肚皮之下。

没有!

什么叫没有,这是周万民所不能窥探到的东西。他看到不是没有，是死了，是那个肉色的婴儿，他的孩子，在脐带的牵挂下不自由地漂浮。那是他的儿子。他具象的思维开始和这个婴儿通了神灵，每一天，他都不断地更紧密地体会到一点那种溺亡的痛苦和随波逐流的悲哀。

　　"不孝有三，无后为大"开始终日在他的太阳穴里嗡嗡地响。

　　即使时间一点一点地逝去，周万民的脑子里永远都是那溺亡的婴儿，不仅如此，那模糊的、抽象的尸体开始被他病态地填满起来，似乎B超屏幕上的就是那浮肿的婴儿四肢了。这印象如同恶魔，纠缠在他子孙满堂的美好希冀之上。他甚至不自觉地排斥着恶魔的到来。他喝酒去暂时性取走所有的记忆。当他看见许刘芳的裸体的时候，圆滑的大腿是浮肿的，圆滑的乳房是浮肿的，而那平滑的肚子，里面时刻要酝酿一场死亡。晦气的女人，晦气的肚子！一下子，那黑白灰的扇形似乎重新清晰又遥远地显现了，他无法忍受，他开始挥动自己的拳头，第一次对抗附在妻子身上的那一个虚无的恶魔。

　　一日，许刘芳叫来了毛牛："毛牛啊，你现在也离婚了，没工作。不要再混下去了，不要再做小流氓了，你爸也和我们说了，就和我们一起做铝合金，也该计划计划以后。"

　　妻子唤来毛牛，周万民深知这是一种妥协，一种可笑的自欺欺人。眼前的女人既然孕育不出儿子，便企图在一个误入歧途的侄儿身上去挥洒一点母爱。当切割铝合金的巨大声响钻入周万民的耳朵，他当然已经习惯了这种声音，但他也会偶尔转过一点头，看着和他一起在干活的毛牛。毛牛有白胖而圆润的身材，周万民几近有点眩晕，似乎又要触碰到那些浮肿的边缘。可是毛牛会点起一支烟，这一支烟，或者说毛牛那黯淡无神的目光，那萎靡的胡茬，都会帮助周万民驱散那可怕的臆想。周万民知道，他不是自己的儿子，他们俩更像是在落寞里相互用落寞慰藉彼此的路人。说成路人未免太冷漠了一点，每天的陪伴终究还是有感情的，可这份感情仍然替代不了任何东西。因为在包括了友情、爱情、亲情的所有感情里，通过陪伴获得的那一部分总是最廉价而无用的，真正的好东西是那些惊鸿一瞥又不可代替的感情。

直到有一天，在阳光下面，对面是脏脏的河流，河流里面的草在摇曳，水似乎在朝岸边不断地涌来，周万民心里顿时生出了一阵恐惧，仿佛又要联想出那体液中浸泡的死婴来。可是，王小李突然拽着他的衣领，依偎在他的旁边，一句话也没有说。他再去看河水的时候，河水一点点退去。

他四顾着出去，原是要再去那四处都是白茫茫的医院里。凭着病历照例取了一张也白茫茫的单子，上面密密麻麻都是字，他不知道这些数字究竟意味着什么，只依稀记得他把单子递到一个戴着蓝色帽子和眼镜的医生手里，医生细密地说了很多，中间夹杂了三个字，"你不行。"

我不行，周万民别的都记不住了，只是暗自回顾这三个字，世上还有我不行的道理。那黑白灰的图像邈远起来，里面故弄玄虚的图案飘忽不定，不是死了，确凿是没有。"不孝有三，无后为大"已经洪钟似的在他的太阳穴里轰鸣起来。

毛牛犊去帮未婚妻接女儿，他在校门口等着，她还叫他"叔叔"，可却是扭动着胖胖的身躯开心地跑过来的。毛牛犊带着她到小学门口的超市，里面有着琳琅满目的零食和琳琅满目的学生，大多是些小混混一般的孩子，在里面嚷着买牌九和小玩具。听到这些还没有变成雄鸭嗓子的叫声，毛牛犊觉得好玩又亲切。他问："妍妍，吃香肠吗，现烤的好像是？""不要。""巧克力呢？面包呢？""我不饿。""那买点什么？""我还想买本书。"

妍妍又买了一本《校园恋情》，给到老板的手里，毛牛犊一下子就拿出二十块钱，他想也许这是他第一次被一个女人依赖着。一路上，他在后面看着这个女孩，很胖，算不上好看，也许这么说都有点委婉了。可是他面对这个甚至不是他的骨肉的女孩，突然觉得踏实，他觉得每个女生都有自己的美丽。

那天晚上，毛牛犊去了龙虾店，狼哥摆了四瓶啤酒等着他。

"狼哥。"

"你小子什么时候结婚？"

"下个月初八，好日子。"

"你和那女人睡过了？"

"睡过了。"

"哈，你小子！"

"狼哥，你来的时候，可得穿件衬衫什么的，别总是汗背心了。"

"你小子，嫌老子一身文身给你丢人了？"

"丢人倒不是，你把人都吓跑了不好交代啊。"毛牛犊笑着，边说边举起酒瓶要和狼哥去碰。

"去你的。"

"还是这样吗，狼哥，没去找个事做？"

"你又不是不知道，我做不了什么事。"

"钱呢，钱够花吗？"

"敷衍敷衍，饿了就来这，要么烧烤店，实在不行找你要口饭吃，还能饿死？"

"这么下去，是个事吗？"

"哎。我现在都不想和你讲话，你净是些晦气。"

"可是这也……"

"对了，上次我去赖皮家的烧烤店，开口先要了十个扇贝，她女人连忙走出来，说扇贝今天没了。赖皮也不想想，我当时怎么给他偷东西追女人，虽说不是现在这个。"

"哎。那看来以后也得少去。"

"还去个屁！"

说着，两个人开始掰龙虾，喝酒。狼哥好像很疲倦，脸红得也快。毛牛犊有点心不在焉，他看见狼哥的脑袋垂下来，四围都是光秃秃的头皮，白头发挺多了。一阵冷风吹过来，狼哥甚至颤抖了一下。他竟有点茫然，十几年一直待在一块，他不觉得狼哥有变老的痕迹，这一次却是远远不止一点痕迹了，那一大片白头发像是不可逆转的创伤，而他也从那垂着的脑袋里看到了自己。路灯照在斑驳的地面上，龙虾店的脏水、剩下的油都泼在马路上，像人身上一片青色的淤血。几个人电动车骑得专心致志，不知道是去夜班还是回家，有几个女人边走边无遮拦地笑，他觉得这些女人都比即将成为自己妻子的那一个好看，她们在夜里都要与别人缠绵，都不属于自己。外地的孩子有的还在飘荡，他们身上是劣质的衣服，全然没有意识到生活的苦楚，从他们嘴里的脏话判断，也许他们未来也是自己和狼哥这样的人物。路上的垃圾飘来飞去。他好像听到狼哥在自言自语。

"你嫂子身体不好最近……不能说嫂子，我们是无证青年。"

一个城管摩托车骑得挺快，警灯闪得通明。

"当时我爸是修机床的，你知道，我在技校学的不也是机床？他的手工伤，一整个断了！我看在眼里，心疼啊！凭什么断的是我老子的手，去他的。我那天抽烟，抽得没钱了，我就去偷了教导主任的钱，那个老杂种，没事就要揩女生的油，我就偷了去买烟，我这辈子就是不想伺候别人了，不想给有钱人做工还做断手去……"

一个男人头顶抬着一个准备修的电视机从他们身边走过，电视机好重，他喘着粗气，走到龙虾店门口，怕不是猛地嗅了一口龙虾浓墨重彩的香。

　　"毛牛犊啊，你小子，你这什么狗屁新名字，毛牛好，听我的，毛牛好。"

　　毛牛犊默念了几遍毛牛犊和毛牛，他觉得其实无所谓，这两个名字没有什么区别。

　　"你知不知道，你记不记得，之前我机床学得挺好的，我老子死的时候，都不要我去跪在他眼前，哈！"狼哥拿着一个没有喝完的酒瓶，横倒过来，手碾在酒瓶上，在桌子上转着，剩下的酒汩汩地往外流，流到桌上，和龙虾的壳混在一起。他仍转得很有兴致，"他不要我这个儿子，我其实没有这么坏，我其实没有这么坏，我打的、偷的都是杂种……我其实没有这么坏。"

　　酒瓶往一边转去，狼哥的头俯下来，声音渐微："叫你女儿，不要搭了坏人，再走歪路，叫你女儿……"

　　哪个女儿，毛牛犊脑子里嗡嗡作响，似乎可以感知到酒精的上升。狼哥趴在桌上，他竟没有打招呼就离开了。他要过一条马路，他看见好多"野人"，"野人"就像是闪电，飞来飞去，他举步维艰，酒精开始燃烧。野人太多了，挡着他，让他看不见前面的路。

少一只车的象棋

我曾经为了一个问题问了平江路上的不少人，可是总觉得没有得到什么靠谱的答案。那个问题就是我们的大房东先生为什么叫"姜子牙"。虽然我见识比较短浅，可我总还是知道姜子牙是个古代大人物的名字，所以这一定是个外号。

小马哥回答说："也许他真的叫姜子牙？"这个答案是所有答案里最不靠谱的。

老周说："也许他以前拿着直直的鱼钩在钓鱼，一不小心被人看见了。"这个答案显得太中规中矩了一些。

王离说："我也不知道。"这个答案很对，可是叫人觉得太无趣。

钱太太，我没有问钱太太，纵使她很渊博，但我同她不熟。

孙友亮说："因为这家伙怪里怪气的，得给他弄个怪里怪气的名字才行。"作为姜子牙的高中同学，我觉得孙友亮的答案我最想接受。

　　女人们其实还是习惯叫姜子牙大房东，因为他确乎是个大房东。他们都说姜子牙是个极聪明的人，就连蒋秋英也说："那个老猢狲脑子尖锐，二三十年前，谁会买房子，都以为有的住就好了，就他买，现在收收租金就比所有人都发财。"这导致我真的很想知道姜子牙到底有多少房子。那天妈妈和我去散步，就指给我看，那是大新政府几年前的一个重点项目，叫大新商贸街。开业那天，场面不可谓不大，镇长腆着肚子，笑眯眯地来剪彩，称之为大新的新地标，商户也全铺满了，全镇的老少仿佛都受到了激励，生出迈向新生活的豪放的希望来。现在呢，开店的人都走了，就两个快递收货站零落在那里，原来琳琅的店铺成了外地人的居民区，堆满了垃圾。爸爸说，做官的和做房地产的老板勾结在一起大赚了一笔，妈妈说，这里面的大多数门面都是姜子牙的，姜子牙也大赚了一笔。我想知道，既然大家都赚了一笔，那究竟是谁亏了呢？

　　总之姜子牙的房子，加上平江路上那几家，比如郑阿姨的衣服店，王离的铝合金店等，有个三十套了。

　　我就问："他怎么有这么多钱买房子啊？"

　　"买了就卖，一来二去，钱就堆起来了。你看看现在房价多贵，他现在是不肯卖咯，估计还在等房价升高呢，这个老滑头。"

　　我听不懂这些东西，不知道买来卖去到底有什么意思，于是就不想在这个话题上说下去了，可是妈妈仍自言自语道："当时我要是也多买几套，现在我们家也发财了，当时便宜啊。可是谁知道呢，所以说到底还是他聪明。现在就不一样了，有钱人，人人都是几十套，没钱的人一套买不起，想想有一套住着也就这样了。"

我想，姜子牙的先进思想也许源自他喜欢读报，因为他读的是《人民日报》，一下子，平江路上拿着《张家港日报》的人就被甩开了一个档次。他拿着报纸就在平江路上左一圈右一圈地晃悠，到了东头孙友亮那里，就说一句："今天中央又开会了！"到了中间老周那里，他再说："以后这个养老保险问题，还有变化，一定还有变化。"继续走到郑阿姨那里，他更是眯起眼睛，戴着金边眼镜，一本正经地说："这个季度的GDP上升还是七点几，相当稳定。"郑阿姨是少数喜欢和他搭话的人："我的营业额可没有上升什么七点几。"姜子牙听见有人回应他是最开心不过的，立马把报纸放下，抬起头眉头一皱，看着郑阿姨，说："我说的是国家，不是你诶。""哎对嘞对嘞，国家，你最懂国家！"郑阿姨有点暧昧地愤愤不平。"看来我的房租也要适当上升那么七点几，不能拖国家的后腿的。"姜子牙对郑阿姨笑眯眯地说。"老不正经！"郑阿姨听到要涨房租，倒也并不很怕，因为她知道姜子牙想来说不出什么正经话来。

姜子牙就这样在街上游荡，没有什么工作，别人都在忙着自己的事情，他就这么怡然自得地从他们身边经过，漫不经心地吹着口哨，怪不得人人都说他神经兮兮，可是你拿他丝毫没有办法，他收收房租，就过得很是潇洒了。鉴于没有什么人搭理他，于是他也只能找孩子和阿拐，阿拐和他一样，也在街上荡，可是阿拐是有重任在身的，他要捡垃圾过活。然而姜子牙并不管，有时候就跟定了阿拐，拿着《人民日报》一个劲对他说："现在时代好的呀。"

阿拐不知所以然，只能在旁边点点头："诶，对，好！"

"有目共睹，是不是？"

"是，是是。"

"改革开放几十年，变化是大的呀。以前饿得要死，现在呢，生活是提高的！"

阿拐两手扶着自行车，双脚一颠一颠地在走动，他是从来不骑车的。自行车的后座上，正是一大包比他自己人还大的垃圾，已很有些不稳了，他吃力地扶住，正值中午，饿得也有些难以支持了，但一边还要回答姜子牙："是，是是。"

倘若阿拐敢说一个不字，那将是无法可想的，姜子牙非要跟着他两里地论辩一番才肯罢休。从前有一日，阿拐怕是失了理智，想说"是"，可偏偏文绉绉地要说"不错"，但这"不错"又说不连贯，一个"不"字在嘴里徘徊了只一秒，姜子牙立马悚了起来，觉得眼前之人刻不容缓亟须开化，便开始跟定他从天地玄黄开始绵密地讲起，走到半个钟头时，阿拐听得耳朵嗡嗡地响，神色也恍惚了，看得出他要是一个健全的人，必定丢了垃圾便是跑，无奈他仍只能一颠一颠，纵使已经颠得很快，汗在头上倏倏地只是流，仍旧逃不出姜子牙悠闲的脚掌心。两人走到两里地之外的垃圾站阿拐才脱了身。于是现在姜子牙再来找他论政，阿拐无论如何是不敢再有一点模糊的异议的。

姜子牙见到自己的观点被认可，也就不想再跟着他了。而他一转身，就再来找孩子们玩。譬如说看见王小李在拿着《张家港日报》猜谜语，他就要走过去看一眼，然后大声地把谜语读出来："丰收一到有看头！打一字。"

王小李就抬起红扑扑的小脸看着他。他再读上几遍，还是猜不出来，就问王小李："你知道吗?"

王小李偷偷地翻了一下答案说："'拜'呀！"

"怎么是个'拜'呢，不是的。"

"有'看'的上边，还有'丰'、'一'，和题目都对上号了，怎么不是?"

"不是'拜'，不是'拜'！"姜子牙还是一个劲摇头。

"你看答案也是'拜'。"王小李翻给他看。

"答案错了！"说着，姜子牙边摇头边走开。

王小李急得要命，追上去："是'拜'，是'拜'！"姜子牙就是要把王小李弄得很是焦急他才开心。

姜子牙有的时候，的确是平江路最特殊的一个。因为只他能牵着陈国平的儿子陈星出来，陈国平和肖丽丽可是天宝的大股东，似乎平江路上谁也不放在眼里，况且肖丽丽有着惊天动地般的洁癖，总是把陈星照食品级的标准收拾得一尘不染的，我很好奇她怎么同意姜子牙牵着陈星出来晃悠。也是因为姜子牙，我看到了那个小男孩的模样。我对他向来是不屑的，许是因为他父母太自大的缘故，所以我一看到那个男孩就觉得是个木头木脑的小家伙。姜子牙像是连接我们和陈国平一家的纽带，似乎只有他一个人可以同时在这两者中混得游刃有余。可是不得不说，所有大人里面，我还是最乐于和姜子牙玩，因为他的确是很有趣，而且不会带给你一点拘谨的感觉，像是一个还不如你的朋友。

在我写字的时候，他也经常过来看看，大多数时候，他都很浮夸地在我后面大喊："好字啊！"好在我自小就有着宠辱不惊的气质，大多数人夸我字写得好，我都是不太有反应的。所以面对姜子牙在后面的大喊大叫，我也不予理会。可是我爸会出来回应他："哟，姜子牙，你懂字？"

"我怎么不懂？写字好啊，要坚持，将来有用的。别的不说，等童童当了大老板要签字的时候，也要给手下的人写写好。"

说到这里我就更加懒得理他，因为我完全不想当什么大老板，老师让我写理想的时候，我写的是厨师，我想做好看又好吃的东西，可是我把理想告诉妈妈的时候，她骂了我一顿。

这个时候，孙友亮会从他的皮鞋店里走过来，开始和姜子牙耍："姜子牙是行家，童童你得听听他的，以前我们姜子牙在高中里就是才子嘞。"

"什么卵泡才子，不是的，不要提。"姜子牙连忙摇手，脸也背了过去。

"怎么不是，老早的时候，你还是会写诗的呀！追女同学。"

我听到这里才算是来了劲，一转身看见了面红耳赤的姜子牙。

"什么来着，你的笑容像玫瑰，可是什么来着，哈哈哈哈……"孙友亮彻底快活起来，取笑着姜子牙。

"你真是说昏话。"姜子牙无力地辩解着，脚步已经朝外迈了。

"可是什么来着，我倒也记不住，什么玫瑰的刺什么乱七八糟的，反正是一首情诗给女人念。"

"老姜，还有这一手。"我爸爸听着也快乐。

"哎哟喂，老早的事情了，就这家伙倒记得清楚。"

"那个女的长得好看嘞，现在老情人在哪呀姜子牙。"

"我哪里知道，别烦了。"姜子牙很不悦了。

"那个时候，我跟你们讲，姜子牙可是学校里面的名人，搞得轰轰烈烈的，都要殉情了！"

"放屁，不知道你哪里听来的东西，我和你当时又不是一个班的！"

我爸只顾着笑。姜子牙脸通红，要往外面走。这时候我问了一句："那追到了吗？"

姜子牙这个时候才转身回来，到脖子根的红色开始慢慢化去，笑眯眯起来，像是找到了落脚石，立马希望把众人的注意力转移到我的身上，所以又回过来拍拍我的肩，说："童童这么大了，也好寻娘子了。"

我倒是突然想到班级里最漂亮的女孩子，不知怎么的，我对她还是有许多美好的遐想的，于是我有点不好意思地摇摇头。我爸赶紧说："你又说昏话，这么小的时候你寻娘子了？"姜子牙这才大笑着离开。

可是他这个人没个准性，有的时候，在我写字的时候进来，他就破口说："哎，这个字写得像什么！真真难看。"我只是努着嘴看看他，仍是宠辱不惊，看他还有什么花样。

"这个字太胖，像个馒头似的。"我早就看出他的老把戏，就是想把我弄急了，好再取笑，可我还是不说话。

这时，我爸倒走出来，说："老姜你不懂了，你看看字帖，写得多像。"

姜子牙拿起《颜勤礼碑》来端详："谁说字帖就好看了，我看也不好。"

他看出我似乎对写字的批评和表扬是不太在意的，两三次之后，也就不再在这上面找茬了，那个时候我刚刚学会下象棋，总是到处找人挑战，其实我不太会。可是爸爸为了保持我对象棋的兴趣，总是故意输给我。起初我洋洋得意的，后来我发现他故意输给我的演技也太差了，比如他的车在我的马口里，他故意不走。一开始我以为他是没有注意，可当我知道怎么回事之后，未免泄气。但那个时候，作为常胜将军，我自以为象棋我下得也有点炉火纯青了。

　　直到那一天我和爸爸下棋的时候，被他看见了，姜子牙像是抽了大烟一样兴奋，立马用瘦但孔武有力的胯骨把我爸爸从椅子上挤开，急着要和我下棋，甚至把棋盘一下子弄乱来达到目的。我心里很是癫狂，想着一定要给姜子牙一点颜色看看。谁知道，连着三局，姜子牙几乎都在三五分钟之内把我打得溃不成军了。没等把我的帅吃掉，我就知道大势已去，因为我的车马炮都被扫得干干净净，就像一个人的四肢都被砍去，只剩下一个脑袋，也翻不起什么波澜了。我一下子觉得很颓丧，噘着嘴看着他。姜子牙呢，也没有一点大人样子，竟唉声叹气起来："哎，水平太臭了，一点也没意思。"这个时候，隔壁的老周正好干活经过，伸着脖子过来看到了棋盘上一片黑的惨状，手里端着铝合金说："姜子牙，你和小孩子下棋也不让让，是没意思了。"我爸爸也在一边笑。可是我当时又展现出来了刚正不阿、威武不屈等一系列的美德，大声说："我才不要他让，明天接着来呀。"

　　姜子牙是说来就来的，可四五盘之后，我还是被杀得片甲不留。他倒是兴趣不减，还来了两天，都是老样子。有的时候我爸爸在旁边帮我，说："这个时候该挺兵了。"姜子牙一本正经地拍拍桌子，"观棋不语真君子！"这个时候，我有点开窍了，似乎就刚正不阿威武不屈这点东西是做不成什么大事的，怪不得课文里面刚正不阿的人大概都死了，我觉得我还需要一点狡猾和伎俩。我把黑色棋子的一个车偷偷地藏起来。第二天等他来的时候，他看见车没了，说："看来是被哪个讨债鬼拿走了！哈哈。"没想到他一下子就猜出来，可是他又说："没事，没车也能赢。"

我没有想到，他真的赢了，这次不一样，我不像是别日似的溃败，而是输得有点心得了。

就这样姜子牙天天和我玩上两局，棋盘上，他也总是少一个车，可是他毕竟厉害，总是赢我。但久而久之，我的水平也渐渐提高。

终于有一天，我赢了他，他站起来，像个孩子一样不服气："哎，输了，居然输给小孩。"把拳头背在后面就走了。第二天他来的时候，我已经把车放回到棋子里面，他看见了。我们俩开始摆棋，那个时候，我忘记是谁说，摆棋快的人赢面大，所以我总是火急火燎地摆。可是姜子牙慢吞吞的，等他摆好，还要把每一个字都调整成正对他的样子。最后，他缓缓地把左手边的一只车拿出棋盘，放在手里。就这样，少一只车成了我们之间不必说的习惯。事实证明，我那天赢他的确是侥幸，因为我又输了。可是渐渐地，我和他水平差不多了，我也能经常赢，我身上的美德又多了一条，那就是谦虚，我一直记着，我只是和他少一个车的水平一样罢了。

我觉得姜子牙也说不上怪里怪气，给我的感觉就是他太无聊了，不需要工作，就总是想找点事做。他的妻子大概也很沉闷，是个深居简出的中年家庭妇女，留着短发，衣服尽是些俗气的。儿子说是在外面做大生意的，总之没有什么给他忧愁，他就想方设法给自己找点乐子。而我们，多少沾上了一点他的乐趣。

我那个时候也不能准确地把握"怪"这个字意味着什么，似乎我们平时做事说话都有一条准绳，譬如要对人礼貌、好好学习之类的，冲破了这个界限就是怪，那个怪无非就是与众不同罢了。那一年，平江路发生了一件大事，姜子牙对它的态度就是怪的。

平江路上的女人只有李秀明和郑菊是不参加夕阳座谈会的，我说过李秀明是因为语言不太通，与她们不能完全地融入，而郑阿姨就不一样了。我觉得她和夕阳座谈会的那些女人不属于一个体系，她要年轻一点，也不爱搭理那些事情，只是每天卖衣服，去美容院，和那些打扮得花花绿绿的女人们出去唱歌、聊天、逛街。她的生活方式也不同，我以为张家港的所有女人都对攒钱着迷，可是她不，她几乎赚多少钱就花多少，用在美容院、唱歌、聊天和逛街上。有一天她袒露心声："我也想攒点，可是今年怎么又用完了。"

郑阿姨是个寡妇，她的丈夫在他们的儿子五岁的时候生病去世了，从那之后，她就把儿子放在爷爷奶奶那里，不怎么管，自己来到平江路的西头开了一家时尚的衣服店，叫"魅力宝贝"。她唯一关心的就是自己的双眼皮割得如何，哪个护肤品比较好这样的问题。那些和她关系好的女人，都是些喜欢丝袜和低领衣服的女人，用蒋秋英的话说，都不是些正派人物。而我和姜子牙喜欢过去，因为郑阿姨出名的大方，她给我很多吃的，有什么也从不隐瞒，即使是刚刚买了一盒很贵的巧克力，看着我全部吃掉也绝不说什么。姜子牙爱去，是因为那里总是有很多穿着丝袜和低领衣服的女人，他色眯眯地给她们读《人民日报》，让她们捉弄他，而他的乐趣就是在一堆女人中间罢了。人们总是说，不知道这个房东和寡妇在鬼混什么呢。事实证明，郑阿姨和姜子牙没有什么，因为郑阿姨爱上了一个男人。

　　如果你不参加夕阳座谈会，你只有被他们议论的份了，那段时间，夕阳座谈会像是站在前方的记者，每天都跟踪报道郑阿姨和那个男人的故事。

　　那个男人，别人都叫他公鸡，我觉得是因为他瘦瘦的，脖子又有点超前。作为一个中年男人，和好看也是沾不上什么边。在我的印象中，没有公鸡之前，郑阿姨是一个很快乐的人，可以没有约束地和她的朋友们放声说笑。可是公鸡来了之后，郑阿姨就不那么快乐了。那一天，我照旧去郑阿姨的店里玩，可是气氛很不寻常，我一看，公鸡正坐在一个角落里，手里转着钥匙看着我，一言不发。而郑阿姨看见我去了，竟也不太说话，我很是没趣地坐了片刻，郑阿姨拿出一些糖果来给我吃，我抓了两个脱身便走。自那以后，我就不敢再去郑阿姨的店里玩了。后来，夕阳座谈会获得了诸多纷繁复杂的情报，有的人说公鸡是个赌徒，四处欠了不少钱；有的人说公鸡是个混子，四处欠了不少钱；有的人说，公鸡开卡车的时候撞了人，赔款导致他欠了不少钱。总之，公鸡好像很不靠谱，因为没有钱就是大家眼里最严重的罪行。夕阳座谈会的人都对他嗤之以鼻，没有人知道这种男人怎么会有人喜欢。

可是，喜欢公鸡的女人，竟还不止一个。公鸡还与一个穿着丝袜和低领衣服的女人纠缠不清，也许那个人正是郑阿姨的朋友，所以才导致他们三个人如今纠缠不清。而这纠缠不清，弄得平江路也不得安宁，那个女人时常找到郑阿姨的店里来，来了就是一阵漫长的斯骂，而公鸡两头都不顾，照旧喝酒，醉醺醺地回来，还对着郑阿姨大吼大叫。平江路的人似乎谈到这件事就皱了眉头，像是面对了巨大的耻辱，钱太太更是动了肝火，气得脸上发青，说："世界上哪里有这样的事情，简直不成体统了！"我爸爸和老周抽着香烟说："公鸡这个家伙，长得歪瓜裂枣，倒是好福气，现在还能三妻四妾了！"姜子牙还是笑笑，说："这个你也不知道？男人不靠长相，靠手腕的。"

最后的事情，平江路的人就都知道了。一天晚上，随着郑阿姨的一声尖叫划破夜空，姜子牙敏感地被惊醒，小马哥迷迷糊糊地起来，别人似乎都没有被喊声叫醒。他们俩从楼上的窗户探出脑袋，看见郑阿姨捂着脸就出来了，一滴滴的血从手指缝里滴下来，配着郑阿姨的怪叫。等小马哥下楼，看见那个穿丝袜的女人照旧穿着丝袜，只是手里举着一把足有一尺长的剪刀，"魅力宝贝"里面已经找不到一件完整的衣服，全成了一绺一绺的布条，当然，最引人注目的还是那把剪刀上淡淡的血迹。

第二天，"魅力宝贝"挂着"暂停营业"，我也没有看到郑阿姨。只是钱太太三番五次，代表着夕阳座谈会，不过用她自己的话说，更是代表着中华上下五千年的礼仪人伦，找姜子牙让他把郑阿姨和公鸡赶走。

姜子牙和我下棋的时候，照例拿走一个车，说："她们都不懂，我不会让郑阿姨走的。"

"为什么？"我似乎只是为了配合他说话才问的。

"多有生命力啊，女人嘛，就是想被人爱着。再闹闹吧，总会停下来的。"

我不知道什么意思，可是姜子牙竟说对了。现在公鸡和郑阿姨结婚了，也就是说郑阿姨在公鸡争夺战中赢了那个穿丝袜的女人。这又和姜子牙说的吻合在了一起："女人赢了战场，就要输了情场。"每次，我看公鸡靠在郑阿姨的耳边，然后郑阿姨就很开心，我还是经常可以去郑阿姨的衣服店里吃几块巧克力，虽然平江路的女人还是不和郑阿姨要好。郑阿姨的新婚没有酒席什么的，就算有，我觉得也没有什么人会参加，唯一的仪式就是添了点新的家具。公鸡去买了一张沙发，横在"魅力宝贝"的店里，如果还要说有什么新的东西，恐怕就是郑阿姨脸上的一道疤了。

那个时候开始，我觉得姜子牙真的很与众不同。

可是我很久不见他了，蒋秋英说他的儿子赌博欠了一大笔债，黑帮都找上门来，他也躲在楼上不再下来。有一天晚上，姜子牙的妻子下来，朝孙友亮借钱，可是蒋秋英没有松口，她说："借钱只能救急，不能给赌棍，回不来的。更何况，姜子牙这个身家怎么来问我们穷人借钱！"

有一天，姜子牙的公寓里充满哭声，没有人知道发生了什么，几个穿着西服戴着墨镜的人悄无声息地离开了。有人说，黑帮把姜子牙在大新商贸街的房子全弄走了，有人说，黑帮砍了姜子牙的一根手指。

这件事发生之后，妈妈每年总是要对我说上几遍："不要赌钱，不要交坏的朋友。"我听得也很烦躁。

终于过了很多日，我们重新看到姜子牙在街上溜达，这一次他的手里没有拿《人民日报》，只是背在后面，我注意到很多人在看他的手指，可是两边都是明晃晃的五根，并不见少。看来流言也有错的时候。只是现在，姜子牙不找任何人搭话了，他只是走着。我觉得他看上去和从前很不同了，面色有点蜡黄，很是难看，像是生了什么大病。重要的是他的眼神，从前是有些乐趣的，笑眯眯的样子，现在是空洞且凶狠的。他走起来漫无目的，叫人毛骨悚然的是他还会冷不丁冒出一个诡异的微笑来。

老周说："姜子牙怕不是鬼上身了。"

孙友亮叫住他："姜子牙，去哪里呢？"

"关你什么事。不去哪里。"

"上次那个事怎么解决的？"

"上次什么事？"姜子牙便又离开了。

我有一次也叫他："姜子牙，来下象棋吗？"

　　他没说来也没说不来，只是到桌子这里坐下，开始摆棋。摆完了，他就等着我下。我给他拿去一个车。他突然看着我说"讨债鬼，没有车还怎么下！"我望着他，似乎是想提醒他我们之间那不必说的规定，可是他显然没有懂我的意思。我只好把车还给他。可是那一局，他下得很乱，好像很是急于吃掉我所有的子，但处处都是纰漏，和平时一点也不一样。但是我故意输给了他，因为我的车在他的马口里，我却装作没有看见，他吃了还很是兴奋，露出了让我害怕的笑容。我觉得姜子牙确乎是变了的。

　　我觉得我也变了，我竟然故意想输给别人，我明明一直想赢他的。

　　姜钦峰对于别人叫自己姜子牙，是持一种乐观且支持的态度的。他常常回忆这个绰号是什么时候开始的，可是回忆不出来，也常常回忆是因为什么事情开始的，结果仍旧是一样回忆不出来。可是他还是要回忆，似乎现在无聊的生活的唯一目的，就是去回忆这件事，每当他蹲在马桶上的时候，他就手里攥着一堆草纸呻吟，然后想起了约莫四五岁，他第一次尝试自己擦屁股的时刻，不对，和四五岁以及排泄没有什么关系。每当他拿起《人民日报》的时候，他也在回忆，他高中的时候，在沙洲中学是文学社的主要成员，当时很好，一群青年人像一颗颗乱窜的火苗一样汇聚在一起，想要烧起来，烧得更加辽阔一点。他们办了一个报纸，所有人逃了晚自习在一起想给报纸起个什么题目，他们乱七八糟地说了一堆废话，有什么弄潮儿，还有什么沙洲文学，全是不得要领的名字。他在角落里想了很久，最终一锤定音，叫新青年。不对，不对，和新青年没有什么关系，那个时候姜子牙已经出现了，我的笔名就是姜子牙了。他对着窗外的一只鸟，瑞波西汀，吃了两片，口干、便秘、多汗、失眠、阴茎勃起障碍、排尿困难、尿潴留、心率加快、眩晕、直立性低血压，他顺着说明书读，每一次吃，他都要读一遍，阴茎勃起障碍，阴茎勃起障碍，这个他要读很多遍。不对，不对，在医生给我药方的时候，告诉我抑郁症的时候，我问询抑郁症的时候，都不是和姜子牙的诞生有关的时候。关于阴茎勃起障碍，姜钦峰似乎有很多想要补充的东西，比如他的妻子胡春兰，短发，紫色衣服，中年，广场舞，毫无美感的身体，在床上开始展露，一点点脱去所有衣服，真是丑陋，真是俗气，配上阴茎勃起障碍，刚好。她自顾自脱衣服，姜子牙自顾自勃起障碍。不是她，她也不是美丽的玫瑰和刺，不是月亮的摇晃，不是十七岁，不是草地和花朵，不对，不对，这些都不是姜子牙的策源地。

　　要出去，得出去，阳光使他热情。报纸不能离开双手，双手必须有所掌控。第二次会议召开，是红色的字，剩下的是小字，都是黑色的。"第"这个字真奇怪，竹字头，下面是什么，笔画，长长的竖直和长长的撇，为什么是第，有点不太认识了，他不再看报纸。

　　他关上门出去，钥匙从钥匙孔里面拔出来，同一幢楼的一个女人经过，女人穿着牛仔裤，钥匙孔上似乎有一点灰尘划出来，牛仔裤在膝盖的位置张开嘴尖叫。楼梯设计太奇怪了，他数了数，十三阶，灰色。扶手上面全是灰尘，女人应该已经走出楼梯，还有蜘蛛网，因为没有了女人的脚步声。他也走出楼梯。

　　天气不是太热，可还是很热，衣服和肉体在一起，他说，真热。他看见香樟树的最下面一个树枝开始晃动，以至于掉下来一片叶子。草地上有一张白纸，上面是铅笔写的字，转到前面是路牌，上面写着平江路，有一辆汽车从平江路路牌下面飞驰而过，人们都在干些什么。阿拐走近了，今天他的垃圾还是这么多，他会不会说垃圾仍旧是两块钱一斤，平江路的路牌是蓝色的。姜钦峰今天不准备跟着阿拐了。

　　他继续开始走动，心里觉得还有什么事情没有完全解决。他为什么要走动，他一刻不停地思考，因为在寻找"姜子牙"的出处，没错。老周的切割机飞速转动，王离的大腿上有一块青色的静脉堆积区域。张开嘴的时候，两侧的骨骼发出声音，咯咯咯，正好是三下。切割机飞出了火花，孙友亮的门没有打开，他也看见童童在写字，腿不停抖动，一只手套出现在窗台上，油渍布满。有人弯腰去捡一枚硬币，面值一元。陈国平扣上衬衫最上面的扣子，难受地伸了伸脖子。

　　听见有收音机的声音，看见一个手托腮帮的女人，一条鱼在水里游动，一个河里的泡泡上升又破裂。他有一刻思考起来，有什么事情吗，有什么事情吗。公鸡靠在郑菊的右边，舌苔裹着那只耳朵，郑菊的脸上灰暗又布满痘痘，美容的失败，一道电流在郑菊的耳朵上旋转。肖丽丽走开，优雅地挎着一只包，屁股扭动，美丽的身躯。可是他疯狂回忆，肖丽丽和我打招呼了吗，二十秒钟之前他到底说话了没有。一定是有什么事情要发生。肖丽丽的屁股移动到了平江路的路牌那里，刚刚在那里的是阿拐，这意味着，他们俩相继走出平江路，没有更多的一点意味了。

　　一阵热风吹过耳朵，他回到楼梯上，楼梯还是灰色，扶手布满灰尘，这一次他数到了十三阶，他开始回想，刚刚自己数到了几阶，十二，还是十三，不可能是十四这么多了。二百零七这个数字很熟悉，和楼梯没有关系，和精子和卵细胞有关，二百零七不是单独存在，不是纯粹的数字，有经济学的衍生意义。还和暴力有关，他猛然想起来。儿子，头发三个月没有剃了，因为二百零七万。和女人，一个妖艳的情人，扑克牌，西装，墨镜，斧子全部关联。

　　胡春兰在尖叫，她的嘴扭曲地睁开，像一只病态的眼睛。他想出了一个多好的比喻句，应该刊登在《新青年》。那个人的墨镜上映出自己的影子，另一个人的西装漂浮在斧子上面，欠条被风吹了起来，险些飞离桌子，房间的不知名角落传来一个声响。胡春兰的丑陋和俗气开始搅拌眼泪，声音可以触摸到。很多声音，恐吓，哭叫，谈判，求救，哪个来自哪个，一定有所区分。

　　还有人把沉默当作反抗。

　　"十五万一套，抵不抵。"属于一个破碎的句子，斧子接近手指，西装面无表情地晃动，手指开始震颤，胡春兰的哭叫更加破碎，姜钦峰晃了晃炎热的脑袋，做了一次简单的处罚，儿子下跪，哭喊更加惨淡。

　　"你们这样是犯法的，一套我买了五十万。"有文字脱离嘴唇是再正常不过的，有逻辑挣脱大脑是再愚蠢不过的。

　　"姜子牙，你抵啊！"他惊讶于胡春兰的哭叫里面可以夹杂一个完整的祈使句。

　　"你们这样是犯法的。"重复常常用来表示强调，而所强调的东西往往是无力的。

　　耐心随着蝉鸣结束，斧子下降两厘米，关节两处开始起飞，斧头的前端有一个圆形的红色痕迹，远处的鸟飞了二三十米，红色的痕迹在延长，西装仍旧是面无表情，墨镜的反光开始旋转，空气里注入声音，一百八十分贝，被前门阻挡。眼皮不受控制地增大，皮鞋走出公寓，带有一点红色。儿子四处滚动，胡春兰瘫倒在地，压到了一张欠条。脑电波横冲乱撞，极度兴奋犹如低潮中的高潮。《人民日报》脱落。救护车疾驰而来，包扎，完全痛苦。

　　一定是为了什么。姜子牙从何而来。

　　姜子牙突然回忆起来，小学的时候，自己带了一个铁盒，是盒饭，里面有着母亲给自己煎的一个鸡蛋，煎成圆形和淡黄色，象征着不再饥饿。姜钦峰从小就知道，任何东西都会有所

象征。这个时候，一个人，一个矮小的、黧黑的人跑过来，抢
走了他的鸡蛋，抢食物意味着饥饿变为不饥饿。等他转身的时
候，那个人已经将一半的鸡蛋叼在嘴里。被抢走食物意味着不
饥饿变成饥饿，失去母亲给的食物意味着愤怒。他端着饭盒，
四肢都被一些东西侵占，双脚与大地接触，左手拿着铁盒，右
手拿着筷子。愤怒需要发泄，可是四肢都被物体侵占，他找到
了张开的嘴，他看到那个人裸露的脖子，吞噬！

　　"姜钦峰啊，你的牙这么厉害，我以后叫你姜子牙好
了。"老师戴着银边眼镜，此时的玩笑意味着讽刺。

　　等他走出办公室的时候，一群人围成一个圈："姜子牙，
姜子牙，姜子牙……"围成一圈的人意味着朋党和敌对。还不
错，姜钦峰觉得他对于这个外号不持反对态度。

　　如果姜子牙的策源地已经找到了，还为了什么呢。瑞波西
汀，吃了两片，口干、便秘、多汗、失眠、阴茎勃起障碍、排
尿困难、尿潴留、心率加快、眩晕、直立性低血压——为了阴
茎勃起障碍。

阿拐，阿拐

　　阿拐像是平江路的一个时钟，他在每天的七点、十点，下午一点、四点、七点都会在平江路上走过，如果他真是一台时钟的话，一定是每三个小时转一圈的。其实这都无所谓，如果我去发明时钟，我也要发明各式各样的，有三小时转一圈的，两小时转一圈的，也有一天只转两圈的，诸如此类。

　　每次他经过的时候，都是老样子，穿着一件原本应该是白色的衣服。我说原本该是白色是很谨慎的，因为上面布满了各种各样的污渍，散发着叫人不太愉快的味道，特别是袖子处，黑漆漆的，近乎可以反光。他的头发已经花白，也就是白色占了大多数，以至于远看像是一片银色。他满脸都是皱纹，这倒是没有什么，反而让他看起来和蔼多了，夏天的时候，他就穿着一双拖鞋，因为他已经有点拐了，所以走起路来像是双脚不能完全离地似的，有踢踏踢踏的声音。每次听到，我就知道，是阿拐来了。可是别人对他的经过是丝毫都不在意的。我最喜欢他的自行车，是那种老式的，车把和车座之间有一条很高的横杠，凳子是弹簧牛皮凳，锈得不成模样，可我还是觉得要比那些个新式的自行车摩登。他的后座永远是一包垃圾，没办法，他靠这个生活，到处捡垃圾，然后慢慢走到垃圾回收站，卖给他们，这就是他收入的来源。

这样的收入恐怕不多，所以阿拐还是穷。但是穷归穷，阿拐是平江路上唯一上过报纸的人，因为据说，阿拐养鸟。当初是被一个报社的人看见，他当即觉得大有文章可写。不多日，他便领着张家港爱鸟协会的十几个骨干浩浩汤汤地来了，带着一张大红色的入会书，大概是要拉阿拐进入张家港爱鸟协会，但并不知阿拐的名字，所以名字那一格暂且空着。当然，他们的使命还有一条，就是要慰问爱鸟的孤寡老人，所以带了许多温情的礼物，是一个华贵的金属鸟笼和一堆鸟食。一到阿拐的门面就与他握手，握了手就三三两两站定，记者拿出相机只是拍，而后骨干们又围站在一起，大谈鸟与人类的和谐，记者在一边还是拍。等到拍得山穷水尽了，他们便笑盈盈地一阵风也似的去了。这样，阿拐就上了报纸，标题是"爱鸟协会送温暖，人间自有真情在"，阿拐是在一张很小的照片里，他的身边围站了许多穿着黑大衣的人，而他的脸被那群人伟岸的身躯遮了一半，只有那瘦而尖的鼻梁倒还清晰挺拔。

上报纸本是最大的事，可是阿拐上报，也并没有人说起。也许是因为严格来说，阿拐不是平江路上的人。可我还是很喜欢他，就因为他满脸的皱纹和他露出的牙齿空缺的微笑。他住的地方在我家那个单元的后面，是在一个最边上的小门面房里。我曾经经过那里，在房间的最里面是一张小床和小躺椅，四处都是些易拉罐，门面房外面堆满了垃圾，我知道他每天都在这里面整理出一包然后拉走，竟有点儿愚公移山的感觉。终于，我也看到了那窗边许多鸟笼，很叫人惊喜，鸟笼里面不是空的，有几只颜色美丽的鸟，有的干脆只是麻雀而已。阿拐身上以及家里的各处都是一副邋遢的样子，但是你会发现鸟笼擦得很亮，整个看过去，你会想到这简直就是一片泥土里的几个钻石啊。我忍不住多看了几眼。

有一次我经过的时候，看见阿拐在附近的垃圾桶翻来翻去，臭气已经飘飞出来了。可是他好像无动于衷，他把几个油腻的易拉罐拣出来放在脚边，后来，他好像捡到了什么珍贵的东西，开始凑过去看，还吹出几口气。我以为是在吹掉那个东西上面的灰尘，等他侧过身子来，我才知道，他找到了一根被抽了一半的香烟，已经被挤压得弯曲了、干瘪了，勉强的火星支持着一点微弱的光，他还是放在嘴里用力地吸了几口，终于一缕繁重的烟喷了出来，他好像很是快乐。这个时候，有一群小区里的孩子围上来，追着他大喊："阿拐，阿拐……哈哈……"还伴随着快活的微笑，阿拐一下子有点不知所措的样子，转来转去看着这三五个孩童。阿拐说话是很不连贯的，我一度以为他是个哑巴，他这个时候也照旧不说话，只是转着圈，看着几个孩子憨笑，"嘿嘿，嘿。"皱纹和牙齿都露了出来，他一瘸一拐地走过去想摸摸某个孩子的脑袋，那个孩子像是一低头，又两个快步，就躲掉了，于是又是一阵快活的笑声。他们仍围着阿拐，直到阿拐再次坐下来，慢慢地吸烟，他们才觉得没趣，拉着手一蹦一跳地离开。这个时候，阿拐还是在憋笑，直到看不见他们为止。我有点心疼他，说不清他是真的快活还是不太如意。也没人知道，他的妻子在哪里，他为什么拐了，为什么到这里这样地生活，他之前漫长的人生有什么轨迹。

我一直都觉得平江路上的人对于文化和学生都是怀揣着一种别样的敬意的。譬如在蒋婷婷弹琴的时候，在我练书法的时候，就会有这样那样的人过来，问问这个，问问那个，他们大多没有怎么念书，所以无论穷富，对知识和才华都很恭敬。可是你也能看出来这样的恭敬，毕竟是与他们无关的。譬如说老周也看我写字，可一转身他还是以铝合金为重的，小马哥叫我写字，是为了赢得一个招牌，诸如此类。我第一次与阿拐产生交集，也是因为他来看我练字，而且，我觉得他的凝视是最纯粹的。

他进来的时候，把自行车停在马路的对面，没有上锁，只是斜靠在一棵树上而已。上面的垃圾一会就滚了下来，我听见踢踏踢踏的声音在临近，以及随之而来的他身上的不太怡人的味道。父亲大约是不想让他进来，立马出来看着他。我注意到他很老了，手的动作都夹杂着一些不自然的颤抖。我当时刚开始练字，还写得不是很好，老实说，他是第一个进来没有说我写字很好的，我也知道那些说我写得好的，大概都是瞎说。他用竹节似的手指指着我的毛边纸说："小孩子练字是很好的，很好的。"

爸爸只是不耐烦地点点头，还皱着眉毛，是嫌弃阿拐身上的脏了。

"我们以前练字啊，就是描红，描红。"阿拐说话就是这样，从来都要说两遍，声音也是颤颤巍巍的，我揣摩是他很少和人说话，以至于像我被老师叫起来回答问题一样，有点儿紧张了。

"哦，你以前也写字？"父亲冷冷地说。

"诶，对，对，以前都是毛笔字，描红，描红，拿墨水对着红色的字帖。"说着，他的手开始动起来，似乎想让我们理解。

"哦，童童，今天就写到这吧。"平时，爸爸是要让我多写，而那天，他迫不及待只想让阿拐早点出去。我跑出去玩之后，爸爸也往外面走，阿拐一颠一颠地，只好跟出来。走的时候他还不忘说："小孩子练字好，要坚持，要坚持。"他慢慢地去扶那辆自行车，先撑好脚，再伏下身子，用木杆似的细长手臂去搬一包垃圾，我看到他直腰的时候，整个腰部也在颤抖着，我突然觉得爸爸太残忍了一点。

之后，他经常来，仍旧是这样。我记得一个秋天，他穿了一件暗红色外套，破了洞，他进我家门的时候，把外套脱在了地上。那天，爸爸终于没有赶走他，还给他发了一支烟，可是爸爸还是没有像给老周烟一样用手递过去，而是将香烟拔出一

点来，整个烟盒凑过去，阿拐犹豫了一下，还是用竹节似的手
抽出了那一支烟。这样一来，他俩只好回到门口去抽烟。

"你这个垃圾，是拿出去卖？"

"诶，对对。"

"能卖到多少钱？"

"这个不一样的，报纸是一块钱一斤，别的纸只有几毛
钱，只有几毛钱，不多，不多。"

"一天能弄个多少呢？"

"不多的，十几二十，我也弄不动了，随便走几趟，随便
走走，弄不动了，年纪大了。"

"哦。"他们两人的烟雾一起腾空。

"小孩子的字要多练的，现在不一样了，以前人人都写毛
笔字，人人都写。"

"是呀。你一个人住在后面？"

"诶对。对。"

"儿子呢，儿子做什么的。"

"没有儿子。没有。我有一个侄儿，对我蛮好的，有的时
候来看看我，知道我喜欢喝酒，带一瓶白酒，去熟菜店里切点
咸肉。"

"哦，侄儿……"

"诶，对，侄儿。"

"多大年纪了？"

"七十……啊，七十多，我也不记得了，可能七十二。"

"蛮精神的。"

"嘿嘿，呵。"阿拐又笑了，说实话，很多人你一看就知道是坏人，很多人你一看就知道是好人，阿拐是后者。可是我还是不知道，他为什么没有子嗣，妻子在哪里。每次看见他抽烟的时候，我就觉得他的事情都随着烟圈吐掉了，再没有人可以知道。

再过一年，我自以为可以练练王羲之的行书了，其实完全是闹着玩的，我竟拿着笔墨去外面的空地上面写兰亭序。一时间很多人来看，包括阿拐。他轻声地读了起来："永和九年岁在癸丑。"别人只是一味地喊着好字好字，只有他什么也不说。

第二天就下雨了，字被冲走了，我看见阿拐撑着伞，照样推着自行车走，后面放的垃圾少了很多，大概是因为雨天很不方便。路上的人很少，他一颠一颠的走路方式就更加突出了。我看着他从平江路蓝色的路牌那里一点一点朝这里移动，他的脸色很是茫然，你也可以认为那是什么都无所谓的样子。他穿着拖鞋，我最讨厌在雨天穿拖鞋，我讨厌脏水和细沙黏在脚趾中间的感觉，这个时候，阿拐一定被这样的感觉所折磨吧，不过他的脚皮应该很厚，也有可能就失去了知觉。伞在他的头顶也没有什么作用，其实他身上也湿透了，只见他在我昨天写兰亭序的地方停下来，伏下身子仔细地看，直到确认字已经被雨天淹没，他才继续一颠一颠地走开。我看见这幅景象，很想让自己躲起来，不让他看见，我心里也说不清楚这是为什么。

就这样，他经常来我家门口站一会，看看我的最新成果。有一次，我爸爸在门口的垃圾堆，拣出了一盒氨基酸胶囊。

"喏，这个你要不要？"爸爸说。

"这个？是什么。"

"补品啊。"

"新的呢。"

"我们没人吃，今天一看倒是过期了，你要吗，我估计也能吃，昨天刚过的。"

"好，我拿着，拿着。"

"我估计能吃的。"爸爸信心满满地说。

"诶，对对，那些厂里，就是拿过期的，重新包一包而已。"

我那天很是讨厌爸爸，生怕过期的东西把阿拐吃出了毛病，直到第二天，我还看见他准时出现在平江路，我才放心。

有一天放学，我经过的时候，看见阿拐在家里逗一只鸟，就在门口站着，他招招手让我进去，我就进去了。可是他没有对我说什么，还在给鸟吃米。他的神情很是专注，皱纹也有点舒展开来了，我喜欢一只很小的、黄绿相间的鸟，如果仙子有实体模样，那一定就是那只鸟的样子。在他逗鸟的间隙，我环顾了四周，除了成堆的垃圾，一张单薄的床，也不见别的东西，只是墙上挂着一红一灰两张纸，红的是他的爱鸟协会入会书，可是名字那一格终于没有填上，灰的是他剪下了那一期的报纸，贴在了墙上。

过了很久，他好像才察觉到我在这，给了我一个橘子，从床底下拿出来的。

"这只鸟真漂亮。"我指着那只和他说。

"鸟都好看，都好看。"

"捡垃圾好玩吗？"

"不用和别人说话。"他笑着看看我。

我觉得，一定有人因为说话伤害了他，或者他说话伤害了什么人，所以他觉得不和别人说话是一件好玩的事。

"你很喜欢鸟吗？"

"嘿嘿，鸟啊，就在一个声音，叫起来好听，有不同的种类，我这里这个，你知道，就是简单的麻雀，这个……"

他和我说了很久关于鸟的事情。说着自己又弯下腰，取出一个橘子，那是最后一个，他开始吃起来，我看见他吃，就把我的也从口袋里拿出来吃。

这时候，又是一群孩子过来了，我看见有王小李在里面，王小李看见了我，反倒有点儿不好意思了。他们围在一起说："阿拐，阿拐！"带些蛮横和调皮。王小李看见我在这，就不喊了，这个时候，阿拐笑着站起来，去他的易拉罐小山里面找到了最好的，一个没有瘪的易拉罐，给他们，这群人就在阿拐的门口开始用易拉罐踢足球了。我也就回家了。

下次阿拐的出现，就颇具戏剧性了，那是我唯一一次看见他奔跑，他拿着一把扫垃圾的扫把，跑起来一颠一颠的，叫人发笑，扫把却一直都不离开地面，他喘息着四处张望，好像在

保护着什么不可见人的东西，最后在我家门口停住。我和爸爸
似乎知道有什么事情发生了，都不约而同地出来，而我更是喊
出了声音："阿拐！"谁知道阿拐立马做出了"嘘"的手势。
那一刻，我觉得阿拐年轻了许多。

　　等我们出去，他就放开了扫把，我们看见一只硕大的甲
鱼，头已经完全缩了进去。

　　"要死了，你这哪里来的。"爸爸赶紧问。

　　"跑出来的，跑出来的，我就扫过来了，嘿嘿。"阿拐笑了。
我在一边也笑了，我觉得阿拐这么做，好像不是一件坏事。

　　"哪里跑出来的？小马家吧，今天陈国平给他的，我想起
来了。"爸爸自言自语道。

　　"弄进去吧。"阿拐继续笑了。

　　"这……"爸爸有点儿犹豫了。"反正是他自己跑出来
的，管他。"说着，爸爸就把甲鱼抱进去了，我在一旁笑个不
停，阿拐还对着我做"嘘"的手势。

　　"阿拐，确实是一只好甲鱼！"

　　"诶，对对，大呢。"

　　"倒让你这老猢狲拱过来了。"

　　"甲鱼的肉，我也吃过一回，我侄儿结婚，有这个
菜的。"

　　"结婚么，都有甲鱼的现在。"

　　"甲鱼的肉滑，好吃，好吃。"

　　"这只还要不一样呢，说是陈国平弄的野生的，少说要

几百。"

"诶，对对。"

"要放在水里。"

"是的，我就是放在水里的。"

"我侄儿结婚，甲鱼是烧汤的，我吃了几块，白汤，汤也鲜，鲜。"

"甲鱼汤补呢。不过现在都是养殖的，和野生的还是不好比。"

"不知道甲鱼能不能红烧。"

"可以，怎么不可以，饭店里红烧的也多的。"

"那也可以红烧。"阿拐热切地看着我爸。

"不过还是烧汤鲜，红烧可就没有那个汤了。"

"诶，对对。甲鱼的肉滑，我吃过一回的。"

"嗯，就烧汤。"

"那么，我再去买点白酒，要搭搭酒的。"

"怎么你买白酒呢，不要买了，不好意思的，你都弄了甲鱼来了。"我爸有点吃惊。

"诶，不，你烧，我去买酒。"

"啊……"爸爸开始皱了眉头。

"你慢慢烧，我走得慢。"

"不不不，今天不烧啊，你别搞错了。"

"啊……不烧……"

"他们刚刚丢了，我就烧，这，肯定不行吧，陈国平那狗日的要找嘞，别招进来了。"

"啊……对，对。"阿拐的神情一下子暗淡了，我看出来，他有点失望，我也明白，爸妈也是不会让这样不体面的人来吃饭的。

爸爸去后面拿了一包烟，递给阿拐："来，走吧，我也正好去买菜了。"那是一包红杉树，我去给爸爸买过，大约十块钱一包。

阿拐竹节似的手指已经像是要被风吹断似的了，他怅然若失地，接过了那一包烟，一颠一颠地走了，走了三五步，想起来没有拿扫把，又回来拿，他不再笑了，而是灰蒙蒙的。

之后，阿拐好像不再来我家看我写字了，不知道为什么，我觉得阿拐来平江路的次数也少了，好像不怎么再见到他。直到有一天，我在平江路的另一头一蹦一跳地走回家去，看见阿拐的车停在河边，他呢，仍旧是那样，坐在一个花坛的旁边抽烟。我一下子慢下来，他装烟的盒子还是那一个红杉树，里面收集了几根弯弯扭扭、干瘪的烟，大约都是他捡来的。这个时候，他的整个身体都像是一支竹节了，瘦得皮包骨头，他颤抖着给自己点上一支，他老了不少，脸上的皱纹因为瘦都开始变浅，他的头发有点长了，可是没有活力地耷拉下来，衣服还是那样脏。突然他回头看见了我，我立马装作还是蹦蹦跳跳的样子走开，不知是不是因为甲鱼之事，我心里仍有愧疚，我竟不再敢看他的眼睛。我终于不知道他近来如何，这一切又都是怎么回事。但是我知道，他还是这样每天经过平江路，只是我和别人一样，都没有关注他了，所以显得他好像不存在似的。

我愈加频繁地看到他在花坛抽烟，烟也越来越短，他实在是没有烟了吧。他的眼睛注视着烟圈一点点飞上去，而且在用很小的声音自言自语，给人的感觉是他在想着什么事情。每一次见到他，我好像都看到很多东西。或许，他的妻子去世了，只留下他一个人，或许他从头到尾都没有结婚，一直都是一个人，他的侄儿也许正像他一样精瘦，也许恰好是一个相反，再就是他侄儿已经很久不曾来了，他很久没有吃到烧酒了。他到底在想些什么，我已经失去了问他的机会，也许那个和他一起逗鸟的下午，我是可以问他的，可是已经过去了。

我很久没有看见阿拐了，我问爸爸："爸爸，阿拐好像很久没有来了。"

"哪个阿拐？就是捡垃圾的？"

"嗯。"

"老早死了，哎，其实也不是老早，反正前些日子都火化了。"

平时小区里有人死去，我会听见乌拉乌拉的葬礼的声音，可是这次我没有听见。我去阿拐的门面房位置看了一下，一个西装革履的人正好开车进了那个门面房，那里已经变成了一个车库，易拉罐、床、垃圾堆、贴在墙上的报纸都没有了。我努力回忆有没有哪一天看见天上飞出一只黄绿相间的鸟，也还是没有想起来。

平江路上没有阿拐一点点的痕迹了。

中场休息

桃李

如果你看到过王小桃骑电动三轮车的神气样子，保准你在思考自己的理想的时候，会想当一个和他一样的铝合金商人。

平江路距离大新镇上唯一的小学很近，多少米我没估量，走路也就约莫五分钟。二年级开始，我就跟爸爸一起走着去上学，三年级后，我就要求一个人去了。但是每天早上，王小桃都骑着电动三轮车送他的弟弟王小李去上学。他骑车从来都没有减速过，即使是到了人头攒动的小学门口，路也歪歪扭扭的，他还是气定神闲地把着车把手，像蝴蝶穿花一样，在小路上轻盈地绕来绕去。遇到人多的时候，他就大声地吹着口哨，小学生们就鸡仔似的纷纷躲开。他的头发长又柔软，总是在风中快意地飘起来，到了很快很刺激的节骨眼上，王小李也在后座上兴奋地尖叫。即便到了学校门口，王小桃还不忘大秀一把车技，只见他猛地转上一个一百八十度的弯，车就停了下来。这样一来，等王小李下车，他不用掉头就可以往回走了。说实话，有时候我挺羡慕王小李的，因为我也想体会一下这样坐车的感觉。

　　好像一辆大的电动三轮车就是一个铝合金店铺的标配，老周有一辆，王离也有一辆。王离一家刚来的时候，我记得总是王离控制那一辆三轮车。有时候他们一家去赶庙会，王离在前面开车，李秀明坐在旁边，有的时候她一只手挽着王离，他们的两个孩子，就在后面打闹起来。其实主要就是王小李去挑衅一下王小桃。王小桃似乎对四处的东西都更加感兴趣一点儿，所以他总是伸长着脖子，看来看去。平时要送货什么的，也是王离不声不响地骑着车便走，王小桃在家里继续干活，每次王离启动的时候，王小桃都很是向往地看着他的爸爸，直到他爸爸消失在他的视野里，他才能重新专心地干活。现在不一样了，他们家完全反了过来，三轮车几乎交给了王小桃。王离总是对老周说："这孩子没心思在家里做活。"老周满不在乎："年轻人哪个不这样！"你会发现，王小桃的确就是个开这样的电动三轮车的料子，换句话说，他就该去开电动三轮车。老周和王离是把骑车当成一种没什么乐趣但确实必不可少的事情，就像是吃一顿不太好吃的饭，可是王小桃就不一样，他开车充满了仪式感。我注意到他每次出门之前，都要从腰带中间抽出他的一把木梳，对着小镜子正儿八经地梳两下头，再用手把自己的发型好好捏一捏，然后大步流星地走到车上去。一旦骑起来，他更加是生龙活虎的，要么吹着口哨，要么哼着歌，总之是乐趣横生的模样。不得不说，骑电动三轮车对他而言就是享受。

我妈妈似乎很喜欢王小桃这个青年人，她总是对我说："王小桃不像别的孩子，别人就算认识你，路过的时候看也不看你一眼，王小桃就不一样，总是左一个阿姨，右一个阿姨地叫你，这个孩子活络着呢。"

有一天，王小桃手里拿着一件新的衬衫，经过我家的时候也是满面春光地喊了我爸妈一声："叔叔阿姨好！"

"哟，王小桃今天去买新衣服了？"

"嗯。"他好像很快活，虽然礼貌，却有着更加兴奋的事情吸引他离开。

"今天是他生日喂，我们去菜市那边的一个衣服摊，让他自己挑了一件衬衫。"李秀明和王小李跟在后面，王小李嘴里在吃一个油炸里脊肉，我又有点羡慕他了。

"蛮好看的，我看他买了新衣服很高兴呢。"我妈回答道。

"现在我们啊，根本做不了他的主，我说衬衫就买个条纹的或者说是格子的，他哪里听啊，非要买一件花花的，做不了他的主了。"

"哎哟喂，孩子大了就是这样的呀，我们总是认为，条纹和格子嘛普通一点，简单一点，现在的年轻人审美不一样了，你不要去管他。"我妈安慰道。

"哎，随他去了，他的生日，总是要随他的。不过我倒是觉得他现在，和以前不大一样了，要漂亮，要好看了，你也拿他没办法。"

"今年多大了，过了生日？孩子大了哪一个不要好看，像我们也天天打扮自己呢。"

"十六了。"

"哦，十六了，要是上学的话，是几年级……我想想，啊……要上高一了都。"

"嗯，高一，我们不喜欢上学，还是早点干干活好。"

"我经常在家里和童童说的，看看小桃哥哥多有出息，这么大办起事情来也有条理了，又有礼貌，比那些念书的有出息呢。"

"哎，有出息？……不过现在干活是不错了。"

"哟，你儿子穿了新衣服出来了！"顺着我妈的眼睛，我们一齐看了过去。

只见王小桃确乎是换了一副模样的，头发往后梳得整整齐齐，还抹了不少油，所以看上去都是服服帖帖的，那件新的衬衫也是穿出了别样的神韵，衬衫上面印着几朵红色的大花，很是鲜艳，他的穿法更是新奇的。他把衬衫塞在了腰带里面，立马上身就挺拔了；两个袖子都卷了起来，到肘部；最要命的是他上面的扣子没有扣上，露出了一点他很是精瘦的锁骨；领子才是点睛之笔，不像大人一般顺在肩上，而是一圈都立了起来。下身配上一条污渍很多的牛仔裤，据说他自己还在膝盖那里破了两个口，弄出了一点粗糙的裂纹，李秀明还骂他浪费裤子。脚上是白色球鞋，也说不上是白色，四围都是些泥巴，上面脏得有点泛黄了。

"你这弄的是什么玩意？"李秀明笑着看他。

"哈哈哈，蛮好蛮好。"妈妈也开始品头论足。

"哥哥，帅啊！"王小李的里脊肉是吃完了，手里拿着里脊肉的竹签挥舞起来。

"我出去转转了，妈。"王小桃雄赳赳气昂昂地就走了。

等人都散尽了，妈妈回去对着爸爸说："你看看江西人家的大儿子，打扮得像不像个上海小赤佬！"我听不懂小赤佬是个什么东西，但总觉得不像是什么好东西。

以后我再看见王小桃的时候，他几乎一直就是这样一副打扮了，衬衫、裤子和鞋子是要偶尔换一换的，可是你总还是知道这就是王小桃的风格，因为他标志性的立领从来没有变，这领子一立起来，什么都不同了。不过他的所有衬衫里面，你能看出他最钟爱的还是生日时候买的那一件花衬衫，因为他总是把花衬衫穿好久，等到袖子口脏得都能反光了，才穿别的，然后等花衬衫晾干了，他又立马穿上。他每天就是这样一副造型送王小李去上学，也接收到了不少别人的目光，他好像很是傲慢的，越知道别人在看自己，越是不看别人，昂着头，只管飞快地骑车。这在我们眼里，也许就是酷啊、帅啊一类的东西。

放学的时候，王小李是不要他的哥哥去接他的，因为他希望和同学一起走一段。我在学校里也常常可以看见他，他给我的印象，就是一个不太爱说话的人，在一大群人面前，他是很腼腆的，可是在他的哥哥面前，包括在老周的面前，他也可以滔滔不绝。要是你在放学的时候站在校门口的里面，你就知道我们小学里的人是怎么交朋友的，你不能站在门的外面，因为外面家长太多，我们一看到家长一下子就服帖了，闹腾不起来了。而校园里面的放学时光还是充满了快活的空气。女孩子是三三两两的一起，男孩子则没个边了，成绩好的人是三三两两的，因为成绩好的本就不多，成绩差的则是五六个一群地走，勾肩搭背，我们约定俗成地认为，你走路的时候要是不勾搭着一个男生的背，那就算不上有什么生死兄弟。所以我们都不想被认为自己是一个不合群的怪家伙，每个人都得入个什么"帮派"才好。帮派里也总有个什么老大一样的狠角色，倘若你想进来和我们一起吃饭走路，还有一套少不了的程序，你得有人引荐，然后毕恭毕敬地对着狠角色问："我能和你们一起吗？"这个问题的答案可没什么要求，完全是看狠角色的心情。至于狠角色的存在也是约定俗成的，要么是嗓门大的，要么是小学就有白头发的，要么是长得高的，谁知道呢，反正我是当不上。当然，总有些独来独往的，譬如说蒋婷婷。我总是在勾肩搭背的时候看着她，我很喜欢看她一个人走路的样子。有的人你看他走路，我会觉得他只是别人的背景，有的人不同，你会觉得别人都是他的背景，蒋婷婷属于后者。

　　我看见王小李也和一群人走在一块，可是他像是一个被强行黏上去的拼图，原本不属于这里。王小李其实不算瘦，可是因为他在同龄人里属于比较矮的一个，所以看上去小很多，他的同伴都是些说话大大咧咧的家伙，而王小李不怎么说话，加上他的雪白的皮肤，就显得更加温和了。学校门口是两家小店，是成群结队的男孩子的天堂，里面总是布满了使我们着迷的东西：炸香肠、雪糕和各种各样的小玩意。有一次我在其中的一家小店里碰到了王小李，他也是和他的小团体一块的，一共有五个人，其余的人一路吵嚷着就进来了，每个人都像是老客户一样，知道自己需要些什么，就直奔而去。而王小李在他们的后面，永远慢了好几拍的样子。他先是小心翼翼探了头进来，四处看了看，他的眼睛一向是有光亮的，所以看上去对一切都感兴趣却不乏胆怯，然后才迈开步子进来，显然他有点不太适应里面嘈杂的环境，目光开始飘忽起来，开始在找他那几个同伴，像是个走失的孩子。可是他那几个同伴已经无暇顾及他的存在了，都在谈论着小学里很风靡的卡片游戏。

“这包卡片很好啊，有一张金卡。”

“你怎么知道？”

“刚刚趁老板不注意拆出来看了，不然我怎么也买不到金卡。”小店里人着实很多，老板不能面面俱到。

“你们在干什么？”王小李找到了同伴便问。

“买卡片啊。”

“老师不是说不准买，不能带到学校去吗？”另一个小孩说道。

“我擦，放在书包里老师怎么知道。”这个人显然是这群孩子里面的头儿，我惊讶于他二年级就能这么熟练地运用那个“我擦”。我三年级了也不过是刚刚学会，还找不到地方运用呢。

“你们买什么卡片？”王小李眨巴着眼睛问。

"你不会连卡片都不玩吧？你连卡片都没有？"一群人突然质问了起来。

王小李仔细注视了一下他们手里的东西，圆圆的，硬硬的，上面印着各种各样的奥特曼。他一定是第一次看到，并且产生了不少的兴趣。这个时候，他冷不丁又看到了我，不知道为什么，这个小家伙一看到我就怪怪的，有种做错事般的羞涩。这个时候，他对着他的一群同伴说："这个我家也有，我玩的。"他的声音是那样的轻，那群人早就自顾自地看别的东西，估计都没有听见。

这时，那个头儿问王小李："王小李，你有没有一块钱？"

"有啊，干什么？"王小李手下意识伸进上衣的口袋里，摸了摸他的零花钱。

"我没钱了，你借我一块。"

"你要干什么？"

"擦，你说呢，买卡片呀，我也送你一点。"不得不说，这个头儿的脏话就是一套接着一套的，比我熟练多了。"擦，擦……"可恨的是那群小家伙都笑着学他说这个"擦"字，学得那个头儿笑得更大声了。

王小李给了他，他立马把那个"有金卡"的卡片买了，这个时候，他的奶奶似乎在呼唤他了，他就立马把金卡挑出来藏好，其余的一把塞在王小桃手里，跑到他奶奶那里去了。

等我出小店的时候，这个狠角色俨然换了一副模样了，开始发起嗲来，缠着他的奶奶买了两根炸香肠。这让我再次心生羡慕，我爸妈无论如何也不准我吃这个东西。而再看王小李的时候，也不见了踪影。我还碰到了和王小李一个班的陈星，他老子陈国平牵着他的手，给他买了一些巧克力，他已经迫不及待吃起来，还好我不喜欢那个黏不拉稀的东西，不然又该羡慕了，因为我爸妈也不太舍得给我买巧克力的。

在我印象里，王小李总是和这些人一起，包括用阿拐的易拉罐踢球的时候，我也看见了他。这群家伙跑起来可是不要命的，把易拉罐真踢成了世界杯决赛那样，可是王小李的运动细胞可能不是那样发达，我光是看见他在一堆人中间跑来跑去，笑得比谁都开心，可是从来没有见他碰到过一下易拉罐。我要是他，一定觉得毫无意思了，可是他玩得很快活，等到他们把易拉罐踢飞了，踢到几十米之外去了，他们就说："王小李，去捡一下。"然后这家伙就笑嘻嘻地去给这群十足的小混球捡易拉罐。要是我，我才不愿意在这样的帮派里面混。等他们玩这档游戏玩得倦怠了，那三四个人就朝一个方向回家去了，王小李呢，好像意犹未尽，独自一个人朝家里回去，虽然已经满头大汗，可他一路上一会走，一会跑，跑的姿势还是在模仿踢易拉罐的动作。我真希望他下次可以碰到易拉罐，不只是在去捡易拉罐的时候。

回到家，李秀明看见儿子又是浑身湿漉漉的，隔着几米就开始吼了："要死了，你怎么又弄出一身汗，干什么去了？"

"踢足球啊。"

　　"我不是说不能这样了吗，家里又不方便洗澡，这样早晚要发热！"

　　说着李秀明把手伸进王小李的背："要死了，要死了！湿透了，你这家伙。"说着，她立马去洗了热毛巾给他擦背，王离在一边说："哎，小孩子玩就别说他了。"

　　"弄这么湿感冒了怎么办。"

　　"哥哥呢？"王小李每天都要问。

　　"不知道死哪去了。"李秀明愤愤地说。

　　再过一会，你就会看见王小李在饭桌上开始写作业了，似乎切割铝合金的声音对他来说都不存在似的。

　　我有时想和王小李建立一定的联系，可是我们两人总是说不上话，我们一旦对视，感觉就很奇怪，好像他不想让我知道任何东西，而我也羞于去了解他了。有一天，我放学的时候，看见他突然脱离那几个人，偷偷地去给了路边的乞丐一块钱，然后那天就没有再去找他的"哥们"，而是一个人回家了，我觉得，他一个人走的时候让我看起来更舒服一些。

　　而他的哥哥似乎也不太陪他玩了，除了很潇洒地送他上学之外，我连见到王小桃的机会也少了，王小桃对于家人和弟弟这样那样的问题，都是一副不耐烦的样子，老周说："孩子大了，有他们自己的想法。"

　　一天晚上，我和妈妈上楼的时候，看到李秀明在拐角处训斥王小桃，正是一场谈话将要结束的时候，王小桃使劲地说："好了，好了，我知道了，我知道了。"说完就跑回家里去。

"什么事啊，小桃怎么了？"我妈问。

"哎呀，整天出去玩，我说说他。"

"也要玩玩的，都这么大了，不能让他整天干活吧。叛逆期哎。"

"不是啊，你不知道，和路上那些人去网吧，有的时候一晚上都去，我气死了，怕他搭坏了，我家又没有钱。"

"哎呀！网吧啊！网吧你不要让他去，游戏上瘾了不好的，里面的人也不知道是什么东西。"

"就是呀，我也是这么想，不知道他听不听呢。"

"这个要让他听！"我妈妈给人建议的时候如此斩钉截铁，倒也是很少见的。

之后的一天，我看见王小桃的衬衫领子没有立着，神色黯然，仿佛他的精气神就凝结在那个领子上，领子立着，人就精神，领子奄拉下来，人就也颓唐了。而秦桂又出现在平江路上，他一来总有一些乱七八糟的事情发生。据说，他当年可是红小将呢，到哪都是翻天覆地的。他手里拿着一叠纸，开始在每一幢楼的侧面贴起来。

"老秦，啥东西啊？"

"派出所的新文件，每月案件！"

我爸爸立马就在他手里拿了一张，戴了眼镜开始仔细地看："通江路手机店盗窃案告破，涉案人员为一女子，名李慧贤，将手机藏在内裤中间……"

"八旬老太太的猫爬到树上下不来，热心民警来帮忙……”

"王小桃伺机偷车，老警察秦桂一眼看穿，防患于未然……"

听到这里，我立马爆发出一阵雷鸣般的笑声，我说不出哪里可笑，总觉得有认识的人的名字出现在这上面，更像是一场幽默的作弄一样。我重复着："王小桃，不就是……"

过了一会，王小桃在老周的店门口，我，爸爸，老周，孙友亮都在那儿，听他讲到底是怎么一回事。

"我昨天借了朋友的车去看表演。"

"什么表演？"

"就是在菜场那里，那个手机店做广告，请人来表演的。人多得很。我走的时候看见我停车的地方没有车了，我就慌了，后来，后来我又找了很久，还是没有找到，我就感觉被偷了。当时也不知道怎么回事，我就想着要还给朋友的，朋友的车很贵，四五百块钱。而且场面很吵，人很多，我就想着也去偷一辆好了，我就去找，一个一个地试，那个锁没有锁紧，我在弄锁的时候，那个警察就来把我弄走了……"

"哎哟，你看看，现在车不还是要赔吗？"老周说。

"后来怎么出来的？"孙友亮问。

"我爸晚上来保释的。"

"那你都去过监狱了？里面什么样子的？"我突然来了兴趣。

"没去监狱，就是在派出所，我一进去，那个警察就扇了我两耳光。"

我的脸上突然一凉，不想再问了。我发现，王小桃不仅衬衫领子没有立着，而且也没有掖在裤子里，而是松松垮垮地露出来了，头发也没往后面认真地梳。

那张单子贴了很多地方，秦桂很是自豪地宣扬着派出所保家卫国的功业。可是看的人倒也不多，没什么人在乎这样的事情，倒是只有孩子，喜欢撕下来，好好玩一玩。我也撕下了一张留作纪念，毕竟这是第一次有我认识的人登上了这样的大场面。

第二天，王小李放学回来，他是哭着回来的，李秀明问："怎么回事啊？啊？"王离则平淡而深沉地看着他。

"妈妈，我的哥哥是小偷吗？"王小李话里夹杂着一些抽泣。

这是他第三次自己来到这里了，大新镇的老街，旁边淌着一条像是尸体一样的河流，河流边上的大片地域都是工厂，但许多已经废弃。平又矮的房屋，是砖头简单的堆砌，甚至没有油漆一面简单明亮的墙，而是让砖头堆砌的纹理完完全全地暴露在外面，不就是像被剥了皮的死尸一般么。废弃的地方是死沉沉的，碎玻璃渣、砖头、野草和垃圾杂乱地排列着，不比这毫无意义的宇宙多一点点整齐的秩序。满眼可以看到的地方都是昏黄色的、灰色的。工厂旁边有着工人自己搭的简易房子，他们住在这里，和野草一起肮脏着。野草一定是犯下了无边的罪恶，现在受到了惩罚，要负责吞噬一件件撕扯过的内衣，和泛着白色泡沫的避孕套，以及奄奄一息的劣质烟头。就算是仍在喘息的工厂也不见得有一丝一毫活力，王小桃每一次到来的时候，他都可以看见成群的工人们，在他的脑海里，工人们似乎是一样的脸，一样的面色，一样的表情，一样的昏黄，还穿着和自己一样的脏衬衫，他很庆幸，自己的衬衫领子没有像他们的一样塌缩在肩头。

网吧在河的这一边，周志军第一次带他来的时候，告诉他："这里是最便宜的。"网吧在三楼，阴暗潮湿的楼梯让他一阵作呕，可是现在也已经完全习惯了。你在楼梯上永远可以听到滴答滴答漏水的声音，然后就是一股污浊缓缓撕裂过地面。到处都是烟头，还有无数个小广告刺激着王小桃的眼球。"办证"，"买水泥黄沙"……后面都接着一串无序的电话号码，最让他注目的就是"包小姐"，那几个字浮在一张诱惑性的图片之上。他试图在上楼的短短几秒钟的一瞥里记住号码，可是他从来没有拨打过，光是记住它就是王小桃所享受的全部刺激。等通过这下水道一般的楼梯，一片喧哗和灯彩就晃在他的眼前了。

他推开把手有点儿黏的门，进去，猛烈的、节奏性很强的音乐似乎让他的脑子一下子翻江倒海。店主是一个女人，穿着包臀的连衣裙，脸部是病态的瘦，可是胸部和臀部却不协调地

浑厚，她叼着一支烟，和进来的客人交谈。当她交谈结束的时
候，一个客人顺着店主大腿抚摸上去。男人摸到臀部才停止，
她一阵触电般的颤抖后甩过头来骂了一句脏话，声音是江北
腔调。

　　现在他已经熟门熟路，交了三个小时的钱，就在一个座位
上安然地坐下，周围的人都像疯狂的猛兽，在电脑桌和旋转的
椅子之间这块小小的枷锁里暴跳。他们戴着耳机，全神贯注，
眼睛好像涨得要喷出眼眶了，眼白处布满了红色的血丝，残忍
地衍生着。王小桃每一次到来，对这样的眼睛还是充满了恐
惧。他们像是吸血鬼一样的存在，他小心翼翼地坐下来，不想
让任何人发现。凳子上面的布已经残破，有些不好的气味，但
也被这里遮天蔽日的烟味所蒙蔽。他咳嗽了两声。所有人都在
对着耳机说话，大多数在打游戏，他们需要和队友连线，有的
在和异性聊天，语言和笑容里充满了挑逗。声音绵绵不断，灌
注进王小桃的耳朵。他最后环顾了一下四周，仪式性地把耳机
罩上，一下子与世界隔绝，接下来，他也要成为猛兽。

　　他进入到那些周志军给他推荐的游戏里面，仙境，武器，
凶杀，他忘记了现实中的一切。周志军那天对他说："那些富
二代玩的东西，你今天花上几块钱也玩到了。"王小桃喜欢看
子弹穿过那些貌似真人的胸膛之后冒出的血，这让他浑身上下
都兴奋。

　　第一次临走的时候，周志军笑嘻嘻地走到他的位置上来。
"你不会没看过这些东西吧？"说着，娴熟地在网页里输入了

一行没有生命的字母。随着屏幕上的光点轻而易举地一变换，王小桃的身体突然有一种撕裂的感觉，神经的触角似乎前所未有的敏锐，但又在某一个位置迟钝地停止了，他感受到一种不言可说的燥热。那些他苦苦幻想而不得的东西，竟是这样地泛滥，他呆滞又脸红地看了一眼周志军，像一只抽干了血、颤缩着的公鸡，而周志军却若无其事地对他笑了笑，充满了不屑和若无其事。

他们离开的时候，王小桃的脚步是松软无力的，他每下一级台阶，都好像要摔进这肮脏的地面里。出来的时候，月明星稀，有几只乌鸦的剪影留在他的脑海里，他一直感受着。电脑里的画面如同一个个固执的影子，漂浮在他的眼前，在脑海里翻腾。

临街的足疗店里的女人，都在黑暗降临的夜晚中醒来了，穿着如同网吧店主一样的包臀裙，美丽却艳俗。她们着厚厚的妆，她们的每一个姿势都像是水草一样飘摇，叫人迷幻，令夜晚都失去方向。

王小桃被这莫名的力量压垮了，说不出话来。一回到家里，正好碰到李秀明出来倒洗衣服的水，他赶紧低下头。不是因为自己去了网吧，而是看到那些画面后无法控制而喷射到内裤上的液体，现在那块黏湿的印记令他觉得羞耻不安。

从那开始每一次骑着电动三轮车出行的时候，他都刻意观察足疗店，他发现了越来越多的足疗店，这些小店面都是以前没注意到的。他茫然地将目光探进那些玻璃门中，那些翘着二郎腿的雪白大腿让他逐渐麻木。不知为什么，他猛然想起了小时候在江西老家，爷爷奶奶养的那只猪，猪食里漂浮着恶心的吃剩下的菜叶和浑浊的汤水，可是猪还是吃得津津有味。这个世界比他想得大太多了。

　　他还是和周志军来往着。周志军是他的小学同学，他现在去职高了，周志军的周围还有几个伙伴，一个黄色头发的男生和一个红色头发的女生，王小桃只知道他们都称呼那个女生叫狐狸。王小桃若即若离地和他们接触着，他们叫他吃饭，可是王小桃总是吃完饭和他们聚一会，王小桃清楚自己家里的处境，是没法去餐馆里花钱的，可是也不愿意失去与他们的接触，一种病态的吸引力缠绕着他，让他痛苦又纠结。他愈加频繁地去那家网吧，渴望那些强烈拨动他神经的东西耗光他全身的力气。

　　在自己成为盗窃者的前一天，周志军叫上王小桃晚上去吃烧烤，一切照旧，王小桃还是在家里吃了一碗饭出去的。在烧烤摊，他看见了他们三个，烧烤逼仄的香气让他难以招架，可他还是只拿出了五块钱，买了两根羊肉串。那天，狐狸的脖子上戴了一串骷髅，一种暴力的象征，可是在女人的身上却多了一层蛊惑的意味，让狐狸看上去更加迷人。王小桃努力克制，将目光投放在门口的自行车上，自行车是周志军的。他幻想着骑自行车的画面，一定要比骑家里的电动三轮车轻盈许多。走的时候，他小心翼翼地问周志军，能不能把车借给他，周志军出乎意料的大方。

　　他骑上就走了，骑到一半，才想起忘记问周志军要钥匙。他回到原来的地方，发现没了人，转头看见周志军正在黑暗的胡同里，一台空调外机在他的头顶上滴滴答答的。周志军不是一个人，狐狸也在那里。他们两个的黑色剪影在暗处纠缠在一起。他看见狐狸的衣服里面有着隆起，是周志军的手。他的另一只手把她的裙子撩了起来，王小桃咽了一口唾沫，目光呆滞地看过去。周志军也看见他了，先是一惊，反应过来后愤怒地说："我擦，你怎么还在这。"

　　王小桃受到了惊吓，马上做错事般低下头去："哦，我忘记问你要钥匙了。"

　　周志军一个人走过来，他的车钥匙在一个单独的钥匙环上，有几把一样的，他没有全部给王小桃，只是取下来一把。

　　王小桃迅速离去，事后他觉得当时自己有一种前所未有的窝囊和沮丧。他不想去什么宣传晚会，可是相比于在家里无聊地把玩低端手机，他还是愿意骑着周志军的自行车出去溜达溜达。临走的时候他问王小李去不去，被李秀明拒绝了，于是他一个人骑车离开。他骑着自行车飞驰着，仿佛周遭三维的世界里，自己就是个二维的东西，他骑得越快，那些灯光和路人就越是像一帧画一样闪过，可也远远没有这么简单。

　　远远地他就看到，手机店的门口，搭起来了一个蓝色背景的巨大舞台，还有无数闪烁的灯光，舞台后面，是一群女人，穿着很短的裙子，和让酥胸半露的衣服，可能正是这样一群女人，让他停下了车，一只脚撑在地上。他像那群猥琐的中年男人一样，看她们看得入了迷。他以前产生过一些很卑微可是真诚的想法，就是看着小电影里那些女人的时候，他会想："这些女人这么漂亮，为什么要做这样的事情呢，如果她们愿意嫁给我，我一定一辈子都呵护她们。"他真的就是这样想的，可是他从来没有告诉过周志军，因为连他自己也感觉得出来，这想法是那么可笑、懦弱、可耻。他看见这群女人在换着衣服等待上场的时候，却没有再生出这样的想法，因为她们并不比他卑微。看那种电影的时候，王小桃起码自己还站在一种虚拟的道德高地上，而和眼前的美女们比较，自己才是完全猥琐的。王小桃就着眼下那个地方停了车，很谨慎地把车锁了，锁上之后还不忘把锁拎起来看了一眼，然后才走到舞台下面去。

　　接下来的几十分钟里，无非就是那一套俗气的表演，可是王小桃还是很感兴趣的，那套烂大街的歌曲和舞蹈就是被大新镇上的人们所热衷。他一动不动地站在那里，看着裙底的闪动和挑逗，他知道那些地方是被打底裤遮住的，可是所有的人不还是费尽心思盯着那里，想看个透彻。遇到这样徒劳的事情，人们却可笑地显示出莫大的韧性来。还有一些声音高亢的男男女女在唱歌，他们脸上总是挂着微笑，机械、呆滞，取悦着台下的人群。王小桃觉得，这些家伙，他们的梦想也许是做明星，可是到头来，却在这个街头自以为是地挂着微笑卖唱，还要忍受人们正如自己那样的猥亵的目光，不也是同样可笑吗？就是这样，台上台下的人，都因为自己不知足的欲望，在这里汇聚着，上演一出荒诞的闹剧。灯光却充当了一个最具有蛊惑力的中心，摇摆，闪动，强烈，缥缈，肆意妄为地切换，好让在场的所有人都觉得正处在一个巨大的盛会中间，真的有那么快乐。其实也还不错，王小桃挺快乐的。最后几首歌到来的时候，他知道就要到一个伶牙俐嘴的推销员开始推销商品、蛊惑金钱的时刻了。而他没有钱任人蛊惑，他决定先离开。

第一处，他没有找到自行车，他觉得可能记错位置了，第二处他还是一无所获，他开始四周地毯式地巡查，每次看一辆车，他的体温就明显地上升一寸，他的目光就更多地聚焦，地上的一个烟头都开始让他敏感起来，他一辆一辆地徘徊，等他再次抬起头来的时候，几十辆自行车重重叠叠的幻影开始猛烈地在脑中摇摆，他几乎紧张出一个趔趄。这是我的吗，这个是吗，他飞快地又仔细地找第二遍，等他脆弱地再抬头的时候，他不得不想到那个词汇："被偷窃"。

他有点眩晕，把手撑在一辆车上，又抚摸了几辆车，他无比地渴望这一辆就是周志军那一辆，是他骑来的，是他锁住的，他看着不远处灯光还在闪烁，人头还在攒动，声音还在奔涌，盛会还在继续，车的主人们还在狂欢，他又不得不想到另一个词汇："偷窃"。他要偷一辆去偿还，不然周志军的车太贵了，爸妈很难负担。

想到这个词汇的时候，他无意识地看向四周，那些狂欢的人好像还沉溺在狂欢之中，可是有的已经转向这里，已经看着他，已经看穿他，剩下的人下一秒就要看向他、看穿他。车辆中有一个人穿行而过，那个人敏锐地看了他一眼，会不会是个便衣警察，或者是个高度警惕的民众，再不济就是自己准备下手的那一辆的主人，在看着他会对自己的车做些什么。王小桃眩晕得几乎跌倒，灯光好像突然说好了一样一下子全部汇聚到他的身上，他拿起手边这一辆的锁，锁发出的叮铃叮铃的声音比台上的音乐还要大，他立马小心翼翼地放下，锁上面的寒气透过他的全身。他有一次抬头，每一个人都在看着他，他头上涌出了无限的冷汗，那边的一个女人在冷笑，她是不是在等待他自己放手，赶紧伏法。那一个人恶狠狠地朝他走过去，他的脚一软，知道这个男人一定是他要下手的那辆车的车主，可是这个男人与他擦肩而过。他开始有些大胆，决定与外界完全隔离，就这样低下头去。又看了一把车锁，还是锁住的，大概没有人会不锁车，自己的车一定是被扛着走的，他再看一辆，接着一辆。他甚至不敢低头看周围的人的脚步，任何一个步伐都是缉拿他的步伐，而对抗这些步伐的方式只有一个，就是把所有的目光就聚在锁上。这样，等他再拿到一辆车锁的时候，那锁上的寒气已然没有那么叫他受不了了，可是这个时候，一只手将他握住了。

"偷车？"声如洪钟。

王小桃没有回答，甚至觉得戴上手铐的一刻，有点解脱，可是才过了几秒，他就开始煎熬了起来，倒不是因为自己的缘故，而是想到了他的爸爸妈妈，他在想让爸妈知道该怎么办，他们会怎么思考自己，又会怎么看待这件事。

到了警察局，那白色的、恒定的灯光甚至有点儿让他昏昏欲睡，他觉得自己好累，可是他立马感受到了粗糙与火辣，在两侧的脸颊。秦桂进房间的第一件事，就是给了他两巴掌。

"老秦，怎么回事。"旁边的辅警问。

"小兔崽子，想偷车，这种小把戏，瞒得过我？"

"那你又在这动用私刑了？哈哈。"

"这哪里叫动用私刑，娘老子不好好教育，我替他们教育教育。"

半小时后，王离交了五百块钱，把他领走，一路上，王离一言不发。这对王小桃反而是一种更残酷的刑罚，终于，王小桃受不住这样的冷暴力，哭着大喊："那些偷了东西的恶人都不抓，为什么抓我。"

听到这句话，王离在路中央缓缓地停下三轮车，一转过来，对他就是一巴掌，王小桃觉得真正羞愧的，是这一巴掌。

回去的时候，李秀明红着眼睛死死盯着王小桃，而王小李已经睡了，只有他对一切一无所知。

王小桃看见秦桂贴出告示的时候，心里有一种灭杀秦桂的冲动。他看见他粗糙的手掌拿着那一叠薄薄的纸张，上面写满了自己的罪恶。本来是可以忘却一切的，全部重新开始，佯装生命还是洁白的，可是秦桂却将这微不足道也足以致命的污点告诉了所有认识自己的人，王小桃的脑子飞快地转动着，那些邻居的脸在他的脑子里飞驰而过，孙友亮、蒋秋英、童童、老周、老芳、小马，甚至肖丽丽，他们都会在这张纸下面驻足，他们只关注上面的文字，不问一点解释，他们会理所当然且不带一点负罪感，甚至带上崇高的道德使命去认为他——王小桃，是个小偷，不该和他靠近，不该让自己的孩子和他交往，不该在他面前显露富有以及一切珍贵的物品，一道强行的堕落的深渊已经向着王小桃打开了。最后，他想到了王小李，如果他的弟弟也站在这张纸下面呢，他还什么都不知道呢。

　　想到这里，他立马走了几个地方，把附近的纸都撕了，可是就他这一幢楼的两张已经没了，他有点灰心，就胡乱撕了几张。回到家里，他在镜子里看见自己，似乎已经不是所熟悉的模样了，一面的脸微微有些肿，却还看不太出来，眼皮是耷拉的形状，他一个晚上都没有睡着，整个脸就有点病态的蜡黄色。花衬衫，他突然想把这件衣服脱下来，他不知道为什么，好像这花花绿绿的花纹要让他加重负罪感一样。他换了一件格子衬衫，领子也没有再竖直。他想做点什么掩饰自己的空虚，他去一桶水旁边，疯狂地洗刷自己的白鞋，他又切割了几条铝合金。这个时候，王离问他："同学的车多少钱，我把钱给你。"王小桃决定去找一次周志军。

　　小学的午饭后有一阵自由活动的时间，陈星的朋友们都在讲着网页游戏的奥妙。每一个孩子都有着这样一种渴望，就是被目光聚焦的渴望，无论是通过什么方式。在老师那里就是把作业和考试完成得近乎完美，在家长那里就是重复老师夸赞的表演，在所有的同学那里就需要恬不知耻地表演自己的才艺，在私下的几个朋友那里就是一段恶俗的笑话。不得不说，人之初的岁月里，孩子的杀手锏就是取悦别人，用自己的弱小去取悦别人，取悦集体，来赢得些许的安全感。

陈星的父母肖丽丽和陈国平告诉过他，不要和那些脏兮兮的人一起玩，不要和那些成绩不好的一起玩，不要和满嘴脏话的外地人员一起玩。所以这一群大谈游戏的人都是买得起电脑的体面人物。所以游戏似乎只是平常之物，陈星在这一刻想脱颖而出。

"给你们看个好玩的东西。"陈星笑着说。说着，他就从书包里拿出了那张秦桂在各处粘贴的纸。

"这个我在我家那也看见了，有什么好玩的。"他们一堆人最会说话的就是吴超，大家也叫他胖胖，因为他实在是魁梧，每天他的奶奶都买好炸鸡腿等他。

"那你看到这一条了吗？"

"平江路王小桃伺机偷车，被老警察秦桂抓住，防什么于未然。"一个矮小的戴眼镜的人读道。

"患你也不认识。"有一个人说。

"这有什么好玩？"吴超问。

"你们知道王小桃是谁？"陈星说。

"谁？"

"王小李的哥哥！就在我们家那边。"

"这么说，王小李的哥哥是小偷！"眼镜突然喊道。

"嗯！"所有人都开始附和。

"哈哈，我们班有小偷弟弟。真丑啊！"吴超笑了起来，

"我们去问问他。"

他们一群人走到在别处玩的王小李身边，喊起来："小偷的弟弟，小偷弟弟。"

"你们在说什么？"王小李一脸不解。

"你看看，你哥哥是个小偷哩！"吴超喊，周围的人都转过头来，这时陈星反而待在后面只是附和两句。

"你骗人！"

"自己看。"吴超好像是自己拿到的罪证，放在他眼前。

王小李默读了那一行字，一阵发热："不是我哥哥。"

"平江路上有几个王小李王小桃。"陈星在后面说，他不希望自己制造的笑料被抹去。

王小李一下子说不出话来："不是，你们骗人!"

"哼，还不承认。""真的是小偷的弟弟啊。""偷什么啦。""我还是第一次认识小偷呢，之前只是听说。"王小李的身后，叽叽喳喳的声音开始躁动起来，让他的脑子急速升温，这个时候上课的铃声响了。

王小李在之后的每一个课间都只是坐在自己的位置上，不肯出去，他抬头看见的每一个人都似乎在看着他，等到他一看见，又立马伪装地低下头去，他们嘴的形状一张一合，似乎在说王小桃、王小李、王小桃、王小李，一刻不停。在最后一节课之际，吴超再一次走过来："小偷弟弟。"王小李觉得胸腔一阵猛烈地膨胀，丝毫没有悲伤，而是被愤怒灌满，他手里攥了一个橡皮，猛地扔了出去，砸在吴超的眼睛上，一阵强大的酸楚在吴超身上涌起来，大喊："我擦！"这个时候，上课铃又一次响起。王小李的另一只手里，是那张被他揉成一团的公告。

　　吴超的眼睛还是酸痛，他不断小心翼翼地揉自己的眼皮，每一次揉，心中的愤怒就高上一层，他感受到了眼睛里面流出来的透明液体，在强大的酸痛中甚至睁不开眼睛，他心里又开始担心起来，觉得这一次一定被那个可恶的小偷弟弟弄出了问题。他每一次睁开眼睛，液体仍还不断流出来，他撕下一张作业纸，撕成了四份，歪歪扭扭地写道："王小李拿橡皮把我的眼睛扔坏了，放学去找他，跟我走。"给了眼镜、陈星和另外两人。

　　王小桃看见了周志军，狐狸也在。也看见了周志军旁边停着他自己的车，他心里一阵惊愕，沉默了几秒，上去质问："你把车骑走了不知道说一声？"

　　"我那天也经过那个晚会了，看见车在那，就骑走了呗。"

　　"你怎么不说，我……"

　　"老子骑自己的车还要和你汇报？搞笑！"说着，他看了狐狸一眼，然后两人都很轻蔑地朝王小桃笑笑。

　　王小桃一阵燥热，狐狸在用大腿摩擦着周志军。王小桃摇摇晃晃地走了出去，谈不上愤怒也谈不上后悔。"哪里有什么朋友，没有朋友。"他自言自语地说。他甚至在路上开始想，自己没有读书，怎么去认识男人和女人，也许到了二十岁，他就要回去，和一个村里的人相亲，然后那个女人也拿大腿摩擦着自己，总之，没有朋友！

　　放学以后，王小李心里还是灌注了铅一样沉重，他在课上就已经收拾好书包，一下课立马走了出去，没有和他的朋友们一起。他照旧走着那一条路，花坛的另一边，他喜欢那里的花花草草。走到一半的时候，他听到了吴超熟悉的声音："跟上。"他心里一动，恐惧让他不自觉地提快了脚步，可是五个小跑的人已经站在他的面前，中央是吴超肥胖、丑陋、气喘吁吁的身体。王小李甚至不敢抬头，每一个人都比自己高大。

　　"我擦，敢扔我？"吴超先是一声咆哮。王小李一阵颤抖。

　　"小偷弟弟，小偷弟弟……"其实只有四个人在指着他喊，陈星在最后面，漫不经心地附和而已，其实他早就想出去吃陈国平带来的巧克力了。可是王小李却觉得这样的指责来自四面八方，充斥了整个学校，即便一个路过的女生，也骂了他一句："小偷弟弟。"

　　"不要脸""小偷""偷车贼""打人"……王小李稍一抬头，几张怪兽般的脸就在抑扬顿挫地向他移动，他一点点往后退，世界开始天旋地转，他们的手指似乎要指到自己的鼻子上面去了，吴超的手掌拍在自己的胸膛上。王小李几乎要跌倒，他小声骂了一句："我擦！"没人可以听见这无力的反抗。

控制的极限

王小李哭着回来的那天晚上，平江路陷入前所未有的混乱之中。其实我放学的时候，看到了王小李和四五个人纠缠在一起，可是我当时想着快点回去屙个屎，所以就没过去凑热闹。至于学校里那些吵闹，我大概也清楚，无非就是男生混在一起那点事情，我也不觉得这群比我还小的小鬼能搞出什么大名堂，所以就走了。

晚上，肖丽丽竟然来了平江路的东头，导致我再一次看见她，她的确还是很漂亮，只是那天不像平常一样挂着假惺惺的微笑，而是神色严肃，倒具有了别样的感觉。她的左手牵着她的宝贝儿子陈星，径直走到蒋秋英家的门面房，孙友亮也在。

"哎哟，肖经理怎么来了？"蒋秋英立马出来迎接，可是这语气也不是纯粹的客气，听起来总是有点怪怪的。

"我还要问你！"肖丽丽那镇静的严肃中一下子就爆发出了愤怒。

"怎么回事啊？"

"你看看星星的手，你会不知道？宝贝女儿没和你说？"说着她轻柔地把陈星的手臂举起来，我也看见了陈星的伤口，无非就是手臂中部划破了一块，估计能流一些血，现在包扎好了。这种伤我也受过，说实在的，没什么大不了。

"哎呀，这是怎么回事？"蒋秋英惊愕中又立马显示出母亲般同等的焦急。

"怎么回事，我倒要问问蒋婷婷呢！"

"我们实在是不知道啊，婷婷回来没有和我们说什么。"蒋秋英很是焦急，也不明所以。孙友亮戴着眼镜，在一边默默关注着这一切，但还插不上什么嘴。

"你的宝贝女儿欺负我家星星，你说，怎么办？"

"这不可能！婷婷和星星根本不在一个年级！即使是，也是有原因的。"孙友亮立马用洪亮的嗓音捍卫着婷婷。

这个时候，更意外的一幕发生了，把正要说话的肖丽丽引了过去。

"你是陈国平吧，陈星爸爸是不是？"李秀明散乱着头发跑出来就问。

"是。"陈国平很轻蔑地上下打量了李秀明一番。

"你们儿子是不是欠教养，在学校干什么东西。"李秀明显然很是焦急，普通话也歪斜了，后面还夹杂了几句叫人听不懂的江西话，可是你能知道是骂人的话。

"什么？"陈国平说话轻却充满了气场，让李秀明一退。

一边的陈星呢，下意识地往肖丽丽的手臂后面缩了一下，母子俩对视了一眼，肖丽丽马上皱了眉头，而陈星的脸红了一片。

"我说你们欠教育，在学校里怎么乱说话，谁是小偷！"王离追了出来拉李秀明，王小桃脸色灰暗，王小李只是麻木地看着这一切。

"你倒要给我说清楚，谁欠教育！"肖丽丽转战李秀明的门前。

"你知道不知道我是谁，就在这乱叫？听不懂你说什么。"陈国平面目狰狞地问，可声音还是很轻。

"谁叫！恶人先告状！"李秀明实在是忍不住，几乎是咆哮了起来。

这个时候，陈国平带着儿子就走了，肖丽丽还想再吵，可见陈国平走了，便也不留。小马哥和郑阿姨看在眼里，立马过来问出了什么事。

在那之前，我一直觉得平江路是一条再和蔼不过的路了，好像所有的人都扎根在这里，把它看成一片平静的土壤。可是那天，他们让我觉得，这个地方很暴躁，失去了控制。而且这暴躁就只是藏在浅浅的表层之下，只等人轻轻一戳，就暴露出来。

肖丽丽平时其实很少来到我们这样的人家的，即便她就住在平江路的最西头，可是她总是显出一副与平江路格格不入的样子，更确切地来说，是表现得让我们和她们一家格格不入。即便是她穿过平江路，你都可以看见她低着头，甩着一条每天不重样的围巾，一扭一扭地过去，从来不看我们一眼，可是我想她心里是知道我们都在看她的。蒋秋英说："她就是这副样子，甩她的大牌去。"其实她也不是完全不搭理我们，倘若我们和她打招呼，她会立马摆出一副极其标准的笑容来回复所有人，就因为那个笑容看上去实在是太完美了，倒让人觉得有点虚假。她有时候会和蒋秋英多说几句，因为她们俩都在天宝上班，大约有点交集。

可是不得不说，所有人都会承认，肖丽丽是个漂亮的女人，可能正因如此，她穿得也比一般人体面得多，衣服花样也多，大约是不想浪费自己的美貌。而且只要她一出现，所有的男人就都瞧着她，这是一种特殊的吸引力。可是更多的人说她聪明，我就听到过钱太太在夕阳座谈会上面说："肖丽丽这个人多聪明，以前当服务员，可是她知道，当服务员服务再多的人也就这点钱，现在好了，服侍一个人就赚了大把了。"我虽然不知道这笔买卖到底是怎么一回事，可是听起来是一笔绝对的聪明买卖。可蒋秋英似乎是对她很不服气的，对着钱太太愤愤地说："肖丽丽是会做生意，什么都卖！"我又觉得肖丽丽手里的物资一定是不少的。

肖丽丽之所以让人觉得无法接近，最重要的还是她史无前例的洁癖，她总是随身携带手绢，有一次不知道是借哪个人用了一下，总之也还是个体面的女性人物，可是用完了，等不当着她的面的时候，肖丽丽一转身就扔了。这个时候老周还说她"装装样子的"。可是后来大家都发现，事情绝非这么简单，肖丽丽的爱干净还真不是装装样子的。她有的时候也会去夕阳座谈会站上那么一会儿，无聊的时候，把钥匙勾在手指之间转一转，一旦掉在地上，她立马四处借餐巾纸把这个钥匙包住，然后笑眯眯地说："回去得用开水烫一烫才行。"倘若有人问她这么一来钥匙不会生锈吗，她会很安详地回答你："那没有办法，地上的细菌可多呢。"那一刻开始我觉得她的眼睛和学校的显微镜有一样的神力，地上的一切细菌都逃不过她的一瞥，不过这么一来，她想必活得很累，毕竟满眼看去，都是密密麻麻的脏东西了。

只要你晚上经过肖丽丽家，你就会看到她在擦阳台，或者在阳台走廊的水池那里洗衣服，譬如你六点散步经过，她在洗一件红色的衣服，那等你八点或者九点回来的时候，她一定还在洗那件红色的衣服，简直连姿势都不会变化。似乎她生命中的乐趣就是保持她所接触的所有东西的绝对洁净。在我印象中，唯一能和她接触的人，就是陈国平了。只要他们两人一起出现在人们的视野里，那肖丽丽绝对是挽着陈国平的手的，而陈国平这个时候也说不上是自豪吧，背挺得很直，而且总觉得被这一挽所束缚了，走起来一板一眼。你看他们俩一起散步，就像是结婚的人一起走红毯那样正式。陈国平一个人走路倒还随便一些，如果有人问他"陈经理，您爱人呢"，陈国平就答道："你知道她的，就是在家洗洗弄弄。"这句话整个平江路的人都可以作证，这么回答一定不错。

我和肖丽丽离得最近的一次是在一场婚礼上面，大概是我妈妈和她共同认识的人的婚礼吧。我们坐在一桌，也隔得不远，我爸妈带着我去了，可是肖丽丽和陈国平却没有带上陈星一块去。等到婚礼那些乌拉乌拉的一套说辞结束之后，才是吃饭的时辰，我参加的婚礼也不少了，都是些无聊的司仪拿着长长的稿子开始大读一通，然后还要做一些拜天地之类的事情，最后还要亲嘴，总之是一套无聊的程序，让我等得十分饥饿。等上菜的时候，我就迫不及待先吃了，可是我看见肖丽丽却不同，虽然有的人也在吃饭之前洗洗碗筷，可是肖丽丽洗得就太透彻了些。她先是在碗里倒上水，然后把杯子倒过来浸在碗里，掏出手绢狠狠地擦，直到手绢摩擦玻璃的刺耳声响回荡九霄，最后是筷子，也在烫水里翻滚很久，只见那筷子的木质在开水里逐渐肥肥地发软，等把筷子抽出来，手绢换了一面还是擦，几乎摩擦得要冒出火星来。等自己这一套搞定了，再是陈国平的。最后连着手绢和脏水一起就扔了。妈妈看见肖丽丽这样，觉得自己这样凭空吃起来太乡巴佬了一些，于是也学她烫这个烫那个，最后还不忘斥责我没烫就吃了。肖丽丽吃起菜来也放不开手脚的，她只是小心翼翼地去尝一尝每一盘菜中间的那一口，似乎这些菜肴碰到一点盘子又粘上了无数的细菌，我是很相信她的，毕竟她的眼睛是有显微镜一般的神力。

回家的路上，妈妈似乎还意犹未尽，提到肖丽丽："你看肖丽丽，吃饭多优雅，是有气质。"

"你啊，有钱人干什么都优雅。"爸爸笑着回答。

"这和有没有钱什么关系，饭店里本来就脏的，哪里给你好好洗筷子什么的，人家就知道先好好洗洗。"

我倒不很同意妈妈的看法，我觉得坐在肖丽丽旁边吃饭，压力实在太大了些，稍不留心，和她一对比，你就成了什么都吃的叫花子，我那一顿就没有吃得酣畅。

而我们见到肖丽丽一家的次数毕竟还是少，平江路的人了解他们的窗口大多还是要靠蒋秋英，因为蒋秋英和肖丽丽都属于天宝的干部层，多少有点儿往来。每一年年终报告的时候，蒋秋英都是天宝的先进工作者，去参加企业的年会，还有几万的奖金，大家都挺替她高兴的，可是每次蒋秋英从年会回来，都没有表现出那些理所应当的高兴来，反而更加沮丧。如果大家问她怎么回事，那一定和肖丽丽有关。

"新的任职名单出来了。"

"嗯。"孙友亮示意她继续讲。

"刘大峰还是董事长，这是不会变的，还有那些原来的股东，也是不变的，但是你看看二把手，钢管厂、五金工具厂的总经理都是陈国平，天宝别的物流什么都是没什么用的，就钢管厂和五金工具最硬气，也就是说刘大峰下来就是陈国平了。"

蒋秋英叹了一口气，接着说下去："最气人的就是财务总监、经理都给了肖丽丽，你想想她会干什么，什么都不会，坐在这个位置上，什么都不干，几百万一年就有了。你再看看下面的那些厂长什么的，都成了陈国平、肖丽丽的亲戚。刘小宝也是个废物，大半个天宝就算不是他们刘家的了。"

钱太太这个时候总是要安慰蒋秋英不要放在心上，可是蒋秋英一说起公司里的事就没个休止："我还想什么时候混到个厂长，有肖丽丽在是不可能的了，马上就要退休了，现在的人啊，一旦有权力有钱，哪个抓得不牢固啊。"

"你这样也很不容易了。"孙友亮说。

也许正是蒋秋英传来的关于肖丽丽的消息，平江路的人看见肖丽丽的时候就愈发觉得愤愤不平了。最令我不解的是，纵然大家都没有肖丽丽一家风光，可是提起她的时候，大家又都好像高出她一等来，我不知道为什么会这样，即便我嫉妒讨厌一个我们班上的成绩好的人，可我也不能高他一等。

肖丽丽一家也不管这些东西，他们似乎自己成为一个整体，尤其是陈国平，眼里或许就只有他的儿子陈星。照理他这样的"大人物"是不接送孩子的，可是他每天都送陈星去上学，放学也去接。陈国平总是在校门口最前面的位置，唯恐陈星看不到他，手里也总是提着很贵的巧克力，那样的零食一般人是吃不上的，最叫人羡慕的是，有时候他还会拎上肯德基的鸡块和薯条在门口晃荡着，我似乎看着那些包装就闻到香气了。陈国平一看见孩子过来，就把巧克力拆出来迎接他，一路上还牵着手，过马路更是一步一撺台地小心。

我和陈国平回去的路基本一样，那天我回家的时候，正好碰到他们，我就和陈国平打了个招呼。既然大家都知道是顺路，倘若我换一个方向避开他们就显得不够敞亮，可是我和他们一道走回去又实在尴尬。我只好故意专注于一路上的花花草草，来降低我的速度，试图让他们先走远，可谁知道陈国平牵着他的宝贝儿子走起来更是慢慢悠悠的，叫我难受极了。我就在他们不远处，不幸听见了这父子之间的交谈。

"爸爸，这是什么花啊？"陈星嘴里嚼着巧克力，口齿不清地问。

"爸爸也不知道，不过，挺好看的。"

一会又是："爸爸你讲个故事吧！"

"那我讲什么呢，白雪公主和七个小矮人？"

"你都讲过无数遍了。"

"那灰姑娘和老虎的故事呢？"

"你也讲过无数遍了。就不能有点新的故事吗！"

"那爸爸回去看了故事书，明天接你的时候再说好吗？"

又过了一会："爸爸，听说市区有个新的游乐场要开了。"

"是嘛，你想去啊？"

"当然了。"

"那你期末考到九十分我就带你去好不好？"

"可是我考不到九十分啊，怎么办，我还是想去。"

"那我降低一点，八十分总行了吧。"

"好，拉钩。"说着他们俩竟然真的拉起钩来，老天，这是我幼儿园和我爸爸玩的把戏了，他们居然还在拉钩。

陈国平和他宝贝儿子讲话真是出奇的轻柔，而且可以流露出一种别样的"温情的"微笑，可是总像是动画片里面一开始

很善良，最后总是最最最大的那个坏蛋一样的微笑，我看了有
点后背发凉。万一我的爸爸和我这样说话，还非要拉着我的手
给我讲故事，那真是无法可想。但陈国平他们家就是这样，肖
丽丽不也是这样吗，你想想，爱干净以及和儿子一块去上学，
本身都不是什么大不了的事情，可是他们这一对夫妻做起这些
事情来，就让人很招架不住。

在陈国平对着李秀明瞪眼而显得面目狰狞的那一刻，我
觉得自己很了不起，因为我的预言实现了，陈国平正在变成电
影里的最大反派，陈国平戴的眼镜是四面银框的很平淡的眼
镜，钱太太之前说他看上去倒是白面书生气。这一刻，他眼睛
里隐藏的一些如怪兽般的邪恶好像已经冲破了这四方眼镜框的
包围。

现在他愤怒得有点颤抖，离开了李秀明的视野。没想到
李秀明还追出来用有着浓重方言味道的话说："都是不要脸的
东西。"

王离出来拉着李秀明："你瞎说什么！"

陈国平和肖丽丽回过头又盯了他们一眼，似乎眼神直穿过
来，陈国平很轻地对妻子和儿子说了一句："走！"

留下李秀明捶打着王离的肩膀，带着哭腔说着："他们凭
什么对小李说小桃是小偷……"

谁能想到，就在几个小时之前，陈国平还站在红旗飘扬的
小学门口，探着身子等他的儿子，脸上阳光和煦，我回家的时
候看见他了，那个时候，他还是个好父亲呢。

　　肖丽丽来到天宝宾馆之后，第一件事该是去后勤人员的工作间，换上每个人都穿的制服。天宝办大之后，建了这个宾馆，一边是招待外边来的客户，大多用豪华套间，一边也用作一个正常的宾馆来营业。宾馆不大，却是大新镇上最好的一家了。肖丽丽觉得还不错，起码这里没有那些脏兮兮的人物过来，不是顶着油头从汽车站匆匆赶来随便住上一晚的中年推销员，也没有急不可耐的青年男女，自己不用为他们收拾用剩下的肮脏物品，不用动不动就触碰到房间里四处的污浊。因为能来这里的都是些穿呢大衣、拎公文包的男人。

　　肖丽丽走进换衣的房间，小雅、小婷、小娜都已经在换衣服了，这里每个人都有自己的称号，所谓的称号，也无非就是从名字里取出一个字来，加上一个"小"而已。她缓缓地走进去，缓缓地把包放进自己的柜子，再悠悠地看着这些女人换衣服，尽量把自己的动作放慢，想一个人留到最后，独自更衣。

　　每个人在肖丽丽这里都有一本谱。小雅的身段有些胖了，可不是迷人的丰腴，这意味着她的身体四处都有些臃肿，像是一群轮胎堆叠起来的人，这个时候，她全身只剩下内衣，在使劲地拉扯着丝袜，本来柔顺的黑丝在她的腿上挣扎着稀薄起来。穿好一只腿，她还把那条腿抬起来，顺着眼睛看过去，像是美人沐浴特用的姿势一般。小婷已经四十多岁了，这种情况下，这个"小"字多少带上点讽刺意味，这个时候她正在脱下上身的制服，如果没有文胸的托举，那对像黄瓜一样的乳房怕是早就要垂落下来了，她的皮肤四处都开始松散了，像是豆浆放久了之后上面的那层皮，一不小心就能破了似的。小娜倒是穿好了，准备出去，她在镜子前面站了一会，她的身段不错，脸丑了些，也可惜了。别的人都出去时，她自己也已经缓缓地把衣服脱了，本来只要穿上白色衬衫和小西装即可，也许她兴致高昂，顺势也把文胸放了下去。她站到镜子前面，细细端详着自己的身体，如果说好的身段和好的面孔要在一个人身上融合的话，那一定是她自己了，从小她就被无数的人夸赞漂亮，她就开始自命不凡，觉得漂亮一定要给她自己带来些什么才好。而现在，漂亮不再是一个词汇，就是眼前这个纤细的腰肢，和收敛得很有分寸的乳房，再加上如此这般的五官。她用手揉了一下自己的胸部，深陷进去的立马又复原了，二十二岁富有弹性的生命啊，千万不要像刚才那个女人一样衰老，衰老就是死亡。她看了一眼时钟，离点名还有十几分钟了，她必须抛下这个完美的身体去做那些下等的事情，她重新戴上文胸，穿上白色衬衫和黑色的西装。纵使工作本身使出所有的阴谋来消除每个人的特性，譬如只从你的名字里取出一个暧昧的字眼，并赋予一个"小"字，譬如要穿上千篇一律的服装，可是肖丽丽觉得自己仍是与众不同的，这一身工作服无法把她的漂亮藏起来。她脱下自己劣质的松松垮垮的裤子，这样的裤子显示不出她的腿，她甚至更喜欢工作服一点。她自信地将丝袜缓缓拉上，这才是丝袜该存在的地方，然后像小雅一样把腿魅惑地抬起来，坐在凳子上与肩膀齐平，用手从脚踝处轻轻抚摸到大腿处，她笑了，这才是该有的样子。

门外，刘小宝正引着一个客户来天宝宾馆，他经过更衣室的门口，瞥见了那一条被黑色丝袜笼罩的大腿，他竟忍不住多看了几秒钟。他享受过不少女人了，也少有这样的标致，他下意识搓了搓粗糙的双手。等他再次回来的时候，他看到了肖丽丽的背影，脊椎挺拔，小腿肚子是一道完美的曲线，屁股扭得恰到好处，再多一些就妩媚得过了头。他经过肖丽丽的时候刻意多和她对视了一会，发出了他自己标志性的微笑，他清楚地知道这些女人的秉性，散发着铜臭的微笑大多是被她们鄙夷的，但又往往是被她们接受的。

肖丽丽对和男人的对视是来者不拒的，她也看着刘小宝。刘小宝的微笑真是丑陋，来自一个将近五十岁男人的恬不知耻，可是肖丽丽还是像一个温和的容器一样，无论多么腐臭的水也要好好地迎接住。她也知道男人的秉性，对她这样笑就是一种浅显的性暗示罢了，那又怎么样呢。

等刘小宝一走，旁边的小婷就说："你看，这就是咱们这儿的大老板。"小婷看着她笑，笑里藏着猥琐的端倪。

"这就是大老板，天宝老总？"肖丽丽低着头干活，刻意地漫不经心。

"是啊。"

"真丑呢！"肖丽丽干脆笑着回她。小婷也嬉笑着打了肖丽丽一下。

认识一个人之后，你总觉得他常常出现在你的视野里，在不认识刘小宝之前，肖丽丽似乎从来没有见过他，也许刘小宝之前就这样和她微笑过，可是她毫无印象，但是小婷和她说过之后，她发现刘小宝常常出入天宝宾馆，有的时候就干脆住在这里。她推着垃圾车在转角的时候，会发现刘小宝也正朝这个转弯处走过来，她不像对待所有客人一样，不假思索地朝他微笑了，而是思考片刻，要不要装作没有看见呢，可是最后，她还是很平常地露出服务员该有的微笑看着他。当她坐着电梯上楼的时候，她发现刘小宝也在电梯里，这一次只有他们两个人，她觉得自己有点慌张了，可还是微笑之后，看着地面。她渴求从侧面的镜子看一下自己的脸是否变红，可是她羞于再一次抬头。当她发现刘小宝无处不在的时候，她突然觉得羞耻了，因为她知道自己已经在刻意地关注这个男人。因为刘小宝并没有以比别人更高的频率出现在这个地方，只是她自己将他们的每一次相遇都刻意地放大了，女人特有的敏感告诉她，这一天总会到来。

的确是到来了的。

她的耳麦里发出声音，五楼的一个住户需要一个吹风机。她拿了就上楼去，宾馆客房的走廊悠长、狭窄，四围铺着毛毯，她心里有一点暗暗的恐惧。她看见了刘小宝，一种沉闷和浮躁立马占据了她的呼吸，又是他。他的门开着，他似乎准备要走，在接一个电话，空间里浮动着他财大气粗的声音。她忽然就放慢了脚步，她意识到自己在等待，在等待刘小宝电话结束的一刻，她不知道自己为什么会有这样的想法，她去了那个需要吹风机的房间，把吹风机送走。回去的路上，她走得更加慢了，她听见刘小宝说了一声再见，她知道那通电话结束了，她紧张了，好像四面围墙都朝着自己挤过来，慢慢地，慢慢地，空间一点点变狭小，空气一点点变稀薄。她一步一步往前走，走到了刘小宝的门口，她在思索要不要转过头去看他一眼，可是在思索没有完成之前，她已经转过头去，和刘小宝四目相对了。这个时候，刘小宝还是那样笑了起来，这次更加张狂，铺着毛毯的地面飘忽不定地拉长又缩短，她和刘小宝之间的距离也随之变化着，让她有点眩晕。有几个瞬间，她觉得四围的墙面已经硬生生地挤压到她的身体。刘小宝的笑容在她的视网膜上张扬起来，是那么丑陋。

"嗒嗒"两声，刘小宝敲了一下床头柜，朝她招了招手，如果是别人，服务员该义无反顾地进去，可是她思考起来，要不要进去，同样如此，思考还没有结束，她已经走进去了，围墙朝自己猛冲过来，每走一步都在迈向被压碎的深渊。

出来后，小婷有些责怪地问她，怎么那么久没看见你？肖丽丽说身体不舒服，方才一直都待在厕所了，下午便请假回去。她走之前没有和平时一样，换上自己的衣服，而是穿着宾馆的制服走了。

一路上，她觉得所有的男人都在用目光吮吸着她，都想拍拍身边的物件，发出"嗒嗒"的两声，轻浮地叫她过去，都想把她摁倒在地上。

　　一进家门，她就踉跄着伏倒在地面，她觉得浑身上下，从发梢到指尖的每一丝力气都已经泄个精光了。瓷砖上的凉气映过她有些褶皱的制服和尚沾着一些黏液的丝袜。闭上眼睛，她把手放到扣子上，一点点褪去这一身仿佛被蟾蜍爬过的衣服。她觉得自己很脏，那条让她引以为傲的身体曲线，现在从上往下，成了自己一点点走向堕落的轨迹。最让她觉得脏的还是她的灵魂，如果说手腕处刘小宝抓紧的印记能勉强算得上自己捍守贞洁的章印，但是万籁俱寂之时，自己容许刘小宝用舌尖留下的一个潮湿的吻痕就是堕落的疤痕。她比任何人都深知自己的阴谋，她想通过自己的身体获得一切，但又想自欺欺人地制造一场强奸来保留自己的尊严，但这个计划已经粉碎了。当她下意识地顺应着刘小宝的时候，她在闭上眼睛的黑暗里，似乎还可以看到自己用尽全力的控制和矜持在全身的震颤中粉碎出的残渣。

　　那一个下午，她都蜷缩在浴缸里，用水不停地冲洗自己的身体，用毛巾使劲地擦自己的身体，不断地吐口水，几至干呕的境地。几个小时之后，她看见手指上的皮已经被泡得褶皱、泛白、脱水。她重新站在镜子前面，茫然地凝视自己，每一寸肌肤都被她搓得通红，一个人就像是一块大肉。

　　满眼看到的东西都是脏的，脏得一塌糊涂，毛巾的褶皱里面藏着人的细菌，地面上沉积着人的走动带来的灰尘，桌面上总残留有人进食遗漏下来的黏糊糊的油渍，墙壁上泛黄的地方是人的手印，衣服要洗上数小时才没有人的味道，窗台要天天擦拭才不会附着人的尘埃。这个世界太脏了，因为有任欲望肆意妄为的人，肖丽丽想着。此后她的所有时间都在清洁，清洁这个污浊的世界。

刘小宝履行他在肖丽丽耳边说的话，她成了天宝宾馆的负责人，不用每天打扫卫生，不用每天站在前台，只需要在刘小宝来到这里的时候与之一起消失在走廊的尽头。人与人之间总是布满了猜忌，一个默默无闻的前台一下子变成负责人，流言也在随之而起，可是刘小宝并没有躲藏什么，每一次他来到这里，都大胆地与她微笑，露出蟾蜍般柔软的舌头。

肖丽丽与自己和解的方式就是把自己的灵魂从身体上抽离出来，她冷眼地看着那个像物品一样的自己，一个钟情于权力和清洁的物品，只有职位的变化、污渍的清除可以带给她一点机械的快乐。她变得表面随和而暗地刻薄，她觉得天宝宾馆的所有员工从来没有洗干净过一块毛巾，她常常为此大发雷霆，她觉得拖地的人太敷衍，她也觉得洗碗的人太随便。在没有刘小宝到来的时候，她就疯狂地运用着权力去满足自己的洁癖。越是这样，她反倒是越习惯了刘小宝和她自己的脏，她不会再因为一次性交而把自己洗得全身通红了。

直到她遇见陈国平。陈国平是天宝车间的技术员，上过大学，人长得清秀，人人都说他是个白面书生。和陈国平相亲那一天晚上，肖丽丽又在浴缸里泡了很久，满眼都是陈国平脸上的那一副干干净净的眼镜。她没有再用力地搓洗自己，因为她不忍心，她要好好地把每一寸皮肤都留给一个她还不太了解的男人。等她起来面对着镜子的时候，她再一次感觉到了自己的魅力。

结婚之后，刘小宝送来了自己的贺礼，肖丽丽成了他的秘书，与此同时，陈国平也拿到了厂长的委任书。陈国平从来没有怀疑过这是因为自己的才华，天宝没有几个大学生，自己勤勤恳恳中规中矩的工作也没有半点掺假的。可是当他拿到副经理的委任书的时候，周围人却没有控制住这种嫉妒。他在办公室旁边的厕所屙屎，闻到了周围浓郁的烟味，紧接着就是两个男人的谈话。

"听说陈国平那小子窜到经理的位置上面去了。"

"诶，是的，你还不知道？"

"哈哈，老婆厉害，老婆厉害。"

"也要肯做得出来……"

陈国平听着，没有弄出冲水的声音，烟味逐渐地散尽，他开始细细地反刍这句话是什么意思。他好像认识这两个声音，可是他竟没有力气去分辨是谁。他突然觉得一阵恶心，加上厕所的臭味，他干呕了两下，终究没有呕出来。他去洗了手，把水抄在脸上，才想起来忘记冲厕所了，又无意识地回去冲了水，然后径直下楼。

他在几个厂房之间走了两圈，下午的工人们正处在最无力、最疲倦的时候，他问了自己一下："我要去哪里。"他没有想出答案，而是在树荫底下又走了一圈，看到了天宝最大的行政楼，"我大概是要去这里。"

里面很是奢华，一进去就是一只很大的鼎，他漫不经心地走进去，脚绊了一下那只大鼎，青铜立马发出嗡嗡嗡的声音。他没有力气地看了那只鼎一眼，缓缓走到电梯里面去，上面写着一排数字，一二三四五六七八。他全部都按了一遍。二楼是食堂，这个时候空无一人，只有水流洗碗的声音。三楼开门的时候是一个男人在接电话。四楼开门的时候进来一个人，看见五六七八全都亮着，很惊慌地看了陈国平一眼。到五楼男人就出去了。六楼是一男一女在说话，陈国平突然想到了自己要做什么，没有在意七楼的风景，八楼就到了，他走出去，八楼的正中间，是董事长办公室。这里面又分成两个隔间，前面是秘书坐着的地方，也就是肖丽丽，肖丽丽不就是自己的妻子吗，再里面是刘小宝。

门没有关上，他推开门的那一刻，意识到自己有点儿草率了，应该想好来干什么。可是门已经开了，秘书的座位上，肖丽丽不在。另一扇门关了，可是拉开一些窗帘就可以看到里面，他索性再走过去，等他站到窗前的时候，他再一次意识到自己太草率了，一旦被刘小宝看见，他还没有想好怎么回答。可是一切都已经晚了，肖丽丽跪在地上，刘小宝闭着眼睛，在抽一支白色的烟。他站在那里，一只手搭在门把手上面，嘴还没有合上，这两个人似乎都很陌生。这一刻，他想着应该有刀和血迹出现，可是他手上的神经像是凝固了。他果断地转过身体来，用比平常快一些的步频原路返回，在树荫下又转了三圈。

晚上，他带着两瓶烧酒到他的初中老同学陈岩开那里。陈岩开在另一家公司做门卫。陈岩开看见陈国平过来，立马擦了擦凳子，"哟，今天怎么到这来了，这里招待你太寒碜。"

"今天我高兴。"陈国平没有喝酒，可是说话的腔调像是已经醉了。

"什么，又升了？"

"老总提拔我做经理，最主要的是，你嫂子到底还是个正派女人。我算是钱色双收了。"

"啊？"陈岩开听着觉得怪怪的，"嫂子是好看！"

"我们喝酒，你说说你，我们多少年的交情，怎么都不来找找我，不把我当朋友啊，每次还要等我来找你，你为什么，为什么不找找你老同学？"

"我一个保安，不好意思来了。"

"我从一个一个月一千块钱的技术员，混到现在，真是不容易啊，一手的真本事！"

陈岩开觉得和陈国平说话有点牛头不对马嘴的，他想着也许是陈国平太高兴了，就解开了酒，洒了花生开始吃。可是陈国平的话特别多，平日他总是朋友里面最不愿意说话的那一个。

"你说说这个世道，你知道吗，老总今天还叫我去谈公司里面的事情，就是那个天宝老总，优秀企业家，你见过吧？刘小宝，我到了约定的时间过去，你知道他在干什么，在和女人瞎搞呢，都叫我看见了，你说现在的人害不害臊？不过你嫂子是好样的，丽丽是好样的，知道她上司这样，干脆就走了，我去的时候她不在那，她是正派女人啊！我们不是看得惯这种事情的人！你说对不对，岩开！"

"对对对……"陈岩开觉得陈国平完全醉了。

"不过话说回来，人家干什么关我什么事，主要的是他现在器重我，我要给他好好干，以后当总经理，也当董事长哈哈哈……"

……

陈岩开也醉了，他干脆直接把大门锁了，专心喝酒说话："陈国平啊，你记不记得，我们初中的时候可好玩了，为了上个学走多少泥路。"

"现在，我陈国平不吃这个苦了，我开车去上学。"

"当时你带了一个鸡蛋来，有一天，刚拿出来就被小胖子抢了，哈哈哈……"

"什么，他抢我的鸡蛋？"

"嗯，你肯定不记得了，老早的事情了。"

"他为什么抢我的鸡蛋？"陈国平声音逐渐变大，陈岩开有点慌了。

"那个时候，谁懂事？"

"他个宗桑为什么抢我的鸡蛋，我就一个鸡蛋！"

"你怎么了，国平！你醉啦，我在说以前的事啊。"

"他个老杂种，老畜生，为什么要抢我的鸡蛋……"陈国平竟呜呜咽咽哭了起来。

"你醉了，你醉了。"陈岩开清醒了一大半。

陈国平走出门卫室大喊："他个畜生，敢抢我的鸡蛋，我倒要看看，从今往后，还有谁敢欺负我！"陈国平哭得更加大声了。陈岩开只当他是醉了。

陈国平愈加不说话了，肖丽丽挽着自己的时候，他开始麻木起来。陈星出生不久，他去做了亲子鉴定，确定是自己的孩子之后，他抱着儿子站在原地很久，一种卑微的幸福感流进他的身体。他开始更加热衷于职位和金钱，他对一切人都带着谨慎的仇视，唯独自己的母亲和儿子除外。他在市区买了几套房子，可是为了母亲，一直住在大新镇。

那天陈国平一如既往，拿着巧克力等待着陈星的到来，这一次陈星却是噘着嘴出来的。

"怎么啦，老师又批评你了？没事的。"

陈星还在想着怎么摔倒的，那一瞬间，手臂撑在了粗糙的塑胶粒上面，他立马感觉到一种高温般的痛楚，一点血迹也印了出来，他的手臂上刮破了很长的一道皮。当时的痛楚还不太强烈，他立马走出去，看见了爸爸。他在想，怎么和父亲说这件事，怎么说出来。小孩子总是想把自己塑造得尽可能完美，如果哭着出去，就显示不出自己的坚强。所以，陈星等到父亲看见了自己，装作突然碰到伤口的样子，把本来想忍着的事情不得已而说出来。他说："好痛。"

"什么好痛？怎么啦？"陈国平立马焦急了起来。

陈星才缓缓地转过手臂，给陈国平看那儿的伤口。

"怎么弄的！"陈国平立马紧张了起来。

"摔的。"

"啊？怎么这么不小心……"声音一下子温柔了起来。

孩子原本可以坚强，一旦遇到父母的溺爱，反倒更加要哭泣，所有的孩子大约都是这样的。他们是十足的谄媚者，知道在什么时候哭泣最合适，因为等父母疼爱你的时候，这时的哭泣带着一点高尚的感动的特性。

陈星的嘴角开始大弯，用力也很难憋住了。眼泪终于夺眶而出。

陈国平一把把陈星抱了回家，肖丽丽也赶出来问是怎么回事。

"我摔的，摔在了跑道上，放学的时候。"

这时，肖丽丽更加施展起母亲的温柔，又是给孩子哈气，又是给他用创可贴。她问陈星："到底怎么回事啊，宝宝，自己摔的吗，有没有人欺负你，和妈妈说！"

陈星终于还是没有忍住："我和同学在玩，婷婷姐姐过来，和我们有点矛盾了，就推到我了，我才摔的。"说完这些，陈星似乎更加沉浸在自己的可悲中间，哭得更加卖力。

"晚上找他们去！"陈国平发话了。

"蒋婷婷这么大个人怎么和我们星星这样呢，真是作孽了。"肖丽丽骂道。

那一天夜晚，陈国平刚沾上了枕头，肖丽丽穿着睡衣也进了房间，她把滋养皮肤的东西放在床头柜上，照例要一番涂抹，她双腿跪下，就在陈国平的面前。陈国平觉得大脑皮层有点僵硬，一双跪着的双腿，手臂上模糊的血迹，温热的烧酒，蒋秋英不明所以的否认，李秀明蓬头散发的追骂，都悉数在他的大脑皮层上翻涌起来，"从今往后，还有谁敢欺负我！"

群贤毕至

柳老师是镇上小学里的老师，从他开始往上数三代，也就是他的爷爷的爸爸，是柳先生，当时就开了一个私塾，教"人之初，性本善"，也教"有朋自远方来"。别的是不教的。有一天，他看见自己私塾里坐满了辫子长长的孩童，一起与他大读"人之初，性本善"，他突然兴致勃发，觉得足以平复甲午海战的悲伤了，于是挥笔写下四个大字，"群贤毕至"，力透纸背。

柳老师的爷爷也是老师，只是没有跟着他爸爸学"人之初，性本善"，而是学了物理，可是造"两弹一星"的时候国家没有叫上他，于是他甘于在中学当了个物理老师。他翻出父亲写的"群贤毕至"四个字，想把它装裱一下。十几年里，他遇到装裱匠就问："你有钛合金材料吗？"

"什么钛合金？"

"就是苏联的太空飞船用的材料。"

"神经病哦？"

终于还是没有人有钛合金，他只好按着传统套路把这四个字装裱了起来，挂在家里。

柳老师的爸爸，也是个老师，现在还活着，刚步入老年，整天在小花园里养花、种青菜。他是个数学老师，搬进平江路这个小区的第一件事，就是在客厅里仔细量了尺寸，数字精确到了微米，在上下左右都是黄金分割比的地方把这个装裱过的"群贤毕至"挂了起来。

现在轮到柳老师为传家宝做些贡献了，柳老师是教语文的，家族似乎回到了原点。可是柳老师不再教"人之初，性本善"或者"有朋自远方来"了，小学课文的第一篇是什么"一去二三里，烟村四五家"。柳老师绞尽脑汁，最后只是把"群贤毕至"的出处找到了，补了下一句"少长咸集"，放在一起一对比，觉得自己的字和太爷爷的字比起来，太差了些，就又把"少长咸集"扔了。所以现在，还是那副模样。

我和柳老师是没有什么交集的，因为他从来没有教过我，譬如说我上三年级的时候，他就在教二年级和五年级了，学校里的老师比较少，一个老师总是要分着教两个年级，但是像柳老师这样在两个年级都当班主任的着实不多。柳老师给我的印象，就是一个眼镜非常之厚的人，你透过眼镜再看他的眼睛，就有些迷蒙了。但是学校要是褒奖老师的话，柳老师是一定在列的，你总是能听到他成了什么市里的优秀老师，一会又是成了什么优秀青年，然后还搞了语文的精品课程，全校所有的语文老师都去他那里学习了。以至于我妈妈也总是说："你要是在柳老师班上上课就好了。"我倒是无所谓的，因为我对语文没有什么兴趣，再说我更喜欢女老师一些。

平江路上好像所有人都认识他，而且非常尊敬他，连姜子牙都说："只有柳先生家里才算得上大新少有的书香门第啊。"一旦柳老师从平江路经过（虽然他不怎么从这里经过），大家一定都是放下手里的活，安静地抬起头，等柳老师看见自己，然后不论男女老少，都笑着与他说："柳先生，你好啊。"柳老师一一回礼，这时候，打招呼成了一种发自内心的需要，不再是一些虚头滑脑的敷衍。有一回柳老师经过的时候，看见我爸爸在指导我练字，他立马很关切地靠上来看，"练颜体啊，不错，不错。"爸爸见难得有高手过来指导，立马抓住这个机会问柳老师："柳老师啊，童童这个颜体的捺，还是不得要领啊，你给他指导一下。"柳老师眉头一皱，说："捺，确实是颜体的一个难点。"在我看来，他这句话也确实是答非所问的。

"你给我们示范一下吧，劳您大驾。"爸爸拿出了前所未有的真诚和谦虚。

"啊，不不，我的水平也一般。"

"都说柳先生字是极好的。"

"不，也称不上极好。"

"写写吧，给我们童童写写。"说着，我已经把笔给柳老师凑上去，这下他躲不过了。

于是柳老师接过我的毛笔，很专业地蘸了蘸墨水，然后又试了一下墨水，姿势也十分标准，笔拿得真叫个笔直，只见他的手腕猛地一发力，青筋突了起来，我似乎听到了少林和尚练功时"哈"的一声，不过后来证明这是我的错觉。

"童童，看见没，书法家都是手腕用力的。"爸爸兴奋地解说道。还没说完，一个捺就出来了。

"哈，是好字，好捺，可以和颜真卿以假乱真了。"没等写完，我爸爸就以普天同庆般的快乐，喊了出来。

可我分明看到那个捺不可收拾地化了开来，一会儿，成了一坨大墨团，什么也看不清了，我疑惑地抬头看看柳老师，可他不在看我。

他说："不不，以假乱真还算不上的。"

"不过是这么回事了。"爸爸的欢乐感染给了柳老师，老师也笑了起来，家门口充满了快活的空气。

"诶！多练，童童也可以的，书法，工夫要到家才行，少不得。"他的脸开始有些红了，然后迫不及待地走。

走了之后，爸爸拿着那个墨团注视良久，说："今天我们墨水里的水放多了，柳先生不适应，没化之前是个好捺。"

过了几天，爸爸还提道："柳先生的字，好像也一般。"

现在提到柳先生，他说："哎，写了个墨团出来，真是的！"

蒋婷婷和陈星恰好都是柳老师班上的，蒋婷婷好像很喜欢柳老师的样子，所以在家里一旦提起学校里面的趣事，大多是和柳老师有关。一次她回来，吃饭的时候突然笑了，孙友亮问："闺女，什么事这么好玩啊。"

"今天是愚人节，你们知道吗？"

"啊，四月一号。"

"有个男生在粉笔盒里面放了个青蛙，把柳老师吓了一大跳，哈哈。"

"你们现在的学生都这样厉害了？"蒋秋英问。

"嗯，柳老师都退到贴着黑板了。"

"那他一定发火了吧？"

"可没有呢！你猜怎么着，他叫我们以这件事写一篇作文，倒没发火，还笑呢。"

"真是个好先生。"

这我是知道的，柳老师的作文课好像还真是我们学校的一大特色，他拿了什么全国精品课之后，学校就让他给我们二三年级上一堂大的公开课。可说句掏心窝子的话，我实在说不出有什么好的，那天分析一篇小学生经典作文题"我是一只铅笔盒"。作文真是我最最讨厌的东西，老师总是叫我写我是一只铅笔盒，把我的肚子打开，里面有好多东西，要不就是让我写我是一只大象，人类快要把我的牙拔光了。我总是一篇都写不好，究其原因是因为我不是一个残忍的人，不能动不动就思索把肚子打开或者拔牙之类深邃的问题，我进了医院看见一点血都大喊大叫，别说把肚子打开了。

可是那天，这个戴着大厚眼镜的柳先生就在上面无休止地读着学生优秀作文，什么我是里面的一支铅笔，我牺牲自己的头颅来制造知识，我听到头颅，笑了半天，没想到还有和我一样大的学生这么用词，不说脑袋而说头颅。还有我是橡皮，牺牲自己为你们纠正错误。柳老师就这么读个不停，我搞不懂买了铅笔就是写字的，非要说什么牺牲头颅干吗。第二节课，柳老师实施了一下他的新教学方法，"把课堂还给学生"，直白一点说，就是把本来的家庭作业让你在课上写，他实在是没什么可读的了。下课之后，那些听课老师都掌声雷动，可我对柳老师的语文课却再没有十分好的印象了。

平江路上的不愉快发生之后，钱太太第一时间得到了消息，说陈国平叫了不少人，死活要把这件事弄个明白，弄个干净，还要找柳老师了解一下学校里的情况呢。

这是没有办法的事情，蒋婷婷、陈星和王小李，恰好都在柳老师的班里，柳老师在这件事上难辞其咎，能问清情况的，也就他一个人了。所以第二天一大早，陈国平和柳老师说："柳先生，不知道晚上有没有空啊？"

"应该是没有什么事的。"

"最近孩子在学校里发生了一点事情，都是你们班的学生，我想等晚上我和陈星过来一起和您探讨探讨。"

"啊，什么事？不过既然学校里有问题，来就是了。"

"还有一件不好意思的事，我晚上就买点菜，去你们那吃一顿吧？"

"不用买菜，我来做就是，都是邻里，客气啥。"

"不不不，我还请了些别人，菜就我来买，都是体面人物，我想着我家没有书香门第那个氛围，只好去你那里，你放心，菜我买，我爱人去做，不用你们操心，只要摆出大桌子就是。"

"啊？来我家？啊……"柳老师也不知道回答什么，只好这么含糊地回答。

柳老师回去立马告诉了父亲，大柳先生有些不悦，不知道是怎么一回事。

那一顿饭，在平江路，也是可以载入史册的大事件了。柳老师住在一楼，门前开发了一个小小的菜园子，是大柳先生用的。直看过去，就是大厅，那天大厅里摆着一张正正方方的大八仙桌，捎带一点斜，这是吃饭的规矩。陈国平早早就拎着几大包菜过去，肖丽丽照旧挽着他的手，里面尽是些长江鲜和蔬菜，也有不少大鱼大肉。接着是大房东姜子牙，背着手进去，现在的姜子牙笑容里有些邪魅和阴暗，之后是天宝的现任老总刘大峰，最后到的是小学校长赵德广。柳老师看见这些大人物，手脚都不知道怎么摆放了，只好在厨房里帮着肖丽丽打下手，据说，只有大柳先生一直面色不悦，端着藤椅坐在菜园子前面，不声不响。

等菜都上齐了，陈国平弯着身子很是恭敬地到大柳先生面前："柳先生，进去坐吧，菜都好了，热腾腾。"

"老柳进来，吃饭哩。"刘大峰财大气粗。

"我老了，上不了台面，一会我就去厨房吃点咸菜喝点粥好了，你们吃。"

"诶，这是什么话？"

"老柳，你们是文化人，也不要瞧不起我这个大老粗，我刘大峰来请你！"

大柳先生拗不过他，只好被请上去坐北朝南。只见大小柳先生一边，肖丽丽陈国平一边，校长赵德广和姜子牙一边，刘大峰一人一边，桌上三荤三素一汤一水果，八个精致的菜，灯光直打下来，两位柳先生正背后是力透纸背四个大字：

群贤毕至。

吃饭开始的时候，都是他们在说些自己行当里面的话。

"刘董事长现在生意还可以吧？"姜子牙问。

"现在在搞一些新项目。"

"什么项目？"

"我哪里懂，都是交给手下的人办，他们说弄什么太阳能、新能源什么的，让他们弄吧。"

"刘总手里有几个亿，钱生钱，总是赚得快，小老百姓哪里做得起大生意。"姜子牙现在说话总是带着一种阴暗的笑容，尖声尖气。

"新能源好啊，是个有潜力的行当，我以前当科学老师的时候国家就说鼓励新能源了，环境重要，不能搞煤了，你看看煤的股票也跌。"赵德广说道。

"没想到赵校长也懂经济啊。"肖丽丽笑着说。

"现在不能死钻知识了，什么时代了，你想想当年再有文化的人，没看清时代……"说到这里，大柳先生咳嗽了一声。

"反正不管他，底下人去做，钱给我弄到就好！喝酒！"刘大峰嗓门最大。

"我们就是做好底下人，给刘总弄钱去！"陈国平献媚地说。

"诶，你们都是底下人，那那些工人钻到地底下去啊？哈哈……"

"不过帮手是最重要的，你看看我们柳老师，也是小学里，赵校长你手下的一员重将，是不是？"肖丽丽说着，眯着眼睛看着柳老师，她似乎看出不能冷落了柳老师。

"谈不上，谈不上，就是普通老师而已。"柳老师说得很轻。

"诶，怎么谈不上，就你的国家精品课，市里、教育部都很重视啊，柳老师也是我们学校的骄傲、前途无量！"赵德广也粗犷了起来。

"哎呀，我突然发现，柳老师还没有爱人吧？啊？"肖丽丽说着，拿大腿蹭了一下柳老师。

"哎呀，柳先生，男女问题是个大问题啊，哈哈哈。"刘大峰笑了起来。

"估计我们柳老师眼光高啊，是不是？"校长拍拍他的肩膀。

"哎，怎么说呢，没有合适的，我这样还能有什么高要求。"柳老师心里一动，有点不好意思地低下头去。

"柳先生今年多大了？我来看看。"陈国平讪笑。

"三十三，三十三了。"

"三十三好找个人家了，来，你听我的，小柳，是要找一个了！"赵德广好像很兴奋。

"啊……"柳老师有点儿尴尬。

"柳先生啊，找个女人在家里，样子就不同了，有人帮你洗洗弄弄的，我看柳老师这样年轻有为的，一定是喜欢贤内助的类型。"肖丽丽笑着对他说。

"贤内助什么，女人就行，好看，漂亮，温柔，是吧小柳？"姜子牙也发话了。

"诶，给柳老师配是不能含糊的，丽丽，你有空给他看看，给柳先生做个介绍，也是功德。柳先生，你听我说一句，老婆家里的条件你也要看看，不是我势利，少奋斗十年也好嘛！丽丽，你注意看看。"陈国平说。

"那老柳先生，今年多少岁数了？"姜子牙凑过去问。

"六十三，我三十岁有的他。"大柳先生说话很慢，而且举出三个手指头来解释六十三这个数字。

"嗨，看上去年轻，身体好的吧？"刘大峰问。

"没什么毛病，图个清静。"大柳先生不苟言笑。

"你看看文化人就是不一样啊，养养花草，身体也健康，这种生活想想也是舒服啊，我要是退休了，也只是想这样就好，国平，你看看那些花多好。"肖丽丽倒说得像是真心。

"怕你们过不惯这样的日子。"

"来，我们碰碰杯，祝老柳先生福如东海，寿比南山，好不？"说着陈国平先举了杯。

一阵凌乱的碰撞后，柳先生先下了，还是去躺椅上坐着。陈国平还是站着，开始说话："实际上今天请各位来呢，是有别的事情相求的。大家也知道，最近啊，我的儿子陈星，在学校里被人欺负了，手里破了一大块，回来哭得要死，心里委屈啊，你说我当父亲的是不是要心疼，哪个父母愿意别人欺负自己的儿子？"

"是在学校吗？"柳老师问，一下子别人都安静了，细细在听。

"你听我说完，柳先生，陈星对我们说了，我现在告诉给你听，他说放学的时候，他和同学在玩，蒋秋英的女儿蒋婷婷过来之后，不知道怎么回事就有了矛盾，说是蒋婷婷就开始和星星他们有了肢体冲突，推推搡搡，结果把我们家陈星推倒了，受伤了，那你想想蒋婷婷虽然是女孩子，可是五年级了呀，怎么能去欺负二年级的人呢，就算是真的有什么矛盾，几个小学生之间能有什么大矛盾啊，她怎么可以这样呢，你是没看见陈星那天回来，痛得要死，哭得要死。柳老师，这件事我要求你，应该说请求你，弄弄清楚。"

"现在的小孩子还有这样的事？虽然我们以前也打架，但是婷婷毕竟大呀。"刘大峰说，"看来我要和蒋秋英说说，让她好好教育。"

"说到蒋秋英也是气人，我们过去和她评理，她装作什么都不知道的样子。"肖丽丽娇嗔了起来。

"柳老师，这个事情，弄清楚，查清楚，好好办好，要给我们陈星一个交代的，我相信侄儿不会干什么坏事。"赵德广也发话了。

"好好，我去办，我去问问他们，一定给大家一个真相。"柳老师看见校长发话立马回答道。

"现在呢，我还有一件事。姜子牙，老姜，那个江西来的，做铝合金的人，那个门面房是你的吧？"陈国平给姜子牙倒了酒，继续说。

"江西人，王离李秀明？是，怎么不是？"姜子牙斜着眼睛看着他。

"那我倒更是要找大家评评理了，我那天去找蒋秋英孙友亮问学校里就是刚刚那件事，我还没有走到他家，李秀明就披头散发像个疯婆娘一样出来，你们知道出来干什么？出来骂街，指着我的鼻子就骂，她个宗桑，算是什么意思，我陈国平是给她骂的？不分青红皂白了已经。"说着，陈国平的眼珠子都瞪圆了。

"她就这样凭空出来骂？那倒真有点奇怪。"赵德广说。

"他们一家，哈哈。"姜子牙现在说起话来就是让人摸不着头脑。

"他也不看看自己几斤几两，谁敢这么骂我？"陈国平眼睛一瞪，似乎酒劲起来了。

"后来干脆连我也骂进去。谁知道他们自己有个小偷儿子。"肖丽丽作委屈状。

"这分明是太岁头上动土了，姜子牙，你的住户，总不能就这样让他们破坏我们小区的大团结吧？而且我们平江路什么时候出过小偷！"

"那陈经理，你说说，应该怎么办？"姜子牙问。

"让他们滚蛋，骂我不要脸，让他们求你为止，我倒要看看，到头来是谁先不要脸！你放心，老姜，少不了谢你。"陈国平又喝了一杯。

……

柳老师一个人慢慢地把桌子上的残局收拾了，已经将近夜里十点，大柳先生还在摇扇子。

"爸，今天怎么还不睡觉？"

大柳先生走到大厅，在柜子找出一杆老旧的裁缝尺："你太爷爷传下来的，还有这杆尺，记不记得？"

"记得，我小时候，你还经常拿它打我的手心，怎么不记得？"

"那你记不记得，你犯了什么错我才打你？"

"我说了谎。"

"记得就好。"

周一上学之际，柳老师静坐在办公室里，周围还有几个同事。这个时候，门打开了，陈星面无表情地走进来。柳老师去一位上课的同事那里搬了一张凳子。

陈星靠近的时候，立马说了声"老师好"。

"陈星，坐着吧。"柳老师语气很和蔼。

陈星便就坐下，眼睛眨巴着看柳老师。

"最近我布置的语文作业多吗，一般回去做多久？"

"要是没有作文的话半个小时吧。可能还不到一些。"

"哈哈，都怕作文。来，给我看看你手上的伤口。"

陈星将手臂一转，伤口已经包扎上，只剩下白色的布可以看。

"还痛吗，大不大呀伤口？"

"现在不痛了。"

"好像也不是很大，男孩子嘛，坚强一点。那你能不能和老师说一说，是怎么一回事？"

陈星憋在那里不说话，偶尔抬头看一下柳老师。

"怎么了，没事，你说吧，说给柳老师听听。"柳老师抚摸了一下陈星的小脑袋。

"那天，我和吴超，还有唐浩然，还有王泽，还有王小李，好像还有孟史。我们放完学一起走的，然后就去玩，我和吴超是一帮的，王小李他们一帮，我们在玩，就是弄来弄去的，玩笑而已，然后我看见婷婷姐姐就过来了，她以为我们发生矛盾了，她好像帮王小李，就把我们往后推，推到我了，我就摔下去，就出血了。"

"你们在打架？"

"我们没有打架，就是平时的玩玩。"

"真的没有打架？"

"没有，你可以问吴超他们。"

"在哪里发生的？"

"就在花坛那边的跑道。"

"好，你先回去吧，我知道了。"

蒋婷婷进来的时候，眼睛一直看着地面，脸好像也很红，她走到柳老师旁边，即便凳子就摆在那里，也没有坐，只是站着。她没有喊老师好。

"蒋婷婷，你坐吧。你知道柳老师今天为什么叫你来吗？"

蒋婷婷很安静地坐下来，点了点头。

"你妈妈问你了？"

她的脸还是通红，只是点头。

"蒋婷婷，其实柳老师在所有的学生里面，最信任的就是你了，如果你也相信柳老师，你把那天的情况告诉我好不好？"

"老师，我没有做错什么。"

"我知道，那你也要告诉老师啊，现在陈星的手受伤了，他爸爸找到学校来，你要告诉我，我才能帮助你。"

"其实我也不知道具体发生了什么。"

"那你怎么会和那群二年级的小朋友发生矛盾呢？"

蒋婷婷突然急促起来，立马抬着头，紧盯着柳老师说："我那天就是放学走着，我一直走到跑道那条路，那里人比较少，而且我都是一个人走的，所以那天也没有人和我一起。我走到那里，我觉得很吵，看见一帮人在吵架一样，但是一看就知道是低年级的，我本来是要走开的，我以为就是他们低年级的同学在玩，我本来才不会去管，可是我走近的时候，看见了我认识的人，王小李，是我的邻居。而且他在被欺负，我才过去的。"

"他在被欺负，被他的同学是吗？"

"我不知道啊，欺负他的人里面我看见陈星了，因为我也认识，别人我都不认识。"

"怎么欺负？"

"他们有四五个人的样子，每个人都朝着王小李大声地骂，还拿手指指他，特别是一个挺胖的男孩子，推他，锤他，把他往后面挤，骂得很大声呐。我认识王小李的，我妈妈和她家也蛮熟的，我就过去帮帮他。而且小李就一个人。"

"他们骂什么？小李就一个人？"

蒋婷婷沉默了一会："我，我学不出来。"

"他们也许只是在玩吧，对吗，你怎么帮他的？"

　　"我不知道他们是不是在玩，就是在玩的话，也过分了，主要是因为我认识王小李啊。我先是喊了一声'喂'，他们好像无动于衷，我长得比他们高很多，就过去挡在王小李前面，把他们推开，喊他们'走开'。他们可能看到我来了，就跑了，陈星往后退的时候摔了，可是他立马爬起来也走了，我也不清楚他有没有受伤，而且当时有点乱，陈星离我挺远的，我感觉我没有推到他啊，我真的不知道，我主要是想把那个胖胖的推开。"

　　"是这样？"

　　"对，就是这样，我当时不知道陈星受伤了，不然我也不会不管的。"

　　"好，我知道了，你也不要担心，我会再问陈星他们，至于陈星家长那边，我了解清楚会搞定的，你不要有压力。"

　　蒋婷婷只是点头。

　　"你可以回去了。"

　　吴超进来的时候是噘着嘴的，好像已经知道自己犯了什么重罪一样，完全没有平时那样一副耀武扬威的样子。柳老师却提醒自己，孩子都是这样，当他们知道自己的错误不可掩盖的时候就会祈求原谅。吴超走到自己的身边，低声且带着无限的愧疚喊了一句："老师好。"

　　"来，坐吧，吴超。"于是吴超坐下。

　　"你知道老师今天为什么叫你吗？"

吴超犹豫地摇摇头，又看着柳老师，眼神似乎又在说，我知道。

"吴超，你和老师说说，你周五放完学之后，在干什么？"

"我和同学一起回去。"

"我是说回家之前，从教室到校门口这段时间。"

"我也是和同学一起走的，我们边走边玩。"

"边走边玩，哦？和谁呀？"

"陈星，唐浩然，孟史，王泽。"

"没了？"

"还有王小李。"

"你们在玩什么？说给老师听听呢。"

"我们，我们就像平时一样打打闹闹。"

"没有欺负别人？"

"老师，我们欺负王小李了，陈星他们也欺负了，不是我一个人。"

"不是你一个人就没关系了？"

"我错了，我们不该欺负王小李的。"吴超的嘴噘得更加高了，无辜地看着柳老师。

"那你倒是说说看，你们为什么要欺负王小李。"

"不为什么……我们就是平时玩玩，那天玩大了一些。"

"怎么玩大了？骂他了还是打他了。"

"我们没有打他。"吴超突然急了，为他自己辩解。

"那骂了？"

吴超不说话。

"我有没有说过不能说脏话！"

吴超十分温顺地直点头。

"那后来怎么办的？怎么结束的。"

"一个姐姐过来帮王小李，把我们驱走了。"

"她推你们了吗，推陈星了吗？"

"当时有点乱，推我了，别人有没有推到我也不知道，其实她就是想让我们走而已，那个姐姐也不是想推我们，不过陈星好像摔倒了，后来我们汇合的时候，他的手臂还出血了，他给我们看的。"

"那你们到底为什么欺负他，王小李惹你们了？"

"没有。"说着，吴超很慢地摇头。

停了几秒，他又说"王小李拿橡皮扔我的眼睛，我才和他们欺负他的。"

"他为什么扔你！"

"我们和他开玩笑，他发火了。我说他哥哥是小偷，我就是和他开玩笑的。"

"不能这么开玩笑！"

"对不起。"吴超委屈极了。

"和我说对不起有什么用，你走吧，记得和王小李道歉。"

王小李进来的时候，一如既往的安静，在柳老师的印象里，他是个不爱说话的孩子，柳老师看见他的时候，竟生出很多怜悯和愧疚来，他突然意识到自己平时没有在这个孩子身上放什么心思，好像直到此刻才认真地注视了他。小李进来之后，也是低着头，没有喊"老师好"。

"王小李，坐吧。"

他不声不响地坐下来，动作和蒋婷婷出奇的一致，也没有看着柳老师，只是低着头不说话。

"王小李，你和老师说说好吗，周五放学的时候，你们是怎么回事？我了解到好像和你也有关的。"

王小李竟一直都不说话。

"王小李，你和老师说吧，没有关系的，老师也需要全面了解情况啊。我知道他们欺负你，可是据说你也拿橡皮扔吴超了是不是？吴超开玩笑是不对，可是你应该和老师说，不能不说话啊，用这种方式解决是不对的，知道吗？"

王小李仍旧是不说话。

"你和老师说呀？"柳老师有点儿焦急了，这个时候，他看见凳子上有了几滴水珠，分明是从王小李的脸上掉下去的。

柳老师立马从凳子上站起来又蹲下去，这样比王小李更加低一点了，他看见了王小李在哭。

"王小李，你不要哭，有什么事和老师说，男孩子是不该哭的。"

王小李还是沉默着，他的嘴奇怪地弯曲着，一看就知道是在憋着不要哭出来，表情很是痛苦，可是那双大眼睛，有了泪水的晶莹显得更加纯净了。

"没关系，老师等你，你有什么就说。"

几秒之后，王小李再也没有忍住，终于放声哭了起来，周围的几个同事回头看了一眼，柳老师朝他们点点头，示意没什么大事，这个时候，王小李边哭边说："他们，他们，吴超……吴超他们，说，说我的，我的哥哥，是小偷，还说我也，我也是。"说话的声音里面全是哭腔，柳老师听得不十分真切，可却有些震惊。

"你说什么，没事，等一会你好好说，他们怎么你了。"

过了不少时间，王小李只剩下了干瘪的抽泣，听他周期性的抽泣，你也可以体会到那种难受的感觉。

"那天吴超他们，他们拿了一张纸，上面说我哥哥是小偷。"

"什么纸，会说这个。"

"警察局里面发的，上面写我的哥哥是小偷，可是他不是小偷，他没有偷自行车，他真的没有偷。"

"你能不能和老师仔细说一下，具体是什么纸上面写了你哥哥是小偷。"

"我哥哥不是小偷，我也不是。"

"我知道，我知道你哥哥不是，老师就是要问一下，是什么纸。"

"我也不知道，我之前也没有看见过，是他们给我看了我才看见的，上面写了很多东西，有一条写了，我哥哥偷东西被

抓了。肯定是骗人的，因为我哥哥一直在家，没有被抓，而且
他没有偷东西。"

　　"是谁给你看的？"

　　"好多人，吴超、陈星、王泽什么的，他们给我看之前，
还给了一堆人看，他们都过来说我的哥哥是小偷，我去看的时
候，已经有很多人了。他们一起嘲笑我，可是我的哥哥不是
小偷。"

　　"那你知不知道，是谁把这张纸带过来的？"

　　"陈星带的，他先给吴超他们看的，然后他们就不停
地说，一下课就过来说，说我的哥哥是小偷，其实他真的不
是小偷，可是吴超一天到晚都说，说我是小偷的弟弟，我生
气了。"

　　"你怎么知道是陈星带的。"

　　"他自己说的，从小区里拿到的。"

　　"好，那之后呢。"

　　"之后就是他们一群人嘲笑我，一有空就来说，吴超说得
最多，还笑，我就没控制住，扔他橡皮，好像扔到他眼睛了，
他很痛。放学的时候他就追我，追了我之后和他们几个人一起
继续嘲笑我。"

　　"哪几个人？"

　　"吴超，王泽，孟史，陈星，还有，还有唐浩然，五个
人，追到我前面来。"

　　"他们对你做什么了。"

"他们推我，用手挤我，想把我推倒，还不停地指着我，说我是小偷的弟弟，骂我，乱七八糟的，后来我也听不清楚了。"

"那你怎么办的？"

"婷婷姐姐出来帮我的，我没有想到她会出来，她把他们赶走了，然后她自己也没有和我说话，就走了，我也就走了。"

"蒋婷婷有没有欺负他们？"

"是他们在欺负我，婷婷姐姐只是在赶走他们，婷婷姐姐没有欺负他们。"

"蒋婷婷推他们了吗？"

"我也不知道，可能推了吧，也可能她只是在挥手，让他们走，不要再骂我了。"

"你看见陈星跌倒了吗？"

"看见了，好像是他跌倒了。我记得是有人倒了。"

"是不是蒋婷婷推的？"

"不是，不是婷婷姐姐推的，我记得站在前面的是吴超和孟史，陈星在后面的。就算推倒了婷婷姐姐也不是故意的，她不想推他们的。"

"我知道，我知道。那你知道陈星受伤了吗？"

"不知道，他爬起来就追上他们一起走了。"

"好。"柳老师本来想脱口而出："陈星受伤了，挺严重，他爸爸很生气。"可是他没有说出口。

"王小李，我知道他们这样说你肯定是不对的，你应该第一时间告诉老师，让老师替你处理，你怎么可以伤害同学，用橡皮扔呢？你扔得很用力吗？"

"用力，我使劲扔的。"

"那就更加不对了，你怎么可以这么做，你也有错误知道吗？"

"是他们先说我的哥哥是小偷，还让所有人知道，还说我是小偷的弟弟，我也是小偷。我的哥哥，其实我的哥哥不是小偷，他什么也没有偷，他也没有被抓过去，他一直在家里，真的，老师，我哥哥不是小偷……我也没错，谁让他们这么说，我就是要扔！"

"我知道，我是说你扔橡皮是不对的，至于那件事，是他们不对，你也应该意识到自己的错误，你知道吗？"

"我哥哥不是小偷。"王小李小声嘟囔，然后看着柳老师。过了一会柳老师说："你回去吧，你先回去吧，老师现在知道怎么回事了，老师来处理。"

王小李从凳子上跳下来，还是看着柳老师。

"还有什么事吗？"

"老师，如果吴超还是这样说我，我还是要扔橡皮的。"

柳老师心里一动，看着王小李。说完这句话，王小李的眼睛似乎又一次晶莹剔透起来，那种眼神，好像一下子穿透了柳老师的心底。他似乎想着该怎么劝说他，可是他什么也没说，他突然不知道那些脱口而出的教条到底是不是对的，"你不该打人"到底是不是对的，他不再那样笃定。

　　"王小李，你先回去吧，我知道了。"

　　陈星再次进来的时候，神色稍微有些慌张了，柳老师心里清楚得很，孩子们一被问话就开始前所未有的团结，互相沟通起来，来应付自己，好在这只是些二年级的孩子，自己不至于被他们骗得团团转。陈星老样子，毕恭毕敬叫了一声"老师好"，柳老师想着，在关键的时候，譬如一个老师真的讨厌你的时候，"老师好"起不了什么作用。这个招呼唯一的作用是锦上添花。柳老师还是希望自己喜欢的学生和自己打招呼的。不过他对眼前的陈星谈不上讨厌，教书快八年了，他知道孩子里面那一套事情，谁都是这样经历过来的。对于一个老师而言，一生中有数不清的学生，他们都是一个个客观的个体，很平等，可是对于学生的家长，就是全部，落实到学生那一个人而言，老师的作用也许真能改变他的一生，谁说得准呢。所以即便是二年级的乱七八糟的事情，作为班主任，还是要正儿八经去办一办，用柳老师的话说，对谁都是个交代，包括对他自己。柳老师七八年的教学生涯之所以在别人眼里很成功，他自己比谁都清楚，就是他懂得更好地应付。人人都说柳先生和蔼，其实是他连对学生发火的兴趣也没有，事情该怎么办，总有个完美的规章制度，他就是很积极地按着制度办就是了，至于自己上没上心，谁说得准。还有那些精品课程，他也是摸索清楚了，无论如何，先给自己的教学起个新颖的名字，那些当领导的猪头才会买账，说到底，肉食者鄙。

陈星进来的时候，他已经知道这来龙去脉了，现在他要应付的，就是让眼前的学生慢慢认识错误，可是又不能怎么样，陈国平的酒，还在肚子里，温着呢，陈国平的话，还在耳朵里，转着呢。

"陈星，你有什么和老师说的吗？"

陈星的眼睛滴溜转着。

"老师了解到的情况，好像和你说的有点出入，你们的玩笑，是不是开得太大了一些。"

陈星点点头，说了一句："我错了。"

"你给吴超看的，到底是什么东西？"

"我在小区里看见的一张警察贴的纸，上面写着王小李的哥哥是小偷，我觉得挺好玩的，我……我就拿来给同学看看。"

"你现在有这张纸吗，给老师看看。"

"没有了。"

"那你摔倒的事，你肯定是蒋婷婷推你的？"

陈星沉默了很久，嘴有些颤动，可是没有说出话来。

"陈星，你知道吗，你爸妈很爱你，对这件事非常重视，或者说非常想维护你，也不能这么说，就是你爸妈很希望有个交代。"

陈星不知道懂了没有，点了点头。

"所以你仔细想一下呢。"

　　陈星的回忆开始紧锣密鼓地展开，那天，蒋婷婷的双手开始挥舞，喊着"你们干什么，走开"。双手的位置一直都扑朔迷离，所有的人好像都在后退，于是自己也开始后退，手掌有没有碰到自己，记忆似乎已经一口咬定，碰到了，可是一经思考，一切又变得模糊起来。他不能确定，似乎蒋婷婷推倒自己是他自己创造出的场景，已经替换了真实的记忆。但可以肯定的是，自己在后退的时候踩到别人的脚，所以摔跤了，红色的血的出现也不可更改。

　　"我也不知道，她到底推到我没有，反正当时我们都在后退，就摔倒了。"

　　"陈星啊，你听我说，蒋婷婷即使推到了你，那一定也不是故意的，她只是想阻止你们不要欺负王小李了，对吗？"

　　陈星点头。

　　"重要的是你和朋友这样嘲笑自己的同学肯定是不对的，你知道错误了吗？你应该检讨。"

　　"嗯，老师，我错了。"

　　"那你回去，好好说一说，你爸爸对蒋婷婷挺生气的，还有王小李，只有你和你爸妈好好沟通了，才行。"

　　柳老师处理完这件事，心里挂记着还得给陈国平打电话，可是他迟迟没有打，因为他也不知道如何开口。放学之后，他就重新走到这件小事发生的地点，他沿着花坛快速地走着，今天他还有一个约会。放学的那一刻，孩子们似乎恢复了他们应该有的活力，在各个地方制造欢声笑语，其中不乏一些男孩子的脏话。"这有什么，当时我也是说的吧。"他心里想着。他看到花坛和跑道，女孩子们手牵着手，男孩子们勾肩搭背，学生一看到他就用很稚嫩的声音说"老师好"，有的还举手，敬少先队礼。太阳还没有下山，学校还是很明亮，就在这个地方，发生了些什么，可现在是一点痕迹也没有了。"小孩子的事情罢了。"他又想着。

不知不觉，他走出了学校。每一个家长都分外兴奋，也许只有孩子的事情，能让他们每天重复却激情不减。他没有碰到陈国平，索性接着走吧。他要去见自己的女朋友，她二十八岁，是一个护士，她的妈妈生了大病，她正天天照顾。现在她妈妈好转了，她约了他在肯德基，她是一个喜欢吃薯条的姑娘。她吃起薯条来一根接着一根，但好像谁吃薯条都是这样的，可是唯独她这样可爱。

走出学校，柳高斯就感到意外的轻松，自己不再是柳老师了，纵使高斯这个名字很滑稽，可他还是成了他自己，父亲总说高斯是最天才的数学家，于是拿给自己做名字，希望自己也学好数学。他现在也明白了，最炽热的愿望往往是要落空的，小学的时候天天在父亲的羽翼下补习数学，初中开始他就更加坚定地认为，还是春花秋月有趣些。去见女朋友，本就是一件春花秋月的事情。

还没有到肯德基，远远透过玻璃，柳高斯已经看见她了。她坐在靠窗的位置，头发披下来，坐得很直，还像个没有涉世的孩子，柳高斯进去一定是要和她说些俏皮话的。他想起今天处理的学校的事，决定给陈国平打个电话算了，让一切在玻璃之外了断，不要带到自己的约会里面去。

"陈星爸爸吗？我是柳老师，那件事我问清楚了，就是小孩子之间闹着玩呢，蒋婷婷也不知道什么事，过来帮帮忙，结果很混乱嘛，陈星不小心跌倒了，蒋婷婷绝对不是故意的，事情我都处理好了，你可以晚上好好问问陈星，我都问清楚了……"

好了，结束了。现在柳高斯直着走过去，推开肯德基的门，服务员也该说"欢迎光临"了。

夕阳座谈会

　　夕阳座谈会是平江路上传统悠久且具有特色的项目，严格来说，想要参加是有条件的，第一，你要是个正派的女人，第二，你要有一个正派的丈夫，第三，你得有真知灼见。

　　有了这些前提，夕阳座谈会就不是谁都能来的了。譬如郑阿姨就是不去的，大约她不符合第一和第二个条件，自然，我想她自己也不乐意去。譬如说李秀明，她不去是因为语言不通，无法表达出自己的真知灼见。而她本身对夕阳座谈会还是很向往的，只不过每次她站到那里，只能和大家傻笑，便不再去了。小马哥的妻子李秀娥也是外地人，但她经过耳濡目染之后，便听得懂大新的方言了，虽然不会说，可还是成了夕阳座谈会的忠实听众。

　　于是，夕阳座谈会这两年的人员已经逐渐固定了起来，群龙之首就是德高望重的钱太太，她在门面房开了一个棋牌室，平时就是些打麻将的女人光顾，所以吃晚饭的时间就都散了，也正因如此，钱太太才有时间在晚饭后主持声势浩大的夕阳座谈会，为平江路传播真理做出卓越的贡献。但总有一些不太凑巧的事情发生。即便是这样一群平江路上最最有真知灼见的女人们，也会出现一些小小的差池。姜子牙的儿子最开始是做生意的，等他逐渐阔绰起来，就开着一辆奔驰车回到平江路上来，那几天也是姜子牙最兴奋的日子，到处找人探讨《人民日报》上面的重要新闻。姜子牙的儿子还给我买了一套文房四宝，我妈把这件事告诉钱太太之后，钱太太立马在当天的夕阳座谈会发表高论："小姜这个同志啊，好啊，他小时候我就见过他的，当时我一看这个小孩就是要赚大钱的。"现在呢，姜子牙的儿子欠了几百万债，终于拿房子抵押干净了，还少了一根手指。平江路上出了这等大事，钱太太难免也要议论一番的，那一天她在夕阳座谈会上说："小姜这个同志啊，不好，他小时候我就见过他的，当时我一看这个小孩就是要做坏事的！"这句话一说完，所有的人都沉默了，钱太太眼睛眨巴着看看大家，似乎也意识到这句话有点似曾相识。就这样沉默了一会，众人面面相觑，一时之间，夕阳座谈会陷入了前所未有的危机之中，还好钱太太是个智勇双全的人，立马展开下一个议题，才挽救夕阳座谈会于水火。对于这样的事情，所有人都表示理解，人生天地间，大约本来有时未免要犯错的。不管怎么说，夕阳座谈会还是给平江路做出了卓越的贡献。

　　每一次看见妈妈一吃好晚饭就匆匆走去钱太太的门前，爸爸总是笑着对我说："三个女人一台戏啊。"夕阳座谈会有那么多女人，一定是十分精彩的戏了。接着，我们就会看到钱太太不紧不慢地关了棋牌室的门，外面摆好了凳子，女人们都围坐一圈，钱太太坐在门前，然后是蒋秋英、老芳、妈妈、李秀娥、姜子牙的老婆，有的时候肖丽丽也来，还有些五湖四海慕名而来的流动人员。门口的空地就这样坐满了，春天的时候四处青草茂盛，中间还有几朵花，丰富一下颜色，夏天的时候人人都在摇摆着双腿驱赶蚊子，秋天的时候树叶一片片落下来，夕阳逐渐暗得快了，人就这样坐着。冬天就太冷了些，于是棋牌室里点起了黄色的灯光，照样是谈个痛快，最后众人才依依不舍地离开。他们几乎什么都说，总像是有一个宇宙，说不完的样子。先是讲别人家的家事，整个大新都要被开膛破肚一番，然后是自己遇到的问题，最后实在没的说了，就追忆一下往昔。

钱太太看上去大约六十多岁的样子，论打招呼她是最热烈的，所有女人都说她贤惠，她见人就说你胖了，胖了之后要说你阔了，放了道台了，放了道台便是说你娶了三四房姨太太，总之一系列古色古香的话语。但我是很怕她的，她一见到我神色就一如既往地夸张起来，抱着我的脑袋在她的胸部一阵揉，问我去干什么了，可是我被按住闷得讲不出话来，怎么能告诉她我去干什么呢。她身上香水也重，我总要通一会风才能褪去脑子里的迷蒙。

钱太太的丈夫据说也是人人都敬仰的，叫钱尽忠，是张家港钢厂里的一个大官，很有威望，只是退休后患癌症去世了，于是钱太太如今便是只身一人。蒋秋英说钱太太很有钱，开棋牌室就是玩玩的，不然太无聊了。这也的确，因为一到夕阳座谈会的时间，钱太太就会劝那些打牌和搓麻的人离开，可见她不为了赚钱。钱太太有个儿子，她的儿子又有个女儿，才四岁。可儿子住在市区，一周才回来一次，都是周六的时候回来吃个晚饭。每到周六，你总是可以看到钱太太早上六点钟就去菜市场买菜，那样才能好好地挑选，一路上她要告诉所有人："今天贝贝回来，我去买了一根有骨髓的大骨头。"要不就是："今天贝贝回来，我去买了一条好鲈鱼。"贝贝是她孙女的名字。

大家都想着和钱太太是再要好没有的，所以一开始她孙女回来的时候，大家都要去坐坐。有一次我也去了，她的孙女倒是极可爱，留着一头很是漆黑顺滑的短发，眼睛很大，喜欢吃果冻，我去那一会，她就吃了一书包的喜之郎了。而贝贝的爸爸妈妈两个人只是坐在一张长凳上面玩手机，见人来了，抬头打个招呼，别的是什么也不说了，我妈和我还有蒋秋英来看贝贝，看到两个主人不说话，自然有些不痛快，于是众人便都无话。可是钱太太似乎比平时要热情得多，大声地和贝贝讲话，陪贝贝玩，一直说个不停，似乎在一个人挽救这样沉闷的局面。总之我站在那里，都可以感觉到钱太太很累。蒋秋英和妈妈也只能一个劲地夸："这个女孩真漂亮。"要不就是"贝贝好聪明，你看，她说话也顺畅。"钱太太不停地回答："是，我们贝贝最漂亮，最聪明了。"待了一会，局面仍没改善，任谁都要觉得很没趣，只好托着说有事走开了，钱太太也不留。久而久之，周六晚上的夕阳座谈会也暂停了，大家只是看着钱太太一个人和贝贝玩得很是开心，贝贝的爸爸妈妈在一边自顾自玩着手机。蒋秋英说："老钱的儿子也是不懂人情，哪怕学到老钱一点也好，像个什么样子。"现在倒好，他们也不是每周都来了。钱太太只是说："现在儿子忙呢，孩子们都忙，我让他们不要回来了。"连我也看得出来，钱太太是在替他的儿子圆话呢。

正因为钱太太见到孙女的时间少了，她更是将自己的生命和精力献给了情报事业。我们不得不赞佩，大家从夕阳座谈会知道的新鲜东西，实在是太多了。他们几乎议论过大半个大新的家庭，知道哪个女人在外面有哪个情夫，知道哪个男人在外面有哪个情妇；知道谁赚了大钱，也知道谁吃了大亏。这个世界上的事看起来纷繁复杂，但讲来讲去无非也就是这两件而已。

最近，钱太太在讲桥头董家的故事。

钱太太一知道新消息，就立马颤颤巍巍地坐下来，低着头："哎呀，还有这样的事。"她的眼睛直看着地面，愤恨和惋惜从言语里浸透出来。别的女人一听这句话，也都感受到了震慑，兴致立马被勾起来，蒋秋英是最按捺不住的。

"什么事啊，要死了。"她立马就也现出很惊悚的表情。

"不知道你们知道了没有，就是桥头的董家。"钱太太这才缓缓地抬起头。

"哦，就是那个老董啊，董贵明，是不是，老董嘛！"老芳好像认识。

"是，是董贵明，是叫董贵明！"

"老董怎么啦？"下面的人总是不缺乏问题的，七嘴八舌让人也分不清哪句话是谁说的。

"老董走了！"钱太太眉头紧皱地喊道。

"啊？老董？就是董贵明啊，怎么可能呢，前一阵，我在埭上还看见他哩！"老芳震惊地问道。

"老董也走了？老董人蛮好的呀，我还认识他女儿，以前一个地方上班的，也是老实人。不过，他好像是一直生病的，怕是病又发作了吧。"蒋秋英也紧皱着眉头道。

"哎哟，人怎么不好，我们家老钱和他也好，我也吊了唁回来。妹子啊，不是病的事情，你听我讲，他家那里不是要拆迁了吗？老董一辈子也是勤勤恳恳的，以前不就是种地？他那农村里的房子和地，能拆三套哩。"钱太太皱着的眉头微微舒开，可仍是皱着，缓缓地说。

"这倒是，他们普普通通一个人家，一拆三套房子手头可就松得多了，那怎么凭空死了！"蒋秋英不无羡慕。

"但是你哪里知道，就死在这上面了！"钱太太的眉头又锁了起来。

"怎么回事？"

"就前几天，那一排拆迁户去安置办抽房子，老董三套归三套，一抽签，抽了三个底楼，当时就气得晕过去，你想想，他心脏又是不好的，晕过去就没起来！"

"哎哟，真真要死了！"底下的听众无不惊悚。

老芳缓了片刻，方才又说，"老董也是好人啊，怎么偏偏就这样了！"

"苦了一世人生，这才赶上拆迁，都指望这三套房子，给儿子给女儿，三个底楼，谁受得了啊。"底下的一人颇哀伤地讲到。

"你们是不知道！"钱太太眉头里的气氛忽而转向愤怒，"现在没有关系，哪里抽得到好房子，你看看老秦，你们是知道的吧，上次我还说他在老家一点点小地方，随意括了几片瓦，上面的人一鉴定，批了五套房！也是这一次抽签，处处打点好了，五套房，八楼正对着两套，九楼正对着两套，还有一套在隔壁一幢还是八楼！"

"这……"

"你总想不到，我碰到他女儿，她还要和我说，说什么她们家的手气真的好，正好抽在一起了，兄弟姐妹们可以一起住，天天都热闹。我放她的屁嘞，她怎么抽的心里没数？真是脸也不要。有点关系的哪个不是这样，好的楼层都定完了，等到老董去抽，怎么不是就剩下底楼？"

"要死了。"蒋秋英的脸转而有些惨白起来，"都在一个屋檐下，看到别人这样，怎么能不气死！哎……"

"事情也不该这样弄啊，真是……啊……"老芳踌躇了很久，竟终究没有说出话来。

"现在有些人啊，心也太黑了一点。真不知怎么过哩。"
蒋秋英说的时候很是平静。

"我说老董也是看不穿，实在不行，把三套卖了，再去买
也好，权当没有拆迁过。何必和自己过不去，这么一来，谁又
买账呢，哭的还是老婆儿女。"钱太太很是惆怅，夕阳座谈会
就在这样伤感的氛围里结束了，每个人悄无声息地帮钱太太把
凳子搬回去，仿佛整个大新镇悲欢离合的感情此刻都在夕阳座
谈会交汇共通了。

大新镇也总有说到穷尽的时候，实在没有可说的了，大家
会追忆起往昔的峥嵘岁月。一般这时，别人都撑着腮帮或交叉
着手臂，安静地看着钱太太回忆她的丈夫。而钱太太的眼睛似
乎在看着远方，手指不断比画着，开始讲述钱尽忠的事情。我
还挺喜欢这个时候的钱太太的，因为这时候她不会夸张地眉飞
色舞，而是言语从容了起来。

"以前，我们住在大新的四大队，老钱在钢厂上班，他
这个人和名字一样，钱尽忠钱尽忠。他从十九岁就去钢厂上班
了，一辈子尽忠钢厂。钢厂呀，你们是知道的，在金丰镇，
又不在大新的。以前的日子穷啊，一条好好的平整的路也没
有。老钱每天上班，就骑一辆脚踏车，到钢厂十里地是有的
吧，他就天天骑过去，给钢厂上班。我认识他的时候，他已经
二十五岁了，当时还是骑一辆脚踏车，虽然已经在钢厂做一个
小负责人了，也不舍得吃什么，天天带两个馒头就骑车走了。

慢慢地，老钱在钢厂是属于元老啊，工龄久，四五十岁就当了
领导了，工资也高了，我们俩的苦日子才算过去的。你们要知
道，我们老钱啊，人忠厚得不得了，现在别人都是怎么升官、
怎么升职啊，男人靠送礼，女人靠睡觉，你们想想看，现在的
人是不是大多数就是这样。我当时就问我们老钱，你看又到年
关了，要不要给主任送送礼，把家里两瓶酒拿过去。他立马就
发脾气，说，我辛辛苦苦做出来的成绩，送什么！他这个人，
倔得要死，我说要是活在现在这个年岁，也是活不下去的。不
过厂里还是认他这样勤勤恳恳的人的，总算这个年纪坐到了相
应的位置上面。你要晓得，我们老钱，脾气是不好，心软，心
不得了的软，经常回来和我说，厂里的工人苦得很。你们应该
也听说的，前两年，钢厂一个人死掉的事情。钢厂是炼钢的
呀，你想想那个火炉，那个钢水，不得了，想想也吓死人，说
前两年有个工人跌进去，骨灰影子都捞不到，我一想到么一身
鸡皮疙瘩就起来。秋英，你在天宝上班，也接触过工人，你也
应该是知道的。别的人不知道，我就和你们好好讲讲，有一次
我到他厂里去，工厂的地方我进去一看么，要死啊，作孽啊，
根本不是人待的地方。我冬天去的，里面不晒太阳，冷得不得
了，那些工人还要穿着工作服，戴着安全帽，不戴还要扣钱。
你想想那些工业的机器，上面的油多少，他们身上的羽绒服全
是油，脏得人也不能近身。最主要的是冷，他们的手，一直在
外面，冻得干起活也不方便，手指都不能动了。我去的时候，
一个工人碰了一下，手上干，立马就出血了，冷得嘞，出血他

也没有知觉。我们老钱心软，天天说工人苦，市政府走了几十回，为了给他们装暖气。夏天就只有我们老钱的厂房里，他自己出钱买了棒冰啊、冰水啊送过去。我们老钱真的是好良心。晚上下班和门卫保安说话，一问保安没有吃晚饭，立马又跑回自己的办公室，拿出一桶方便面、一个鸡蛋。下来那个保安谢他谢个不停，说本来就节约着不吃饭了，那个保安就是十大队的老铁，家里娘子生病在床上躺着，儿子上高中也要花钱，一家人就指着他当当保安，一个月两千不到，节约得要死，平时也不吃晚饭。老钱死了，老铁天天过来干活，帮忙弄葬礼。他对我说的，老阿姐，钱书记死了，人情钱我实在是送不起，你一定要让我给钱书记抬抬棺材，我在钢厂当保安这么多年，说句心里话，只有钱书记一个人把我当人看的。现在，老铁的儿子考上南京大学，也算是老天开眼。不过老天要是真的有眼睛，为什么要让我家尽忠得肺癌早早死掉呢，我也想不通，我实在是想不通……"

这个时候，钱太太讲完了，众人都静默着。过了一会儿，老芳才安静地说一句："老阿姐，我跟你讲，钢厂年年要烧多少煤，放出来的空气就是脏，我也听到不少的人，退休了，肺里都长出毛病的。"

"是啊，现在算是管得严了，可是你到金丰去，天上的空气还是比我们这里黑！"我妈妈也附和道，"其实可以和他们说一说，这样的事情，也是要赔钱的。"

"现在还赔什么钱呢，老钱死了也这么久了，说句不好听的，我哪里稀罕几个钱，那人也回不来了啊……"钱太太的目光只是看着远处，言语里尽是惆怅。

这样的故事，钱太太之前多多少少也颠来倒去地讲过，可大家每次听，还是这般的静默。走的时候，每一个人都轻轻地帮她搬了凳子，可是钱太太还是在外面坐着，她让别人先走，自己坐一会，她看看远方出来的星星，一定还在想自己的丈夫。

男人们总是觉得夕阳座谈会无非就是女人嚼舌根子，打发时间的地方罢了。可是，在陈国平在柳老师家请客吃饭之后，面对平江路上这样的风波，我觉得最团结的地方还是夕阳座谈会。

"陈国平这宗桑，不知道想干什么！"钱太太那一天义愤填膺。

"怎么啦，他又发什么神经。"蒋秋英嘴上这么说，心里却有点发毛。

"他在柳先生家里，请了一堆人吃饭，一定和这件事情是有关系的。"钱太太目光尖利了起来。

"她请了谁啊？"蒋秋英问。

"你看看，有刘大峰，赵德广，就是现在的校长，连姜子牙也去了。"

"哎哟，不得了，陈国平人脉不得了啊。"老芳说。

"那肯定的，现在天宝二把手。"蒋秋英说话轻了很多，脸上有些青白，"他请了赵德广，怕是正针对学校的事情，请了刘大峰那个棺材，怕是要针对我了呀。"

"那个棺材，心黑，黑得不得了，我听说，是那边的人说的，他要让柳先生去学校好好查这件事。"突然钱太太把大家聚过来一些，小声地说："不知道是不是真的，让姜子牙把江西人家赶走，我一想，这也心太黑了一些吧！"

"要死了，也不能这样吧，就算李秀明那天说了什么冲动的话，那也是他陈国平的宝贝儿子在学校里先做错事情，这样不对了，不对了。"老周说。

那一天的夕阳座谈会成了平江路统一战线，老周来了，孙友亮也来了。

"还有这个刘大峰一来，一定是针对我的了，我在天宝的命运，现在还是他们俩说了算啊，婷婷又不小心把陈星弄伤了。完了，要死了。"蒋秋英嘴唇开始惨白，好像就想着工作的事，别的也听不进去。

"婷婷说了，她没有推到陈星，再说了，这件事怎么说也是婷婷有理。"孙友亮很是不服。

"话是这么说，那陈国平想弄起我来，太容易，本来我和肖丽丽那个婊子关系也不好。"蒋秋英说话很快，听得出来很是着急了。

"妹子你别急，还不一定呢，只能看看再说。"钱太太安慰道。

"哎，李秀明也是苦的，一家人多不容易，还要被欺负，陈国平这个宗桑，太不讲道理。"老芳只是叹气。

"换作是我，给他一顿拳头。"老周看着别处，浑身力气无处施展。

"不可理喻。"在角落里的李秀娥是很少说话的，那一天，她突然冒出来一句普通话，和别人说的格格不入，却每一个字都字正腔圆。

"哦，贝贝这周也不回来啊……那么你让贝贝接接电话。"

"那贝贝去哪里了？"

"你们也不要让她一放学就去学这个学那个，这么小，学了英语有什么用，也好让她玩玩！"

"还和我说不清，行了，那就这样吧，下周让贝贝回来！"

寥寥四句话，钱太太就把好像才刚刚拨出的电话给摁断了。李秀娥铆足了劲说的那一句"不可理喻"好像还没有落地。接电话的又是自己的儿媳妇，如果不是贝贝这一点交集，那个略有些冷漠的声音几乎让她觉得拨错了电话。

等聊天的人都走了，钱太太关了灯，一种天天都会袭来的寂寞感重新爬到她的身上。钱太太已经习惯了这样的反差，人一个一个走去，灯戛然而止，自己也独自转进楼道里，她猛地踏一脚地面，感应灯突然在楼梯间亮了起来，这就是唯一的陪伴。钥匙孔似乎都有些冷清了，可是她很喜欢听转动钥匙的干脆的声音。"砰"地关门之后，感应灯黄色的灯光也戛然而止了，房间里一片漆黑。可是钱太太有了这样的习惯，刚进门的时候不开灯，就在黑暗里走进家里，四处一点点微微的轮廓还算是分明的，自己在这里这么多年了，不需要借助眼睛才能看见一切。

近来记性真是差了，常常忘记要说什么话，忘记高血压的药片放在哪里，现在钱太太又忘记了方才在思忖什么，她在黑黢黢的屋子里无意识地转了几圈，还不知道做什么。她想着，洗澡吧，想到洗澡，似乎困劲就上来了，现在自己完全步入了老年人的作息，八九点，她就睁不开眼睛，直想躺下，到了凌晨三四点的时候，仿佛月光都刺了眼，躺在床上浑身不自在，直想起来。她在黑暗里面脱下衣服，打开热水器，逐渐听到一些声响。就凭着热水器标识上一点点上升的温度的亮光，她看到两条丑陋的丝瓜一样的胸部，老女人的胸部，就是这样，经历了少女的芬芳，男人的抚摸和孩子的吮吸，现在，就是这副模样了，每个女人的宿命而已。生命就是这样，年轻的时候总是想挣脱地面，现在又垂向了地面，不知道什么时候就要进了地底。最要命的是那个抚摸她的男人走了，那个她哺育的男人也逐渐陌生了。提到儿子，她这才想起来，刚才她在思忖的是明天贝贝不回来，可以晚点儿睡，不用赶一个早市，去买一根两边都贯通的流着骨油的猪大骨。

　　一时之间，她有点失落，在她的心里，贝贝的声音似乎才是一个时间的度量，标志着一个周六到来了，标志着七天又过去了，可是渐渐地，七天被拉得越来越长，似乎时间在延展中也被抽成了真空。

　　她还在回想，方才思忖着自己要去做什么，她去关了热水器，坐到冷冰冰的沙发上。当年钱尽忠当了钢厂书记，手里宽裕了，便把这里好好装修了一通，家里都用了当时最好的东西，皮质的沙发，金色的繁重的灯，她可以在黑暗中感受到。只是现在都已经过时了，俗气了。沙发上，一阵皮革的凉气从她的臀部逼上来，她又站起来。窗外灯光还零星着，城市的霓虹比天空更亮。沙发上的凉气好像过了一阵才被她的神经清楚地感知到。她叹了一口气，思念着自己的孙女清脆的声音，可是她知道，没有什么亲密是持久的，就像她的儿子，当她把他挽在臂弯里的时候，也给她带去过无穷的慰藉。但现在呢，她老了，儿子觉得她没有意思了，一只股票，和狐朋狗友的三四瓶啤酒，还有那个儿媳妇年轻的臂弯，都比她有意思。贝贝也是，早晚，她会觉得玩具，那些和她一样大的同学，比自己满脸皱纹的奶奶有意思。而她能做的，就是使劲拿出自己的温柔来挽留这一个又一个注定要走的人。

　　她觉得冷而低落，竟就侧躺在床上了。这张大床，已经向自己的一边有点倾斜了，即便是钱尽忠死后，钱太太也没有把自己的身体移到床的中央，而是一如既往，几十年来一直睡在右边，只是当手摸到左边的时候，是空的，冷的，平的，没有呼吸的存在了。

　　如果钱尽忠还在，自己的温柔不会显得那么廉价，那么徒劳，至少她可以说，我们老钱还陪着我。而不是现在这样，除了夕阳下聚了又散的女人们，她好像什么都没有。当然，她很欣慰钱尽忠以一种特别的方式栖息在她的身上，整个平江路，乃至整个认识她的群体，都叫她钱太太，甚至老钱，以至于几乎没人知道她自己姓什么。她感受到一种撕心裂肺的温存，她把手伸到床的另一边，手掌奋力地张开，抚摩着这冷而平的床单，来了又回，回了又来，她的手也隐约地用力握着，拉扯出床单上一点不合群的褶皱，仿佛心里痒痒地在回想，我和他是一体的。

　　她突然起身了，要去哪里，她有了一点朦胧的意识，但一定是有什么事情要去完成的。她打开了所有灯，在每一个房间里走了一通，每一次打开一扇房门，就是一个硕大的绝对虚无的空间展现在她眼前，她发现这每一个房间都不是她的目的地，这里都有钱尽忠的一点印记。她奋力地思考，如果钱尽忠在这里，他会做什么，他会做什么呢。他会给工人搬去一箱冰的矿泉水，他会转身上楼给门卫拿一桶泡面，他一定会做些什么的，他会出去。

　　出去。

　　世界完全没有丝毫的改变，路灯还是覆盖着地面，她正为土地惋惜，已经没有一寸皮肤不受人的注视了。往东去，去见蒋秋英。

正走到蒋秋英那个单元楼下，她就看到蒋秋英加了一个披肩，也正匆匆外出，踏出楼道的时刻，四下望了一圈，眼光便撞上了钱太太。

"老蒋，我正要找你。"

"老钱，我也是去找你呢！"蒋秋英仿佛惊弓之鸟，伏向钱太太，双手也随之搭向钱太太的双臂。

"倒巧了呢，省得我上去。我看你今晚上走的时候也犹豫，知道你心里有话要讲的。"

"老钱，你说，这件事是不是真的？"蒋秋英心里急切，打断了钱太太的寒暄。

"什么事，陈国平请他们吃饭的事情？那大家都看见了，怎么不是真的呢。"

"吃饭我知道是真的，陈国平那宗桑真就为了这孩子的小事搞成这样，真的要赶走江西人吗？"

"怕是真的，你没看到？陈国平那宗桑眉间有一颗痣，心狠手辣啊，不比我们，都是有良心的，现在的人，说不准啊。"

"老钱，我特意等他们都走了再来找你，话还是要和你讲讲才放心，你要给我出出主意啊。"

"我知道，所以我才也来找你！"

"你说这件事的来龙去脉你也知道了，错，实在不是王离的儿子和蒋婷婷的错，大家都知道的。陈国平权力大，现在的人，有权有势，颠倒黑白也不成问题。你说江西人多可怜，一家人住在这里这点大的地方，和我们也蛮好的。我讲给你听听。”

"好，你讲着，不要急。"说着两人朝屋檐下移了几步。

蒋秋英也静了些许，说道："就昨天，我正要上楼回去，走到楼道，就看见王离在那里走来走去，我也不知道他在干吗，当时也没有别人了，我想着王离一般就在门面房里，也不会到这边来的，那我总要问问的吧。

我说：'王离，你怎么在这里？'

他也听见了，他站在楼梯上，就往下看，找我，然后就走下来，我们俩也就站到这楼道口说话了，他就说：'我正是来找你的。'

'找我？啊……'我就说，其实我也知道什么事了，这两天来，总就是孩子的事情。

'家里，秀明和两个孩子都在，而且，就那一个门面房，什么东西都在里面，也很不好看，外面的路上人又多，哎，虽然大家都是邻里的，可是有些话还是不想让他们听见，你知道，我是不喜欢说话的人。所以也麻烦你了，来这里找你。'他说。

那我就跟他说：'不麻烦，我开了门进去坐会吧。'总要客气客气的。但是他就是不上楼了，你也知道王离蛮有规矩的，也老实。那我就问问他什么事，他就开始谢我，自然就是因为孩子的事情嘛。他说他也想不到，这里的小学也会有欺负人的事情，小李还就被人欺负了，说真要谢谢我，谢谢我家婷婷，还去帮小李。

然后我就对他说，婷婷和我是不要谢的，婷婷这个姑娘，老钱你也知道，从小就文文静静，也善。她很小的时候我把手指放在她嘴里，她也从来不咬的。但是老钱，这个世道，心善的人哪一个有好报呢？我现在倒是真有点担心这孩子以后怎么办。然后我也把肖丽丽来找我的事情和他讲了。

我说：'昨天陈国平的老婆来找我们，就是因为蒋婷婷好像帮王小李的时候不小心把他儿子推倒了，手上摔破了，他非要来理论。当时我还确实是不知道怎么回事，然后我晚上就好好问婷婷，她也没有说什么，她就说他们一帮人在欺负王小李，她没有多想什么，就去看看了，没有想到把陈国平的儿子弄伤了，你说，这邻里间的，就碰上这样的晦气事情。你不要谢我的，总要把这件事应付过去的。'

然后王离就开始对我说了，他说：'大姐，我叫你一声大姐，你看看我们家搬到这里来之后，你们和童童家里对我们也实在是很好，有什么吃的也分过来。有些话我也实在不好意思说，我在我们那里，实在不想种田了，才到这里来谋生，家里只有老人，我想着也要把儿子带过来，一来放在自己身边，二来这里的教育质量也高。可是来了之后，我心里很愧疚，我也是个男人，男人就是要把家里人养好的，你说说，我只能让一个孩子陪我干活，一个孩子念书，还住在这样一个小地方，一到热天觉也睡不着，我全部是看在眼里的。我也下狠心要赚钱，可是只能赚这点，又不能偷，不能抢。王小李是好孩子，有一次我给他五块钱去买东西，他把五块钱弄丢了就哭了半天，我心里难过，也高兴，我觉得小李真不坏。我不像秀明一样会说，她是女人，女人好胜，好热闹，可是呢，我也只好让她陪我吃苦。昨天回来，看见王小李哭着回来，我立马心里就不好受，我就问他怎么回事，他就一个劲问哥哥是不是小偷，你们也知道王小桃那小畜生的事情了，确实是我没有管好，可是他们俩兄弟情深的，我就没有和王小李说，我不知道他是怎么知道的。我就一直问他怎么回事，他哭个不停，就要问哥哥是不是小偷，我就说不是，然后他才把学校里的事情来龙去脉说给我听，我心里是真的不好受，你想想，王小李平时多安静，多好的小孩子，学校里怎么会有一群人一起作弄他，拿了王小桃偷东西的公报说他哥哥是小偷，还不停地说，手舞足蹈的。说我的孩子打架，我是第一个不相信的，可是他们还是把王小李都作弄到去打架，用橡皮去丢了一个人。大姐，你想想，别人要是骂我，我也是可以不计较的，可是骂我的娘，骂我爸，骂我老婆，我这样的人也要发火了，更不要说孩子。我活到现在，反正就是一个下等人了，没有多少脾性了，可是在小学里面，孩子不该这样。你想想，一群孩子说你的哥哥，你的家人是个罪犯，王小李怎么能不要性子，怎么能不发火，这真的不是他的错。那些孩子，就像陈国平儿子，家里条件本来就好，娇生惯养的，喜欢欺负人，快活自己，可是我的儿子本来就受了不少苦头了，我真的没有想到在学校也这样。这样孩子的纠纷也就是小事，可是那天晚上，他还是拿着那张公告就

质问小桃，说他是不是偷东西了，小桃有什么办法，小桃也是
好人，大姐，他从小跟着我干活从来不发牢骚，那天真的是犯
浑了，他安慰自己的弟弟，他什么也没有偷，不是小偷。王小
李一边哭一边喊，爸爸，礼拜一上课，我要和他们打架，我要
打吴超，他乱说哥哥。吴超就是这里面领头的人，王小李就一
直这样哭喊，要打人。你说说，小李平时是什么样子的，他居
然因为这件事变成这个样子，欺负他的还都是些孩子啊，他们
怎么可以把小李变成这样。王小李哭了很久，说着，爸爸，不
要让别人骂我们。王小李长这么大，我真的是第一次看见他这
样，平时，我真是觉得养了一只小兔子似的，乖得很啊。我听
了心里有多难受，我怎么可能希望别人骂我的家人呢。李秀明
好胜，看了儿子这样，心头的一块肉啊，怎么能不痛，所以那
天一看到陈国平过来，立马出去骂，我知道陈国平势力大，我
作为一个男人，一点办法也没有，我的心里也难受啊，大姐。
王小李的眼睛都哭肿了，你知道吗，我说给你听听，他睡觉之
前，不哭了，稍微平静了，他把他哥哥摇起来，你知道他问了
什么问题，他问，要是警察不抓你，你会不会偷！王小李，他
问这个问题，可见在他心里，他真的爱他的哥哥，他最在意的
是他到底是不是小偷，我心里听了实在是难受了，大姐，如果
没有警察，你偷不偷，他就是这样问的……'

　　反正王离也讲了蛮久，我们看他平时也不喜欢讲话，但是
那天就和我讲了这么多，一个呢，是他平时不说，第二个他这
个人也老实，也不是什么会讲的人，所以说到后来也有点说不

连贯了。我听到最后，还看见姜子牙的娘子下来，我们俩就分开了，就走了，因为我知道，姜子牙现在也一肚子坏水。但是王离还是不忘转过来对我讲，实在要谢谢婷婷。"

"哎，也真是。"钱太太认认真真地听了，似乎还没有从一阵怅惘中回过神来。

"老钱，我听了王离讲也真是心疼，王小李我们也都认识的，蛮好的一个小孩子，这个年纪的小孩也没想到这样懂事了。秦桂那个畜生也真是畜生，要把自己一点小事发出来，一把年纪真是活够了，老早就不是个好东西。王离一家人在这里孤苦伶仃的，也没有什么人认识，你说说陈国平这狗日的怎么下得了手，叫我无论如何下不了手啊，他的心怎么这么黑，肖丽丽个轻贱东西，不想想自己是什么货色，要不是给刘小宝卖了身子，现在是什么东西，她怎么不翻着脑子想一想……"蒋秋英越说越兴奋，语速快了起来。

"哎，妹子，你也不要这样了，这有什么办法，江西人也就是撞到枪口了，陈国平肯定忍不了被人指着鼻子骂。"

"那老钱你说怎么办？"

"姜子牙、陈国平那边，我是都要去问问的，都是一把年纪，活在狗身上了。"

"老钱，说句实话，我到这里来还要问问你我的事情，你说陈国平这畜生找了刘大峰，不就是针对我吗，非要让我给交代，他儿子欺负人受伤了，我家婷婷能有什么交代，但是没有办法啊，现在天宝人事管理他就是一把手，我现在刚刚做到一个主任，准备退休了再干几年，婷婷正是念书的时候啊，要花钱，我家里人也赚不到钱，你说说，出了这样的事情，陈国平肯定要给我颜色看了……"

"妹子，你先别急，听我一句，我们把礼数做好，无愧于心就好了，他陈国平不懂道理是他不懂，他要你道歉，你就去道歉，毕竟他儿子的手是受伤了，你就当是为了这个不小心道歉的，你让婷婷去，婷婷要是不愿意，你不要逼她。"

"我肯定不逼她！"

"婷婷不愿意就算了，对，婷婷是好姑娘，那你就去诚心诚意道个歉，我们混了这么多年了，什么委屈没有受过，不要让婷婷委屈，你带两瓶酒，礼物还是要送，毕竟公司里的事还是靠着陈国平，你就这样，公归公，私归私，再如何，就是他陈国平不懂道理了，对不对，你就这样，你记住，要忍一忍，礼还是送，低声下气也就一会，不要和钱过不去，毕竟婷婷还小，学你的说法，正是用钱的时候！"

"老钱，你说得对，你说得对，我当妈妈的，就是不要女儿委屈，我自己怎么样算得了什么呢，毕竟我要赚钱给婷婷花的……"

"诶对，剩下的事情你就不要想，你放心，陈国平和姜子牙那里，我都要去好好问问。"

"老钱，我的事，你也不好质问啊，陈国平这个人小人得志，谁的面皮都不认，不能呛他的。"

"我心里有数的。"

　　等蒋秋英上去了，她踌躇片刻，往西去，去肖丽丽家。

　　她意识到自己想见到肖丽丽，可是又不想见到陈国平，她知道女人的话只能同女人说。这一路上，偶还有人，孙友亮的门关了，童童家的门面自然也没有了人。她突然凑到王离的玻璃那里看一看，一家人全是静态，王小李在床上看一本书，王小桃在看着把声音切断的电视，王离在制作一个东西，可是太远了，看不清，像是一个巨大的容器，李秀明在洗脚。除了电视的灯光变换，一切都是这样安静，说他们四个不相识都可以。小马哥和李秀娥还在收拾水产店。公鸡一个人在"魅力宝贝"看店。别的她没有去看。是到了肖丽丽那单元的楼下了，很好，肖丽丽带着陈星正朝这里走着，她们的目光已经相对了，肖丽丽真是漂亮，钱太太想着，即便是生了孩子之后。她心里暗暗欣慰，陈国平并不在。

　　肖丽丽还是一副从容的姿态，缓缓走过来，她深谙世故："星星，叫奶奶，你先上去，叫爸爸开门，钱太太，怎么来这里？"

　　"也是巧哩，妹子，我正要找你。你看看你，保养得还是这样好。"钱太太的手拂上肖丽丽的手，夸道。

　　"是吗？"肖丽丽不动声色地把手抽开。

　　"你应该知道，我就是为了那件事来的。星星的手臂好点了吗？"

　　"差不多了，小孩子长得快，谢谢钱太太关心啊。"

　　"好了就好。"

"但我和国平还是觉得，交代是要有一个的，不能就让孩子这样委屈，而且，我们两个大人也不能白白被一些小人骂了。"

"丽丽啊，小孩子的纠纷而已，真的这么在意吗？"

"可是有人说我不要脸，说国平不要脸，可不是小孩子骂的，而且事关我的儿子，谁不宝贝儿子呢。"

"丽丽，你应该知道事情的经过了，陈星和你说了吧，星星是有错的，当然我不是说都是他的错，小孩子打打闹闹是正常的事情，我希望你们不要把矛盾升级了，我知道你们高贵，别人说话是不听，我也不知道我钱太太，挂着钱尽忠——钢厂书记的名头在你这里还有没有一点面子，所以我来试着和你说一说。"

肖丽丽沉默了一会，两条纤细美丽的腿微微摆动了一下："我们会处理的。"

"你看看江西人一家多苦，王小李因为哥哥的事情哭得要死，蒋婷婷即使推到了你儿子，也真的不是故意的，你和蒋秋英这么多年，都是天宝的人，也该有些感情才是，她也是命苦的女人，家里的事情都她一手操着，你有国平赚钱，是幸运的，所以这些人啊，都不容易。我再多说两句，希望你不要厌我，这样的事，我也可以一点不管，但是我今天和你来讲点心里话，是因为我们都是女人家，也懂女人的心软。江西人的两个儿子，真的不比你儿子的条件，王小李也是懂事的孩子，不会随便和你儿子有矛盾的，你知道吗，他在家里哭闹，非要问他哥哥：如果没有警察抓你，你会偷车吗？我听了眼睛都湿了，多懂事的孩子，还有蒋婷婷自是更不用说了，不要去为难他们。"

"他们自己都不来说，你来说有什么用。"肖丽丽说着，看了一眼钱太太，似乎觉得这么和年长的人说话不对，于是最后三个字声音很小。"钱太太，时候也不早了，我这就要上去，你说的话，我知道了，我会和国平说的。"

肖丽丽要走了，她深知这番言语没有多少用处，她老了。钱尽忠倘若在这里，他能怎么办呢，他会愤愤地在空中飘起花白的头发，他一定还是一股子倔劲，可是他们都老了，这个世界还年轻。她脑子里钱尽忠的影子有点模糊起来，她无意识地对着肖丽丽点了点头，肖丽丽转头就走了。小腿肚子在走楼梯的时候一收一松，迷人极了，是一副绝好的肉体，钱太太看了一眼，她想起以前在泥路上朝钱尽忠跑过去，小腿也在跳着，仿佛昨日重现。

"得饶人处且饶人。"

肖丽丽听到了，她在楼梯上停了片刻。

控制的极限

给蒋婷婷买的钢琴送到的那一天，是孙友亮最兴奋的一天。一辆大货车缓缓地开进了平江路，孙友亮在鞋店里微微地感受到了卡车与地面的共振，立马放下了手中的《肖邦传》，关上他收音机里的柴可夫斯基天鹅湖组曲，从鞋店里探出脑袋。

货车径直开到孙友亮的店门口，孙友亮立马开始掌控全局，他走到卡车司机的身边招招手，又到卡车司机的左后方招招手，最后还到卡车司机的右后方招招手，自始至终一言不发，也不知司机看见他没有，但货车就在他的指挥下顺利地停在了一个毕恭毕敬的位置。货箱门缓缓打开，四个搬运工人围站在孙友亮两侧，这时候，老周、王离、小马哥，还有我，都一起过来，看着货箱中间那架包着五寸厚塑料膜的钢琴。

孙友亮冷静分析了一番，他觉得楼道太窄，楼梯与楼梯之间的起承转合也太陡，倘若硬生生地搬上去是很不妥的，且不说上楼的体力，在两个楼梯之间一百八十度的转弯之处很可能把钢琴折断。所以，他让几个戴着鸭舌帽的工人坐在了他的鞋店里，他和老周、王离围坐在外面，短短的几个小时里，他就想出了三个精妙的方案。

第一，雇佣一辆直升机把钢琴吊到窗口，然后在屋内造一个缓坡稳稳地接住。

第二，构造一个动滑轮和定滑轮的有机组合，用一种省力的方式把钢琴吊到窗口，然后再在屋内制造一个缓坡稳稳地接住。

第三，他要和那四个搬运工人一起把钢琴搬上楼去，只是处处都要多加小心。他强调了，要多加小心！

几经分析之后，他决定采用第三种方案。所以他又把那几个横七竖八睡倒的工人重新叫了起来，说要开始搬，可是等他戴好磨砂手套，穿好运动短裤，做了八节准备活动之后，工人已经把钢琴搬上去开车走了，其间并没有出现钢琴折断的事故。

从那一天开始，平江路变成了一个优美的地方，每天夕阳西下之时，男人们开始对着太阳，抽饭后的第一支烟，他们站在一起，并不说话，好像在等饭菜的余香和烟圈氤氲在一起。女人们开始往钱太太的门口走，不一会儿，细密的女人的说话声音就传开来。而使这个地方优美的，是蒋婷婷准时开始的钢琴声。你会觉得，历经了一天"呲呲呲呲"的铝合金声音，小

马和客人的吆喝，还有不少车经过门前的喇叭声，这样的夜晚
是整个平江路的休息。

　　我们都觉得蒋婷婷的钢琴技艺和孙友亮有着莫大的联系，
而蒋秋英对自己女儿的这些练习似乎并不太在意，她更喜欢那
些流言蜚语和公司里的事务。就连蒋秋英去对钱太太抱怨自己
的男人坏了多少事情的时候，钱太太都主持公道般地反击她
说："老蒋，你可别整天说他了，老孙赚钱的功夫可能多少是
差了一点，但是你看看他给你的女儿教得多好，这样的琴，我
倒不是吹牛，整个大新有几个人弹得出来呢？你说你辛苦是不
假的，天天在外面赚钱，管婷婷也少，他能在家里把心思放在
女儿身上，你也应该知足。"蒋秋英只好有点儿不服气，但心
里窃喜着点点头。

　　孙友亮对蒋婷婷教育之付出，是整个平江路有目共睹的。
自从蒋婷婷在兴趣班学了几年基本技法之后，孙友亮就开始到
处拜访名师，与他们共同讨论一个大钢琴家的养成问题。那一
阵他很沉默，那些名师都是有头有脸的人物，不是朗朗的师兄
弟，就是师承殷承宗的。他们的意见都是让他们自己成为婷婷
的家庭老师，为之成才加油助力。孙友亮发愁，一来名师太
多，无从选择，二来他一个也请不起。惆怅之余，他开始苦读
那些钢琴家的传记，终于找到了诸多在获得基本技法之后自我
钻研终成大师的案例，于是就和蒋秋英商量，无论如何，要给
婷婷买一架钢琴。

即便如此，孙友亮好像还怀揣着一种愧疚，他总和我的爸爸，或者老周说起，要是能给婷婷请个老师，婷婷或许长进得更快一些。渐渐地，他也发现，倘若只是一味跟着平江路上的其他人一起，胡乱夸奖着自己的女儿，这对她是丝毫没有好处的，譬如钱太太一经过蒋婷婷的门口，就要使出浑身的力气去说婷婷弹得好，但是她也和我一样，恐怕并不是很懂。所以孙友亮觉得，既然没有老师，自己起码也要能听出好坏，才能帮助到女儿。于是他就开始下功夫，对我来说，孙友亮下的功夫实在又太过火了。

他先是买了很多的书，都是些钢琴家的故事。看完之后，他就忍不住要去和老周畅谈一番贝多芬如何，讲来讲去都是贝多芬耳朵聋了。老周本还抽烟抽得有些兴致，一听到贝多芬耳聋的事迹，不禁搓了搓自己听噪声多年已然耳鸣的耳朵，就躲开了。那一阵子，买鞋的人可能抽开一双鞋，就冷不丁看到有一张画着钢琴家大脸的封面在鞋架上，瞬时吓得魂飞魄散。基于对一些大师的崇拜，他还印制了许多照片，裱在玻璃框里，挂在墙上，这其中，我所记得的，有瞪着眼睛看着你的贝多芬，还有穿着紧身衣的莫扎特。其余我就不认识了。但是一段时间之后，孙友亮觉得，光看这些故事总还是不得要领，竟读起乐谱来。他看起乐谱来摇头晃脑，好似那些符号所象征的声音已经在他的耳腔里回转起来了。但他拿着乐谱，总是不一会就睡着。

渐渐地，他才摸索出正道。一开始，他买了一个收音机和无数盘磁带，开始听古今中外的名曲，在鞋店里不分日夜地播着，他也听得饶有趣味。只是那声音太大了些，以至于买鞋的人和他说话总要声嘶力竭，可他总觉得正听到关键之处，是舍不得关掉的。如此一来，他的营业额越发地少，因为实在没人愿意买个鞋还承担喉咙嘶哑的风险。

总算时代进步了，磁带买不到了，孙友亮也只好和年轻人一样，把耳机插在耳朵里听歌，每每这个时候他走出去，蒋秋英就要说："一把年纪，插个耳机出去走路，害臊不害臊！"他要理直气壮地回复："我这是在和婷婷一起学习钢琴！你懂什么？"

就这样，他主要听曲，辅之以看书，偶尔看乐谱，形成了孙友亮特色主义音乐之路。等他逐渐丰满起来，晚上就上楼陪着女儿练琴。虽说他学了这么多，是为了能听懂婷婷到底弹得好不好，可是他从来没有发表过什么评论，好像对他而言，只有做过了如此多的努力，才有资格坐在一边听女儿弹琴。

后来，他的鞋店关闭，门面装修，瞪着眼睛的贝多芬和穿着紧身衣的莫扎特从墙上走了，那些传记可能随着皮鞋送了。孙友亮也让婷婷挑一些乐谱去练习，婷婷拿了几本。

现在，他也听钢琴，只是和我们一起，在晚上，听蒋婷婷弹出来的轻轻的音乐，每天一个小时。

在有关陈国平的纠纷发生之后的一天，蒋婷婷也变了，平日里一个小时的钢琴声，那天几乎持续了一个晚上。我原来一直都以为，蒋婷婷的琴声是好听的背景声音，倘若她弹得久一点，那也将是一种享受。可是那一整个晚上，所有的事情都在琴声中进行的时候，一切却是那样的不同寻常。

老周举着一份报纸在太阳底下抽烟，我已经放学了，夕阳时分，可阳光还是很烈的，他把报纸拿得离自己的眼睛挺远，而且眯着眼睛看，烟灰一旦落在报纸上，他就抖一下。王小李没有依偎在他的身边陪他看报上的笑话。孙友亮和王离走出来，老周没有像从前一样扯着嗓子问他们要不要抽烟，而是直接拿出香烟，一人发了一根，这一次，他们两人也全然没有拒绝，而是沉默地收了下来，于是孙友亮站着，王离蹲在花坛上，开始抽烟。然后便是小马从他们三个面前走过，大家也没有很欢腾地打一个招呼，小马哥笑了笑，朝他们点头，小马的微笑还是很阳光的，似乎是刻意去带动一下气氛，可是老周、孙友亮、王离三个人照样是纹丝不动，只是朝他点点头。

我觉得，平江路变了，别样的安静，在这样的路上，即使是发了酒疯的人一进来都不敢喊，不敢吆喝。这种安静很可怕，一下子令我想到了一幅漫画一样的画面：一个纯白色的病房里，穿着白色病号服的女人，安静，脸色苍白，手像是一张纸一样纤细。她的头歪着，眼光不知道聚焦在什么地方，只是你无论站在哪里，她都像是在看你。

我知道陈国平又来过一次这里，去了蒋秋英家和王离家，然后不声不响地出来，当时没有人知道他进去干什么了。他总是不声不响地，不弄出来一点动静，即使我在蒋秋英家的旁边，我也不知道是怎么一回事。等他走了好一会，老周跟我说："他还是要他们道歉，这个家伙，要是遇到我，早就鼻青脸肿了，即使我被他搞去坐牢，也是要让他鼻青脸肿的。"可是我觉得不会，老周是不会打他的，因为每次陈国平过来，老周即使是满腔怒火，老芳都会把他拉住，然后他们两个人一起在后面听收音机。

过了一会，老周放下报纸，又说："我觉得这个畜生有点像个疯子。"

"哪个畜生？"我问。

"不对，不对，不是疯子，疯子只知道大吼大叫的，没有什么实际用处，他不一样，他像是个什么特殊的神经病，不说话，可是满脑子坏主意。"

老周只顾自己说话，其实没有回答我的问题，即便这样，我也知道他说的是陈星的老爸。我也记得，有人骂姜子牙神经病的时候，当然，那不是什么一本正经的骂人，他还对我说，世界上所有的人都是神经病。我问他，所有吗？他说，所有。我想了想，所有，也就意味着我也是。

说完这句话，老周就进去找王小李，王小李在做作业，他的眼睛离作业纸很近，身体有点像是趴着的，王离还在外面抽烟，李秀明在干活，看见老周进来，笑笑就行了，都是熟人。老周径直走到王小李身边，摸了摸他的脑袋，说："讨债鬼，做作业头该要抬起来一些，不然眼睛要近视了。"

"我看他们班就有不少近视的。"李秀明回答道，"我说他什么也不听，你说了他倒是抬起来一些，不过你看好，一会儿又和原来一样了。"

"哎，小孩子就这样的，不过啊，以前倒是没有什么近视的，看来也不是做作业抬不抬头的问题，现在的小孩，整天手机、电视，能不近视嘛！"

"这倒是，不过小李倒是不找我们要手机玩，电视也看的，我要让他少看才好。"

"嗯，要少看。"

说到这里，两人又都没话，陷入了安静，老周在里面站了一会也觉得无趣，再出来，王小李还是那样一个姿势，做作业而已。大家好像都有自己的心事，却故意说些别的东西缓解压力一般。

那天晚上四处好像都冷清，夕阳座谈会都草草收场，只有路上行人是一如既往的，我们一家早早地上楼了，上去的途中，我看见蒋秋英拎着五粮液在不远处走着，背对着我们，陈国平正从姜子牙那个单元的门口出来。

这一切，都在蒋婷婷的钢琴声中进行着。

还有一件事我或许是忘记说了的，今天早上，王小李是一个人走去学校的，他哥哥没有开着那一辆电动三轮车送他去。

&

　　陈国平确乎是来过了，等他走后，蒋秋英悄悄地进了蒋婷婷的书房，蒋婷婷在弹琴，手指在那些黑色与白色之上跳跃，关节处棱角分明，蒋婷婷以挺拔的身姿坐着，台灯的灯光打上来，蒋秋英觉得自己的女儿很是漂亮。

　　她站在婷婷的侧面不远处，准备打断她，但又不舍，听了片刻，便入了神。婷婷也察觉到妈妈站在一边注视着她，边弹边转过头来看了蒋秋英一眼。蒋秋英笑了一下，示意婷婷继续。蒋秋英自然分辨不出自己的女儿在弹什么曲子，可是她至少能知道，这是一段安静的音乐，因为她分明地感受到了自己浮躁的、忐忑的心沉静了下来。有那么一段时间，她甚至忘掉了陈国平和肖丽丽，只专注于眼前的女儿，女儿那一双清秀的手。

　　她才知道自己从来没有完整地听过女儿弹琴，以前，自己的丈夫，如果那个已经陌生的身体还是丈夫的话，会坐在这里，完整地陪伴女儿。而她从来没有过，她接受别人对婷婷的赞美，也去台下看过女儿的表演，可是从来没有陪在她的身边，完整地陪她弹一次琴。

　　她已经习惯了找尽所有的理由去逃避生命中的温情，只有坚硬的抗争，才能伪装她徘徊在五脏六腑之间的不安。她要对抗的太多了，她攫取过一些权力和金钱，拒绝过丈夫温热的体重，把家庭中原本的和平变成混乱和无序。第一次，生命中的第一次，她站在女儿制造的声音里，觉得自己好累。

也许她站得也久了，婷婷练习结束了。她从凳子上起身，在屋内转了两圈，蒋秋英也进去走了几步，不知道从何开头。

"婷婷，妈妈和你说个事，刚刚陈星爸爸又来了，希望你，希望你给陈星道个歉。"

"我不去。我没有错，而且我知道，我没有推到他，兴许只是他自己后退摔倒的。我不去。"经过一两天的消化，蒋婷婷对这件事似乎已经是轻蔑的态度。

"好好，婷婷，你用不着生气的，妈妈就是来和你说一下他来干什么了，不是要劝你去道歉，你不要生气。"

"妈妈，他们怎么这样，明明是他自己的错，我没有错。"

"我知道，我知道，哎，可能是他们看见自己的儿子受了伤，心里很心疼。妈妈要是看见你被人弄得受伤了，也会不顾一切的。"

蒋婷婷抬起头来，头发遮下去一半，漂亮极了："可是他受伤也是因为他自己的原因啊，谁让他在学校里乱说同学了！"

"我知道，可是婷婷，你知道吗，陈国平叔叔和肖丽丽阿姨准备把王小李赶走。"

"为什么啊！"

"因为李秀明阿姨骂了陈国平啊。"

"他们……"

　　"婷婷，你听我说，不是所有的对错都分得那么清楚的，王小李完全都没有错，可是现在太坚持自己的对，反而容易受到伤害，知道吗，婷婷，你还不懂……妈妈就不多说了，我只希望你开心一点，我知道你做的事情是对的，可是如果在发生之前，妈妈甚至可能让你不要去帮助别人，现在发生了也就算了，你看看，新闻里有人搀扶了老人，是对的事情，可是最后呢，总之，很是复杂啊……"

　　蒋婷婷一句话也没有说，又回到钢琴前坐下。

　　她听到自己的妈妈出门了，知道她为了自己去道一次可笑的歉。她在反刍着刚才的那几句话，反刍着这几天发生的一切。她其实明白妈妈说的每一句话，明白李秀明说的每一句话，也明白陈国平说的每一句话，家庭的不和让她早熟又敏锐，她明白这件事情上所有人各自的诉求。可她不知道会怎么样，一切独立的东西联系起来又是那么复杂。

　　她有点埋怨这个世界，她觉得一切都和自己的想象不同。这份想象是从哪里来的呢，为什么柳老师在语文课上要让她们背诵"曰仁义，礼智信，此五常，不容紊。"明明这个世界上所有的柳老师都让他们的学生背诵过"曰仁义，礼智信，此五常，不容紊。"明明这个世界上所有的大人都在他的学生时代被他的柳老师催着背诵过"曰仁义，礼智信，此五常，不容紊。"当他们抬头四处观望的时候，有没有像自己一样困惑呢。

　　妈妈或许已经走出这个楼道，她开始不安，不自觉地，她的手指又搭在了琴键上，她要这样等妈妈回来。

　　蒋秋英拿了五粮液出门，往陈国平家走去，她要为了她的女儿道歉，她要为了自己在天宝的工作而卑微一次，可是她一点也不紧张，只是走着，她想起平时奉承夸张地对待每一个人，男人女人都说她虚伪，可是都没有什么，这一次不过是再夸张一点而已，没有什么的。为了一些东西牺牲一些东西，这样的法则她早就习惯了。她笑肖丽丽，可是她知道人人都是肖丽丽，牺牲的东西不同而已。她唯独希望陈国平在家，一是希望自己的诚恳道歉被他接受，然后年关再给自己新的工作合同，二是想和他把这件事完全讲讲明白就算了，让它快点结束，自己也不想继续这样思虑下去了。

　　她看见了陈国平正从姜子牙的单元里出来，往自己的家里走。起初她有些惊讶，可是这样也很好，起码确保了陈国平是一定在家的。天宝的经理，四处的应酬很多，倘若不在，自己毫无办法，而现在也算是有点运气，她乐观地想着。

　　于是她悄悄地跟在陈国平的后面，陈国平像是喝了一点酒的，气喘得很粗，即使蒋秋英在后面也能听到一些呼吸的声音。他还朝小区的花坛里狠狠吐了一口痰。蒋秋英还是在后面，等到他拐进楼道，蒋秋英便在下面听着，听着陈国平的脚步声一点点模糊了，最后伴随着一声比较响的关门的声音，才完全停止。蒋秋英想，我该在下面等一会，等一会再上去。

约莫是七八分钟后，她开始朝上走，每年过年的时候，她都来这里送礼，熟悉得很，四楼，她走着，突然有一种紧张的感觉浮动，她自己也说不上是为什么。到了，她又等了几十秒，才鼓起勇气按了门铃。"谁啊？"隔着门板，是肖丽丽的声音。

"我，蒋秋英啊，听得出吗？"蒋秋英故作轻松。

"来啦！"隔了几秒钟，门里幽深地传来。

又隔了一会儿，门才缓缓打开。肖丽丽也像是有点慌张的样子："啊，你这是……"但她立马看见了蒋秋英手里的五粮液。"先进来再说吧。"

里面还是一副老样子，什么东西都是豪华的，空气清新机器在工作，陈星在一边玩着拼图。

"星星，叫阿姨。"

"阿姨。"

"让阿姨看看，星星的手好点没有好不好？"蒋秋英凑上去，顺便也把五粮液放了下来。陈星旋转了一下手臂。

"快好了，不过前两天可是还天天痛呢。"肖丽丽帮他回答。

"哎，实在是……对了，陈经理呢？"

"国平啊，你知道的，他出去应酬了，很晚才能回来，生意嘛！"肖丽丽看着别处说。

"啊……"蒋秋英的两只耳朵突然轰响起来，体内一阵压力迫近到大脑。她下意识看了周围一圈，几个房间的门关着，陈国平在哪里，她想愤怒地吼出来："我刚刚看见他回来的，怎么不在呢？！"她张口了，这几个字就要飞出来又咽回去，她睁大眼睛看着肖丽丽，看着周围。

"儿子，进去玩吧。"肖丽丽不忘对陈星说。

蒋秋英觉得冰箱、空调都开始放大了，她说："啊，这么不巧，不在啊？"不是她真正想说的话，她的眼睛还在无意识地睁大，茫然的感觉还在心里。"他为什么不想见我，我来道歉了，我还做错了什么！"她的心里在呐喊，她联想着公司的种种事情，觉得自己的命运正在颠簸着。

"嗯，真不好意思了，确实不在。"

"啊，那算了，我坐会。"蒋秋英还在四处张望着，两扇关着的房门吸引着她的所有注意力。

"嗯，我去泡茶。"肖丽丽正要起身，蒋秋英说不用。

蒋秋英沉默着，心里很是紧张和忐忑，一点点地，她缓过神来。

"我是来道歉的，丽丽，所以随了一点礼物，是度数最高的五粮液，我知道陈经理是最好喝酒没有的，你们收着。"

"哎哟，这么客气。"肖丽丽用力地微笑了一下，皱出一些鱼尾纹来，但只一瞬间，便又消散。

"婷婷是姑娘家，脸皮薄，我就不叫她来了，其实她在家里也知道错了，也天天很愧疚地问星星的手怎么样了，我今天就一个人过来，真的，那件事实在是对不起，我知道小孩子的事也没有什么，主要是让，让星星吃了苦头是最不应该的，丽丽，你们就不要再放在心上了。"

"啊，婷婷没来不要紧，嗯，其实你不用买东西来，我们都是宝贝孩子的，你说现在都是独生子女，就算是磕磕碰碰，做大人的也心疼，那天看见他手上的伤，我也很生气，国平这个人你们都知道，更加宝贝孩子，他呀，也就是想说个明白，现在明明白白的，就是了，婷婷也该来玩玩。"蒋秋英实在是说不准，肖丽丽脸上的表情是诚恳还是奸诈。

"她不好意思。哦，对了，我光是给陈经理买了东西，实在不知道星星喜欢什么，怕买错了，这里是一张五百的超市的卡，市里也好用的，你给星星买点东西，当我替婷婷赔不是了。"

"哎，你这是干什么，不用这样，不用不用，他要吃什么我给他买就行了，真的不用。"

"收着，主要就是来给星星道歉，怎么不收？"肖丽丽照例推辞了片刻，最后轻轻一拃，放在茶几上。

"以后公司里，还希望丽丽和陈经理多包涵的，都是邻里，希望不要有什么隔阂，真是不好意思。"蒋秋英说得很虚弱，她觉得心里很沉重，她还在想："为什么陈国平那畜生不出来见我。"

这一次，肖丽丽没有回答，公司的事，她似乎不愿意给一点点承诺，蒋秋英心知肚明，只能起身回去。

她不甘心，她走到一扇关着的门前："真是不巧，没想到陈经理不在！最该当面对经理道歉。"她的眼睛直勾勾地盯着门，似乎把木板看穿了过去，陈国平在里面伏在门上偷听，也可能不以为意地玩着手机，他一定在里面，一定在里面。她的眼睛盯着门把手，她想要借着说看看房间，立马冲进去，让陈国平这个畜生出现，揭穿他们，或者看看肖丽丽甜蜜的嘴里还有什么谎言来阻止自己打开这扇门，她太想试一试了，她的手几乎要伸过去。

"嗯，确实不在，不过低头不见抬头见的，下次再来玩吧。"肖丽丽温柔的嗓音让她的手缩了回来，斗不过他们的，揭穿了，我是对的又怎么样呢，她像是在告诫蒋婷婷一样告诫着自己。

她已经从里面走了出来，路灯开始歪歪斜斜，路开始弯弯曲曲，"为什么"这三个字在她心里疯狂地闪烁。她走到自己的家门口，把钥匙拿出来，一圈一圈地寻找打开家门的那一把，可是转了好几圈，也没有找到，每一把钥匙都是一样的，都没有区别，她敲了门，孙友亮开的门。

自从分居以来，孙友亮很少夜里出现在楼上了，他听到婷婷今天的琴声特别地久，他又回到了那个位置，听自己的女儿弹琴。他知道妻子要去陈国平那里了，他也和婷婷一起等她，他觉得，买钢琴是他人生中少有的正确决定。

蒋秋英进门后，孙友亮给她揉肩膀，她有一种倾诉的欲望，可是只能找到一些破碎的、愤怒的句子。

"我看着他上楼，在家的，他为什么不出来。"

"好了，不要再想这件事了，礼到了，该说的说了，就行了。"孙友亮安慰着妻子。

"他是铁了心不和我们和好，我以后在公司怎么混，什么行了，行了！陈国平那个狗日的要把我开除就是一句话的事情啊。"

"或许不是你想的那样，他喝酒了，没精神接待客人也可能。"

孙友亮今天的按摩没有一点点舒服的感觉，手像是两个负担在她身上。孙友亮还把手伸进蒋秋英的衣服里，冷冰冰的，像一块海绵，仿佛生活的琐碎可以让欲念也蜷缩起来。

"陈国平这畜生，这狗日的，为什么不出来，为什么为了这件事排挤我，我想着赚几年钱呢。"

孙友亮知道劝她也没有什么用处了，就离开了，继续履行他们俩的分居。

肖丽丽躺在床上，回想着儿子和她说的话。那天柳先生处理完，晚上陈星就和她说了自己拿公告去的事情。

"妈妈，你可以不要把我拿公报取笑同学的事情告诉爸爸吗？"

"妈妈，当时太乱了，也许婷婷姐姐只是推到了我一点，也许没有，我后退的时候，太乱了，摔跤也很正常。你们不要再去找婷婷姐姐了好吗，也不要找王小李了，也不要让老师再问了，好不好？"

陈星纯洁的眼睛看着自己，她觉得儿子是坏人，她真的这么觉得，可是一切都像泼出去的水了，陈国平不可能让自己的面子遭到损害，不可能让一个李秀明轻松地辱骂自己，这一切都不可避免地发生了，即便是儿子告诉了自己真相，她肖丽丽也无法阻止任何一件事情了，而她自己也开始期盼这件事情早点结束好了。她也想到了钱太太，她知道自己也不可避免要让这个老人失望。

她还想着蒋秋英无奈的神情，可是这个时候，陈国平洗完澡，也回来了，灯一下子被关掉。陈国平有点浅浅的醉意，他上床之后，把手伸进她的睡衣，不太用心地撩拨着欲望。一种痒痒的感觉遍布全身，可是她还是矜持着，不发出声音。

如果警察没有抓你，那你还会不会偷。

她也看过王小桃的那张公报。

如果刘小宝没有让我进去，我的第一点红色会不会给那个丑陋的男人。

这个句子在她的脑子里碰撞、游走。

"啊。"陈国平呻吟着，欲望在她的体内喷射，死亡。

"会的。"她甚至轻声说了出来，会的，我会自己进去，即使不在那一天、那个地点，罪恶在念头产生的瞬间之后就不可能停止，只能顺其自然。

蒋婷婷的钢琴声音戛然而止，蒋秋英双臂抱着自己的女儿。

"婷婷，妈妈今天受委屈了。我去道歉，陈国平那个狗日的不出来见我，连见我都不愿意。肖丽丽那个婊子也骗我，妈妈受委屈了。我礼物也买了，也低声下气了，他们怎么能这个样子。他们权力大，有钱，可也不想想钱是哪里来的，也只有刘小宝这个混账东西，养了一只狐狸精啊。我去，他不见我，我也懂什么意思了，看来妈妈在公司里也不会好过了。不过婷婷你放心，妈妈没有关系的，我不是怕委屈，我是担心失去工作，婷婷你要念书，用钱的日子还多呢，妈妈委屈一点不要紧，不然那个狗日的公司我不去也好。但是婷婷你不用管，你不用担心，你认真念书，努力就好了，你念书的钱是一定有的。今天我有点控制不住，女儿，妈妈才来和你讲讲心里话，没关系的，没关系的……"蒋秋英的眼泪无声地流着，婷婷的眼泪还在打转。

"妈妈失态了。"蒋秋英去洗了脸回来，婷婷还是呆坐在钢琴的前面，一动不动，也不转过脸来让妈妈看到自己的泪水。

蒋秋英故意让氛围变得轻松一点，她问："婷婷，你刚刚弹的是什么？"

"我也忘记了。"

"你再给妈妈弹一首听听吧，说来也是惭愧，妈妈也没有好好听过你弹琴呢。"

"你要听什么？"蒋婷婷的声音冷冷的，其实是在抑制自己的泪水。

"弹你喜欢的，妈妈也不懂……肖邦，莫扎特，贝多芬，哈哈，你看妈妈也知道一些弹钢琴的，婷婷，你最喜欢的音乐家是谁呀，弹了这么久。"

　　"柴可夫斯基。"

　　等蒋婷婷弹出第一个音符的时候，眼泪就落在了一个白色的钢琴键上。

　　如果文字可以记录或者说描写音乐，那就记它下来，写它下来，可是不能。

才华

　　很久一段时间，我都没有见到过姜子牙，就在那次他儿子的大事件之后。孙友亮说："姜子牙现在神经病了。"我也不知道是不是真的，因为我不知道神经病是什么样子，等我再见到他的时候，我和他下了一盘棋，便知道他和原来是很不一样了。

　　不过，我还是先看到他的儿子出现在众人的视野里。姜子牙的儿子之前是做服装生意的，赚了许多钱，对于他，我恐怕是很难忘记了，因为我只要一练书法，用的就是他的砚台。其实他送我的是一个笔墨纸砚大套装，只是笔是羊毫的，我不喜欢软趴趴的羊毫，纸也已经用完了。当时我最惊奇的是里面的墨条，我是这样称呼它，古人会用它在水里磨来磨去，然后水就变成墨水。一开始我对它很有热情，可是写上二十分钟字，要花三十分钟磨墨水，实在称不上方便，就不再用了。所以如今就只剩下砚台了，那个砚台很豪华，很大，上面还雕刻了一个龙头，只要用那个砚台，我就会想起姜子牙的儿子拎着笔墨纸砚笑嘻嘻地送给我的情形。只是现在我觉得，这个龙头太浮夸了些，我暗地里打算早晚把它换了，这样一来，笔墨纸砚就全都没了。

等他欠钱的风波过去了，又重新出现在平江路上的时候，他又是第一个来我家，说要看看我写字，看看我写字就要看看他自己买的砚台。

他说："童童，这个，挺好用吧！"

我看了他一眼，点点头。

"诶，好用就好，幸亏当时我抓紧给你买了一个，现在无论如何是买不起了。哈哈……"他笑得有点无中生有，说是来看我练字，他却是一直盯着他买的砚台在那看个不停，我很害怕他要把砚台要回去当掉，更怕他让我把笔墨纸也找出来还给他，那些东西没人能找得到了。但是总算他没有这么做，只是很喟叹地摸摸那个砚台的龙头，眼睛发亮，我猜他一定是回忆起了往昔的峥嵘岁月。

我自然也有我的企图，我在看他的手指，不出我所料，他果然是在热天也戴了一副薄薄的黑色手套，像是足球运动员一样，王小桃有时候看足球，我也跟着看过几分钟，有的运动员就戴着手套踢比赛，我问王小桃为什么，他说是因为帅气。而现在黑手套在小姜手上也挺帅的，我在找那个被砍掉的手指，所以目光盯着他的手套，他似乎看出来了，对我笑笑，然后故意遮一遮。可最后还是被我找到了，是右手的小手指位置，在那里手套完全就是空的，撑在桌子上，手套就瘪了，晃动一下手，那节手指就身不由己地随风晃动起来，于是我断定，就是那个手指被砍掉了。无法可想！一看到它就好像我的也被砍了一样，背上凉风习习。

第二个出现的是姜子牙的老婆胡春兰，她开始恢复平常的生活，在小马哥的店里买菜，一如既往地，她好像没有什么明显的变化，我一直觉得她和姜子牙是不太搭配的，姜子牙很好玩，可是胡春兰没什么意思，每次都穿着老太太才会穿的印花的紫色外套，老气极了，她和路上的人打招呼的时候，脸皮动也不动，就是嘴一张一合。我总是觉得一定是胡春兰不喜欢平江路上的人，可孙友亮说："等你有二三十套房子的时候，你也可以打起招呼来脸皮动也不动，只是嘴一张一合。"孙友亮真是天才，现在她的房子被用去还债了，她打招呼竟然对别人笑了起来，脸皮也就不可避免地动了起来，整个人随和了很多。

好像非要等妻子和儿子打探好了楼下的形势，将军才能出马一样，姜子牙最后才出现。他着实是从内到外都很不同了。首先是他的头发，倒不是说白了很多，是往后了很多，秃了很多。虽然我听说过聪明的脑袋不长毛这样的说法，可是还是觉得秃头不太美观。再一个就是瘦了整整一圈，倒不是没有力量的瘦，看上去更加精壮了，因为肌肉和骨头都出来了，身体上的每一个部分都像是青蛙腿一样。还有外在的不同，是手上的《人民日报》已经没有了，只是把手背在后面，一步一步慢慢地走，每走一步都是很明显的外八。

至于内在，就很微妙了，一开始我以为是偶然，见过了才知道是真有变化。他不戴眼镜，之前也没有听说他是近视，可是他现在看起东西来眼睛就是眯着，如果他看着你，你一定会相当的难受，就好像他看透了你，又有什么把柄在他手里似的。笑起来也不是从前"呵呵呵呵"的豪爽了，而是冷不丁给你冷笑一下，你要是和他待在一起准是要精神失常的，你永远不知道他到底什么时候会冷笑，一冷笑就好像又突然间看穿了你什么新的罪恶一样，他现在就是这样叫人讨厌。而他从前，起码是让我喜欢的，因为他很有意思。

孙友亮一见他下来，就给予了老同学应有的关怀，从门面房里面走出来，拍拍他的肩膀，而姜子牙呢，感知到有人拍他，他立马很警觉地停下来，停了一会他才像是机器人一样缓缓转过身子，头向后倚靠，眼睛眯着，藐视地看着孙友亮，好像在说："你要做什么？"

孙友亮问："怎么样，现在债还清楚了？"

"嗯。"声音大约是从鼻子里硬生生地哼出来的。

"这么一来，房子还剩几套？"孙友亮接着问。

姜子牙瞧着他，就是不说话。

"嘿，问你话呢，你待在那里干吗？"

"你管他剩几套！"

"我问问你呀，你这家伙，不识好歹，怎么回事！"

"房子么，有的住就好了，要这么多干吗，要这么多有什么用，人一死，只要住在一个小盒子里，我才不管他几套！"

　　"你个棺材腔，什么死不死的，晦气东西。"于是孙友亮也不问了。

　　姜子牙现在走到哪里都是这副样子，对所有人都是爱理不理的。我也许说过和他下棋的事情，他也不让我一只车了，还下得一塌糊涂，说实在的，现在的姜子牙真是没有了一点乐趣。而他的冷笑和蔑视还惹得人人都对他生厌了，老周说："以后不要他站到我店门口来了，晦气得很，像个死人一样不说话。"可是孙友亮还是帮着他的老同学说话的："他儿子的事情给他的打击太大了。"可是我觉得小姜的精神却还不错，倒是姜子牙受到了不可逆的伤害。所以老周补了一句："我看不是儿子，是房子。"

　　从前每个人都说姜子牙妻管严，怕老婆，可是他在外人面前还要装强势，说从来不怕的。可是现在也原形毕露了，他倘若在楼下转转，隔着几十米，胡春兰喊一句："老姜，回来！"姜子牙就像是机器人被按了遥控，慢悠悠地，不说二话，就上楼去。渐渐地，胡春兰真就明目张胆地成了姜子牙的主导人物。

　　我一直觉得胡春兰是个标准的悍妇，虽然说蒋秋英经常和孙友亮吵架，可是蒋秋英的吵架还是很女人样式的，靠着一张薄薄的嘴皮子，稀里哗啦的话倾泻而出，让别人没有了什么招架的余地，功力在于绵延不绝。可是胡春兰要是与别人闹矛盾，可就是很凶猛的了，我以前是见过一次的。就在菜市场上，她大概是问卖菜的老头买了一些菜，称了一下是三块六毛七，那个老头收了三块七，她立马就问怎么让你进一位，不是让我退一位，说着，衣服袖子立马往上一卷，两只孔武有力的粗手臂就插在腰间。而那个买菜的老头是弱不禁风的，可还负隅顽抗，说七比较大，进也正常。她的手抡出来，说那就收我三块六毛七，手臂直挺挺伸到老头面前，摆了一个"七"的手势。老头可怜巴巴地说，实在没有一分一分的，平时就是这样算的。这时她二话不说，刚才还摆成"七"字的右手抡圆过来，又实打实地抓了一把菜放进去，转身便走，一点不买账。我看她新抓的那些菜，倒是又值上三块六毛七了。那个老头就只能眼巴巴地望着胡春兰。那天我妈和我一起去逛菜市场，就看到了这暴力的一幕，回来之后，妈妈很不解："胡春兰和姜子牙这么有钱，还在乎这点，看来我们是很不节约的了。"爸爸说："你没听过老话吗，越有钱越精明，越精明就越有钱，老话错不了。"

之前老周第一次见到姜子牙的妻子的时候，就问过孙友亮："姜子牙这么一个滑稽的才子，怎么弄了这么野蛮的妻子？"

孙友亮笑笑，说："这里面要说到高中的许多事情，他们俩复杂着呢。"于是没有说下去，可是孙友亮很无聊，等到一天，他还是细细说了说胡春兰的故事。

"以前高中的时候，姜子牙是出了名的风流才子，喜欢学校里的一个漂亮的女同学，就每天给她写诗，现代诗，什么玫瑰什么的，我也拿这个嘲笑过姜子牙，可是当年哪怕再浪漫的东西，现在谁还记得，无非就是说说笑话的东西，但是当时在学校也是轰轰烈烈的，搞得是满城风雨。可是那个女的呢，和姜子牙很暧昧，也说不清什么关系。但是当时，胡春兰也喜欢姜子牙，胡春兰是棉花厂老板的女儿，就是喜欢他，揪着他不放。后来姜子牙和那个女生也没了联系，又说要炒房子，没有钱，胡春兰硬问他老子要了几十万给姜子牙炒房，说是在家里又哭又闹，不吃饭，这也是要很大的勇气的。后来姜子牙赚得多了，最后就和胡春兰结婚。可是结婚了这个姜子牙还是风流呀，不老实，经常和一些洗头房里的地下工作者不清不白。有一次也不知道怎么回事，胡春兰闹得要割腕，把姜子牙弄回来，弄回来之后胡春兰学狠了，里里外外一把抓，对姜子牙也狠，弄不好要打要骂，终于把他管得服服帖帖。你看看现在，姜子牙怕老婆了吧？"

老周听了就说："这种是要狠一点，有的女人就是要男人狠点对她，她才老实，男人好好对她呢，她反而不老实，这个男人也是一样的道理，像姜子牙这种，到处惹得一身骚的，就是要让他的皮不痒了，他才服帖。"

孙友亮听了笑："道理也是有点的，也不全是，说到底，胡春兰就是要他，没办法的，什么都做得出来了，姜子牙你别看他一天到晚神经兮兮，女人倒是把他当抢手货呢，等他不疯了，没了那股子劲道，女人也不喜欢了。所以这东西，也矛盾！"

　　不知道为什么，我觉得这个故事还挺好玩的，而且我倒也不像他们这样不能理解，我觉得之前的姜子牙连我也是很喜欢的，那别人喜欢他就不足为奇。只是他现在变了样子了，可能对胡春兰是彻底服帖了，可是我也不喜欢他了，不知道胡春兰还喜不喜欢这个事事都对她服服帖帖的姜子牙了。

　　姜子牙现在就和陈国平走得很近了，应该说是陈国平和他走得变近了，就是从那一天开始的，也就是在柳先生家请客那一天，陈国平和姜子牙打招呼都变得勤快了，而之后，更是在姜子牙家里又喝了一顿酒，那天，我看到他去了姜子牙家，蒋秋英后来也看到了。

　　那一天陈国平拎着一瓶白酒、一袋羊肉、一袋羊蹄子就上了姜子牙家里，姜子牙吃晚饭早，陈国平万万没有想到姜子牙这家伙已经自顾自地吃了一半了，可这也不能怪他，陈国平是不请自来的。

　　胡春兰看见陈国平来，好像是有点不情愿，可该有的客气要有，她说："哟，陈老板怎么来了，我们已经开始吃了，没有多给你烧点饭菜。"

　　他把酒瓶子拿出来晃了一下："不用不用，我就是来看看老姜的，我还专门给你们带了羊肉和羊蹄子，我就是来和老姜喝喝酒的，你看看，我酒也带了，菜也带了，就是为了不麻烦你们。"

　　"那，那快点来坐下吧。"

　　"老姜，我听说你爱吃羊蹄子，我特意让他们留了三个，我们啃啃啊！"

"我没有说过吧，兴许说过，不过我没有吃过这东西呢。"

看来陈国平完全就不知道姜子牙喜欢吃什么，可是这么一说，说你爱吃，我特地去买的，就显得很让人感动。

于是，一会儿，桌子上多了一双碗筷，三人开始慢慢地吃，胡春兰是光吃饭的，而喝酒的人要慢慢地一小口一小口地抿，胡春兰心里都有点焦躁了，可也只能坐在一边等着两个爷吃好喝好。这导致她缺席了那天的广场舞。

"老姜，上次在柳先生家里，吃得还开心吧？我陈国平招待得还算周到吧？"

"嗯，不错。"姜子牙手里正捧着一只羊蹄子慢慢地啃，说话声音也模糊了。

"那就好，那么……"

姜子牙自顾自打断了陈国平："你看看，这羊子的脚倒是白净，和小姑娘似的。"说着自己笑了起来。

"不白怎么拿出来卖，老姜又喜欢说笑了。"

"可见这些羊子也是天天洗脚，天天做做足疗呢，啊？不知道有没有妹妹给它们按摩一下的。"姜子牙又阴冷地大笑起来，陈国平只能附和。胡春兰斜着眼睛白了姜子牙一眼，可是姜子牙没有看见。

"老姜……你听我说。"

"你说啊，我说我自己的，你说你的，不要紧，我听见呢，至于这个足疗，看来羊比人舒服一点。”

“那么那天商量的事情，你考虑得怎么样了？”

“什么事啊？”姜子牙一脸茫然。

“你不记得了。”

“什么事？”

“关于那个租你房子的江西人的事情。”

“江西人出了什么事啊？”

“我们上次不是商量了吗，你记不记得，江西人对我可是出言不逊，破坏了邻里关系的，哪里像我们两个这样融洽。”

胡春兰听到这里，有点愠怒，自己去打开电视，还故意调高了音量。

“啊，那你想？”

“这不是我想，这是必然趋势，一个破坏邻里关系的人，一个出口骂人的人，一个教育出小偷的人，是注定了要被时代淘汰的人，怎么可以待着？待在这里让他和更多人发生不愉快吗，肯定是不可以的，你说对不对，老姜，上次你也说了该怎么办了，君子一言啊，老姜。”

“唔……”

“我听说老姜以前可是才子！哈哈，是不是，以前写诗都会的。”

听到这个，姜子牙突然就笑了，很开心似的：“哎呀，过去的事，不要再提了。”

“那也不能忘记我们姜大才子的，出口成章的，听说小姑娘都被你的才华啊，迷得不行了。"最后一句凑到姜子牙耳边轻轻说的。可是胡春兰似乎知道了，遥控器"啪"地摔出了声音。

"哈哈，过去算是有点本事，现在不行了。"姜子牙谦虚道。

"诶，我看我们老姜是一直有的，你在这件事情上面，好歹拿出一点才情给大家看看！你说对不对！"

"什么意思……"

"好好写一写，数一数为什么让他们走，他们为什么必须走，要论得头头是道！老姜，你是大才子，有这个水平的，我们决不能让这种事情再发生吧？"

姜子牙又干了一口，两人都有点醉了，姜子牙猛地站起来，转了两圈身子，做唱戏的样子，大喊："倘能转祸为福，送往事居，共立勤王之勋，无废大君之命，凡诸爵赏，同指山河。若其眷恋穷城，徘徊歧路，坐昧先几之兆，必贻后至之诛。请看今日之域中，竟是谁家之天下！这个叫作檄文，哈哈！檄文！"

"哈哈，好！好！就要檄文！"陈国平放下筷子，也站起来拍手大喊。

这些谈话，也是日后胡春兰说出来的，后来我看见胡春兰的妹妹，和她姐姐是一样俗气的，只是更加穷困一点的样子。那天胡春兰给了妹妹几十个自己做的包子，还非要给妹妹买点水果，妹妹不要，胡春兰也硬是给她："孩子正是长身体的时候，你不为了自己拿。"

妹妹也问胡春兰最近怎么样。

"哎，现在姜钦峰这个老猢狲太平很多了，怎么说呢，可是和我们这的陈国平搞在一起，妹子，阿姐也不要他去弄钱，之前炒房子赚了这么多，一个变故也就弄光了，我就要他安安稳稳的，像被我制服了一样，多好，别去弄别的乱七八糟的事情，就是一家人穷死我也开心了。"

孙友亮果然知道得多，胡春兰就是要姜子牙这个人。

一个声音，意味着门被一只手打开又关上，胡春兰走了出去。姜子牙视野里没有了胡春兰，胡春兰的视野里也没有了他姜子牙。姜子牙走进自己的书房，桌子平铺直叙般展开，没有像思绪一样打转，他用双手打开了两个抽屉，一个里面乱哄哄的，另一个里面同样是乱哄哄，一个里面躺着无数药物，药物意味着阴茎勃起障碍，另一个里面有一个长方体样式的盒子。他关上一个布满药物陷阱的抽屉，把有盒子的抽屉拉得更大一些。盒子里还有更小的盒子，更小的盒子里装着一支黑色的钢笔，钢笔意味着文字即将流出，文字意味着写文字的人多少有所意味。姜子牙把钢笔抽了出来，放在眼前，眼睛眯起来细细地看，黑色也不是全黑和墨黑，而是可以反光的黑色金属的颜色，姜子牙的背面是一扇窗户，窗户意味着与外界信息的联通，此时的信息就是一缕太阳的光束，光束打在钢笔上，钢笔有一道金黄展露出来。

放下钢笔，姜子牙打开了两个柜子，一阵旋转的灰尘从两边一起飞扬出来，灰尘意味着久远的时间，旋转意味着开阔的空间。一个柜子有书本，另一个柜子里也有书本，书本意味着文字的有效排序，甚至有时意味着文字的优秀卓越的排序。姜子牙关上了一个柜子，灰尘又旋转了一阵，从另一个柜子里面拿出了一叠纸张，姜子牙猛地对着纸张吹了一口气，灰尘这一次不是旋转，也是在空中平移出去。

拿出纸和笔意味着流出的文字将要被承载。姜子牙的书房有一张坚硬的木凳子，这张木凳子伴随他从高中到现在。姜子牙拿起笔，想象着自己的才华即将依靠笔展露出来，这一叠纸已经旧了，他随意翻阅，发现有一些纸张并不是想象般的空白，而是爬满了以前的笔迹，这些笔迹是陈腐的尸体和标本，将永远地被囚禁在纸面上。

"见到你，我似乎有点理解为什么要把爱情比作玫瑰，要把玫瑰比作爱情……"他读了起来。

你是谁。

几十年前，这里的初中和高中在一所学校里，用着几个平房在上课。在晚自习下课的一瞬间，姜钦峰就跑了出去，地砖是老式的有点像花花绿绿的鹅卵石的式样，楼梯的每一阶都很扁，倘若一个年轻的生命在上面奔跑起来，会觉得很不适应，要两个一跨才过瘾。书包是斜着背在腰间的，里面装着外文、语文和数学课本，只有语文书是被姜钦峰翻了又翻的，特别是诗歌那几篇，姜钦峰没事就拿出来看一看。他不喜欢在教室看，教室是封闭的狭小空间，人头在肆无忌惮地拥挤着，以至于剩余的空隙连一首诗都装不下。他也不喜欢在教学楼里面看，即使教学楼大了很多，可是抬头也没有星星和月亮，有时候突然走过的老师总要把诗句撞得七零八落。他要奔跑，跑出来，空气如同漩涡一样充足，星星像是眼睛一样近在咫尺，月亮还是要遥远一些的，离得太近就要被喊出来的诗句惊吓到了。他在楼梯上奔跑，跑出楼梯的那一刻，身体轻盈得像一阵风，前面的每一段路程都好像有所期待，一直奔跑，到操场上的时候停下来。黑色的跑道，布满了沥青的碎屑，中间是足球场，足球场承载着有序的草，草在夜风中摇晃。四处虚无，像是浸满了水的游泳池一样安静，远处他人嬉笑的声音像是水面上的世界传来的，而他在水下徜徉着，等待着。

你是谁。

"即便是茉莉的恬淡，兰花的优雅，牡丹的华贵，总是不及玫瑰的，玫瑰的激情，可是也孤独，正像是我爱你一样，多像……"

你是谁，在青草和野花的摇曳里，在游泳池一样宁静的水波里。一成不变的校服下面是一个纯洁的、活泼的身体，她在月色下面解开了头发，纤细的手指在一缕发丝之间轻轻地挑拨，一下子，头发也像是一个涟漪，清清地荡漾开来，姜钦峰在等待，等待这个女生把头转过来，看看头发下面无与伦比的美丽。奔跑的喘息还没有完全停止，姜钦峰读出来的诗句好像在水里凝固了，还没有传播到女生的耳朵里去，姜钦峰起了反应，指向月亮，这不是欲望，姜钦峰知道，这不是淫欲，这是一种无意识的反应，美好的、瞬间的生命力在展开，在衍生，在与月亮贯通在一起。

她是谁，她有没有听到我读的、我写的诗句，有没有感受到我全部的、想送给她的才华，她为什么还没有转过身体。

相反的，身体在走远，每一步似乎都没有碰到跑道上的沥青，真是在水里游动的一般，姜钦峰好像已经感受到了女生的白得像玉的手甩起来的涟漪，一点点一点点冲击着自己的皮肤，他朝那里走过去，他不敢奔跑，似乎一丁点野蛮都是被拒绝的，只好慢慢地走。

"正像我爱你一样，多像，倘若我爱你爱得更深一些，倘若我要把你抓得更紧一些，你的刺就要让我受伤，可是我欢喜看到带着爱情的血从我的指缝间流淌出来。"

你是谁。

姜钦峰走得要比她快一点点，可是她却一点点一点点离他更远，在追逐的一路上，他碰到了自己凝固了的、破碎的诗句，他的眼睛砸碎了"把玫瑰比作爱情"，他的手指碾碎了"兰花的优雅"，他的鞋子踏破了"正像我爱你一样，多像"，空气吹走了"可是我欢喜看到带着爱情的血从我的指缝间流淌出来"。原来这个女生一句也没有听见，诗句分明都在空气里凝结着呢。在她走出姜钦峰的视野之前，姜钦峰以为，这就是永恒的颜色，月色，女色，诗色。青草摇摆身姿，少年摇摆脚步，女生摇摆头发，诗歌摇摆爱情，爱情摇摆诗歌。他真希望凝结起来的不是诗句，而是时间。可是他追不上了，自己纵然跑得很快了，又追逐起来，可是在姜钦峰这里，时间太慢了，他注定追不上了。

你是谁。

可是我欢喜看到带着爱情的血从我的指缝间流淌出来。血和手指。

西装手里的刀下降了两厘米，儿子的手指奔流出血迹，号哭的声音在空间里布满，游泳池被污浊的血水灌满了，自己在挣扎着命运，儿子在挣扎着神经传导的痛楚，胡春兰在挣扎着丑陋的嘴角。

那一刻，他的阴茎全然疲惫了，包皮余出长长的一段，睾丸震动着，颤缩着，太阳的火辣似乎一下子让他浑身赤裸。黏糊糊的感觉遍布了全身。

他一直在妥协，让诗句打碎，让自己迷入金钱流转的游戏人生里去，让游荡再打发去两三个小时，让低劣的玩笑掩盖高贵的才华，让胡春兰赤身裸体地站在自己的面前，让私密放在胡春兰粗糙的农家女人的手里，然后对着她的裸体强制性反应，让自己在胡春兰的身上，抑或是让胡春兰在自己的身上，开始摇摆，不是青草摇摆，不是星空摇摆，不是诗句摇摆，不是那个女生的发丝摇摆，是胡春兰有力的大腿在摇摆。而那个女生，现在应该也是女人了，在哪里摇摆？

一阵声音响起，意味着一只手打开了门然后又关上了，意味着一个人进入了姜子牙的家里。这个人大约只能是胡春兰，她拎着一块肥硕肮脏的肉和一把瘦如脊骨的菜，把卷着的几张十块、五块和一块扔在桌子上，钱上爬满了细菌，似乎那一块的空气也全然污浊了起来。

他意识到自己的钢笔在运动，在一张老旧的、泛黄的纸上。

六千三百里长江，横跨中国，西起青藏，东入崇明，浩浩汤汤，归于大海。沿线十一个大省，有幸踏过江苏。千年名城苏州，名震天下，诗词歌赋，才子佳人，层出不穷，八千五百平方公里，有幸覆盖此地。长江下游，砂砾堆积，土壤绵软，故称之沙洲。立于中华之东，苏州之北。东与常熟接壤，南与无锡相邻，西与江阴相对，北滨长江，与如皋、靖江隔江相望。古来富庶之地，万世鱼米之乡。

改革开放东风吹拂，时代列车高歌猛进。先锋振臂一呼，万夫相应，团结拼搏，负重奋进，自加压力，敢于争先。精神建立，面貌不同。短短十余年，日新月异。松沙软土，全然不见，高楼大厦，鳞次栉比，经济开放，码头林立。长江之上，千帆竞发，改革成就，闪耀神州。当是时，沙洲正式更名张家港，一时之间，港城速度，风靡全国。

如今之张家港，物华天宝，人杰地灵，不仅称之全国文明城市，更被谓为联合国宜居城市。为何宜居，诸君且听我道来，古语有云："仓廪实而知礼节，衣食足而知荣辱"。张家港众领导者高瞻远瞩，深知欲建设文明，必先发展经济，欲先发展经济，必先做好交通，于是统筹各地，规划城乡，各司其职，英明神武，港城大道，一脉贯通。金丰建立钢厂，杨舍娱人耳目，塘桥高铁在即，大新位于港城之北，其大新人性格刚烈，热情能干，自古不甘示弱，五金之传统强项一起，天宝即刻立于全国前列。中央冠名，"全国五金之镇"，众人无不欢颜。于是之，方向确立，一代老革命把守船舵。自此以来，百业俱兴。如今，张家港乃全国小康之城市，仓廪不可谓不实，衣食不可谓不足。

仓廪既实，衣食已足，则礼节当立，荣辱当记。上层高屋建瓴，礼义科教标杆林立，地方着手细微，港城教育润物无声。教学品牌雨后春笋，梁丰高中铸就辉煌，省级大学逐渐入驻，成人教育深入城镇，全民素质火速提升。多年努力之后，今日之港城，城市外表美丽，道路笔直，树木翠绿，满眼春色，高楼大厦，布局精良。放眼望去，一片干净，长江水波，清澈见底，空气清新，风和日丽。此乃金玉其外，更是金玉其中。今日之张家港人，生活富足，三餐营养。精神焕发，步伐有力，走进小康，走向现代。四书五经，人人入门，科学民主，个个运用，女慕贞洁，男效才良。文明用语，邻里和睦，互相尊重，一派融融！才高八斗，人才辈出，走出港城，走向世界！

大新紧靠长江，吃长江水，做大新人，感恩长江，感谢祖国，道路多以家国、长江命名，于是乎，平江路应运而生。一侧居民富贵之楼，一侧大众温柔之水。一经建成，即为港城道路之佼佼者，港城素质之代表者。一直以来，阡陌交通，鸡犬相闻，路不拾遗，门户大开，喜迎天下之客。各行各业之精英，各城各省之人民交汇于此，欢聚一堂。居民素质高昂，你好hello，谢谢thank you，不绝于耳！文明道路，当此冠绝！和谐之景象，足以值得平江路所有公民，携手至死捍卫。

呜呼哉，可千里之堤，终毁于蚁穴，不和谐之事，竟有所体现。平江路上，王离一家，自江西赶来，必定是倾慕港城文明之名声，要来此感受教化。可还不知此地风俗礼节，铸下大错。陈国平文明人一枚，奈何遭此毒手，突进王离门前，竟遭其妻子破口大骂，遣词用句，不堪入耳。气愤之后，国平冷静，至于我家，细说端倪。作为房东，责任重大，且不得不说，责无旁贷！于如今和平盛世，吾当居安思危，未雨绸缪，于更大恶性事件发生之前，当机立断，杀鸡儆猴！

因王离一家刻意辱骂他人，造成不和谐之声音，对被辱骂者亦是造成不可逆转之伤害，对市容市貌造成巨大之影响，对港城声誉造成巨大之污毁，对德治国家之建设造成巨大之阻力，对中华价值观之普及造成巨大之落后，对中华民族之伟大复兴造成巨大之障碍。故，我姜钦峰做如下告令，以代表全平江路之居民：

令，王离一家，火速逃离平江路！

钢笔在最后激动的颤动中滑落了下来。

浴

　　那天，王离从蒋秋英家所在的三楼心有余悸地走下来。在那之前，李秀明的脚踝拉扯着电线，电线拉扯着高架旁边的木桩，木桩又拉扯着高架子，高架子实在找不到什么可以拉扯的东西，只好茫然地倒在平江路上。等王离回到平江路上的时候，他看到高架平躺在平江路上，架子的腿已经和架子顶部的四方形脱离开来，四方形中间的横杠已经摔得断去了许多根，瓷砖碎了一地，裂开之处溅出许多碎屑，金属钢圈晃荡出来，在地上转了一会，停下。而他倾注了许多心血的"秘密"就像钢圈中间的小钢球一样，在路上滚着，永远不会停下来似的离他远去。

　　再后来，瓷砖碎片被清洁工人们扫走了，断开的横杠和那只钢圈出现在阿拐的自行车上，想必被兑换成了几张几毛钱的钞票，只有钢球掌握着自己的命运，跑到不知道什么地方去了。王离的家里留下的，只有一串五颜六色的小塑料灯泡。他把灯泡挂在一个铝合金架子上，从此灯泡再也没有闪过。

平江路上关于"秘密"是什么的大讨论就这样停止了。因为大家的诉求都得到了满足，譬如钱太太，她不用再担心平江路上出现什么怪物，老周也不用担心铝合金行业是不是出现了什么技术革命，姜子牙也心灰意冷，因为他笃定王离飞不出太阳系了。只有我一直记得那天王离一家吃晚饭的场景，我也一直念念不忘"秘密"究竟会是什么。在"秘密"浑身散架的那一刻，我失落极了。

直到有一天，我重新在"滋滋滋滋"的声响中听到了刺耳的"呲呲呲呲"的声音。我跑出去，看见王离手里又端着一块雪白的东西，切割机无情地削过它的表面，王离仔细地端着那块雪白的东西，控制着切割的曲率。

那是一块瓷砖。王离果然没有让我失望。

这一次，王离的工程缩水了很多，没有四方形的边框和高架，没有了圆形的钢圈和钢珠，自然也就没有办法在平江路上搭起两米高的高台。他有的只是一块又一块的瓷砖，这样也好，我这次想成为王离的战友，也没有再向任何人提起王离重新在制造"秘密"一事，因为我觉得平江路似乎有一种神秘的力量，哪怕王离的"秘密"只剩下这些瓷砖了，一旦被所有人得知，那么这些瓷砖照样也是要碎得体无完肤，就像上次一样。所以我决定谁也不要告诉。

在我的极不准确的印象中，蒋秋英装修完门面房的时候，王离放下切割的瓷砖，走过去看了一眼蒋秋英的新家。阿拐把那只甲鱼推到我的家里的时候，王离似乎也在切割瓷砖，他当时放下手里的活，抬头笑看着滑稽的阿拐。姜子牙神经兮兮地在平江路上晃荡的时候，似乎也还疑神疑鬼地注意到王离手里拿着瓷砖。当我们对着王小桃偷车的告示哈哈大笑的时候，王离那切割着瓷砖的切割机似乎又停下了一会。总之，在所有的时间里，王离好像都在不紧不慢地切割着瓷砖，所以我实在不知道，他到底花了多久来完成"秘密"。

只有一件事是我所能确定的，直到离开平江路的前一天，王离才做好了"秘密"。这是我所能确定的事情。其实在他快完成的时候，我们都可以看出来那是个什么东西了，一个巨大的容器，内部打磨得极其光滑，可以姑且看成是一个不伦不类的浴缸了。因为这个浴缸的外部是很不平整的，我看见它就可以料想到，当人的重心处在浴缸的不同位置的时候，浴缸会向不同的地方摇晃起来，就像是一张有一条腿短了一截的桌子一样。

我也说不清我看到这最终的"秘密"是什么心情，总之不是恍然大悟的快乐，因为我好像总觉得自己期待了这么久，它不该这么简单才对。

但是王离很开心，也很平淡，他们一家人一下子安静了很多，就好像离开平江路这件事情已经在他们的胃里反刍过了，消化完了，现在是坦然的接受。那天，王离就在为了浴缸的使用做准备，他打了很多热水。见到我们，就笑嘻嘻的，一改之前腼腆、不爱说话的常态，那天他碰到谁都说上几句话。

老周晚上非要带着王小李出去玩，老周提出这个要求的时候，王小李已经牵着老周的手，很是天真地抬起头来，看看李秀明，意思是征求妈妈的意见。李秀明点点头，他们俩便牵手出去了，回来的时候，王小李一跳一跳的，手里拿着一包薯条。

李秀明呢，晚上参加了夕阳座谈会，平江路上的女人们坐在一块，她们第一次关心李秀明的过去，而李秀明，也乐于和她们分享。当然了，李秀娥在一边，充当了翻译的角色。

"刚来的时候，我还以为你们两个是姐妹呢，李秀明，李秀娥，多像姐妹的名字。"老芳说。

"哈哈，其实不是，名字倒是很有缘分呢，要真有这么一个好妹妹倒是我的福分了！"李秀明说。

"怎么不是，就是姐妹了。"李秀娥很高兴。

"那你们又租在哪里了？那地方好不好。"钱太太问。

"地方么还好，就是两边的楼房都高，一年四季差不多都晒不到太阳。"

"哎呀，这晒不到太阳可不行啊，人和木头、草可都是一样的，要晒晒太阳。"蒋秋英有点替他们着急的样子。

"没事的，平时出去走走，衣服晒到别的地方，撑个架子就好了，睡觉么，反正也用不着太阳的！"钱太太似乎不想扫李秀明的兴。

"对，出来赚钱嘛，总是要出去送货什么的，家里待的时间也少。"李秀明有点伤感地看着店面，喃喃道，像是和自己说话似的。

"你们老家在哪里？"蒋秋英继续问道。

"江西的。"

"江西我是知道，我是说具体在哪里？"

"乡下，乡下。"她似乎不愿意说出来。

"那家里，爸爸妈妈在家里？"

"对，我爸妈在家，还有我大姐也在家里，王离的妈妈去世了，他家里就爸爸一个人，和他兄弟住。"

"家里的田不少吧？"

"也不多，就是种种，买菜什么的倒是不用了，有的多了就出去卖，我一直叫我爸爸不要出去卖了，就一点菜，卖不了多少钱，还苦得要死，主要是在路上走得久，我也不放心他。"

"哎，老人啊，都是这样，想自己赚一点，也是想减轻你的负担。我妈妈活着的时候，生病也不说，自己熬着，最后查的时候也晚了。"蒋秋英这天说话倒是出奇的冷静，没有像之前一样嘴皮子飞快。

"我爸爸妈妈想看看孙子，我准备让小李回去了。"

"啊，不是在这里上学吗？"

"回去上，不在这里上了。"

"诶，这里的教育质量好啊，老师也好，你该在这里上完，很多人都是这样的，在这里念书，回去高考，都考得很好的。"

"不了，在家里，爸爸妈妈照顾他，在这里，我和王离、王小桃没有空，看不了他，我怕……我怕他学坏，在家里大人管着，要好。"

"这里老师管得严，教的东西也多，你该……"蒋秋英好像真的替她焦急了。

可是李秀明呢，最后只是摇摇头，看来送王小李回去是他们决定了的，不想改变了。

后来，众人不知道为什么，一时间找不到话说，夕阳座谈会竟沉默了几分钟。这似乎是前所未有的事情，沉默之中，大家都是低着头好像在等别人说话，然后再认真地听，可是没有人说话。最后大家又出奇一致地抬头，看看对方，都笑了。

我们上楼之前，我还看见郑阿姨买了些零食给王小桃和王小李的，李秀明说不收，可最后还是收了。

妈妈也过去问王离，明天什么时候走，王离说早上八九点，大家都起来了就走吧。妈妈笑着回答："那还能道别呢。"说了，我们转身要走，已经走出去一段了，王离突然叫住我们："大姐，住在这里也要多谢你的照顾，平时这样那样的东西，没有少吃到你家的。"妈妈有些惊愕住了，平日里这样的寒暄，妈妈似乎是很能流利地应对的，因为所有人说起客套话来都没有放多少心思上去，可是王离说得就是格外地真，格外地不好意思。所以妈妈停了几秒钟，才说了一句："嗨，这些东西，谈不上的！"最后，我们走在楼道里，妈妈对我说："王离他们其实蛮好的，住在这里蛮好的，还不知道以后来个什么东西呢。"

晚上，我们一家还是那样，看苏州电视台的电视连续剧，没有人再谈论这件事情了。第二天，我是八点起床的，我没有看见王离，他们已经走了，我就问妈妈有没有看见，她说她是七点钟到楼下的，等她下来的时候，也没有看见王离。看来王离很早就离开了，将那些余下的不多的东西背在电动三轮车上离开了。现在，王离住的地方，蓝色的卷帘门已经拉了下来。孙友亮的门开着，孙友亮已经开始抽烟了。我家的门开着，妈妈已经准备去上班了。老周的门开着，到处堆着铝合金，电锯的声音已经在平江路上飘荡了。小马哥的水产店已经开了，鱼在水池里游来游去，小马已经在为一个买菜的人结账了。郑阿姨的店开了，花花绿绿的衣服摆得到处都是，公鸡在里面刷牙洗脸。那边的门面房是陈国平的车库，门开了，陈国平正在把自己车缓缓地倒出来，车后提示倒车的红灯亮了。姜子牙的车库也开了，他自己仍旧在路上游荡呢，只是不和别人说话罢了。生活没有什么变化，王离的蓝色的关闭着的卷帘门很扎眼，可是没有什么人看着它，只有我看着，整个平江路像是我的作文本上的一个句子，中间有一个错别字，我没有把它划掉，而是在它上面涂了一个墨团，将它掩盖了，这个墨团就是王离那蓝色的卷帘门。我为自己想出这个比喻句而开心。那一天的晚些时候，姜子牙拿着钥匙去把王离的卷帘门打开了，他可能已经盘算着如何把这个门面房租给下一个租户。卷帘门缓缓升起之后，里面已经空空如也，那些放置铝合金的架子、铝合金、切割机，都已经被王离陆陆续续搬到新的地方去，房间的里面，锅碗瓢盆也都不在了，只剩下那些固有的黑漆漆的油渍。本来狭小的空间一下子竟有些空旷起来，在这个空旷的空间里，只有"秘密"摆在那里，上面歪歪扭扭地缠着一圈塑料灯泡。据姜子牙说，"秘密"的底部沉寂了不少污垢，他还说，王离那家伙身上的垢不少呢。

仍旧是那一天，我看见老芳歪着脖子，在听收音机，我在外面也能听到一点收音机里面发出的声音，上面在说国道XXX和什么国道XXX正在堵车，车友朋友们最好绕道而行。我不明白老芳听这样的东西乐趣究竟是什么，因为她并不准备出门，这样两条路是什么，我们谁也不知道，在离平江路多远的地方，也没有人知道，上面是怎么堵车了，是一辆大货车接着一辆大货车的堵车，还是一辆私家车接着一辆私家车的堵车呢，还是面包车、私家车、大货车都堵在了一起，等待着前面的人移动呢？我们都不知道，知道了似乎也没有什么作用。可是老芳仍旧是听，歪着脖子，一只手托着腮帮。她还是挺好看的，就是老了很多，收音机里的人说话很冷静，时间就这样一点点溜走了，就在老芳托着腮帮的时候。

老周又去河畔撒尿了，每次这个时候，也不知道为什么，好像控制好了似的，王离也要去撒尿，可是这次是老周一个人去，他拉开拉链就撒。这时，小马哥也跑过来撒。老周喊了一声"早上好啊！"小马哥叼着烟呢，说不出话来，只好疯狂地点头。一会儿，那边的草地就湿漉漉的了。

老周一回来，就给孙友亮发烟，他拿出一支，孙友亮说："不，刚抽完。"老周喷的一声，还是那么惊天动地，孙友亮就收下了。

这么看来，打我认识平江路开始，平江路就一直都是这样的。

~

王离和王小桃勾肩搭背地走着，王离拎着一个热水壶，王小桃拎着两个，王离的嘴里还叼着一支烟，他们要去打水，今晚，他们要试试这个浴缸究竟怎么样。王离喷出一口烟，故意打在王小桃脸上，父子两个人都笑了。王离把烟从嘴里拿出来，放到王小桃的嘴前面，王小桃第一反应是把头往后一缩，可是接着就凑上去，王离拿着，王小桃吸了一口，当他也想喷出一口好烟圈的时候，咳嗽个不停，这下，王离笑得更加纯粹了。

九点光景，王离就把卷帘门拉了下来，把窗帘也拉上，洗澡的顺序，微微发生了一点变化。第一个洗澡的，还是王小李，浴缸被放在了屋子的中间，因为明天就要走了，东西都收拾得差不多了，所以房间看起来大了很多。王离把三壶热水都倒了进去，四周立马弥漫出来水汽，眼前一片迷蒙，看着这样宛如仙境的水汽，王小李很是快乐。接着王离继续把一盆一盆的冷水倒进去中和。他的手一开始触碰的时候，立马就条件反射着缩回来，冷水渐渐多了，他觉得水温和舒服了，手才在里面搅动。这个时候，王小李已经脱得赤裸裸的了，小小的身体扭来扭去，王离把儿子抱起来，把他开玩笑似的扔到水里去，水花溅了出来，王小李也爆发出一声兴奋的尖叫。接着，小李的身体一动，浴缸就晃荡起来，他发出了快活的笑声，孩子终究是这样，可以面对着简陋而快活。也许王离看着自己凹凸不平的浴缸，心里多是愧疚与苦涩，但是小李笑了，他也为之开心。这个时候，他去把挂在一边、被冷落了太久的一串灯泡拿过来，开始一点点缠在浴缸的四周，因为没有勾挂的地方，他只好用一些透明胶带将灯泡黏在上面。王小李坐在浴缸中，一下子安静下来，看着他的爸爸缠这些有趣的塑料小灯。这个时候，李秀明也停下了手中的活，颇具仪式感地看着王离，注视着那些小灯一点点连起来，围着她可爱的儿子一周。王小桃见他的爸爸完成了缠绕，就按下了开关，还不忘俏皮地把大灯关上了，一瞬间，空旷的屋子里跳脱出无数的精灵，红色的，紫色的，绿色的……光斑似乎围着四面的墙在走，在跳，王小李那被放大的剪影四处都是。王小李出奇的安静，他转着脑袋四顾，有点儿敬畏地看着自己的剪影在四围流转，看着那五颜六色的光做成的梦境。对他而言，他仿佛迷失在一场过于可爱的游戏里了，有点不知所措。

　　直到王离用手抄起一点儿水，泼在小李身上，他才猛地反应过来，开始了他的洗澡。他们和平时一样，用水打闹着，在浴缸里显然更加方便一点，王小李也可以用小手抄起水来，泼向王离，水撒出去的时候，七彩的光在水珠上分崩离析，迸溅出短暂的晶莹，连王离也不免多注视、思忖了片刻，对这些色彩，他又何尝不是感到新鲜呢。一番玩闹之后，王离开始很平静地给儿子身上划水，王小李似乎也累了，坐在那里感受温热的水流划过自己的身体。连墙上两人的影子也静默起来。

"爸爸，我要回老家吗？"

"对，回老家，怎么，你是不是不想回啊？"

"那什么时候回去。"

"过几天，妈妈就陪你回去一趟。"

"妈妈也回去吗？"

"妈妈也回去，只不过把你送回去之后，妈妈再回来。"

"哦，我有点不想回去。不过，回去也行。"

"你不想外公外婆吗，还有奶奶，他们可是很想你呢，你不想他们吗？"

"想，只是……"

"想的话，你快要见到了。"

"嗯……家里的黄黄现在很大了吗？"黄黄是一只狗的名字。

"外公说已经跑得很快了。"

"嘻嘻……"王小李想到家里的狗，不禁笑了起来。

"你回去也可以看见黄黄了。"

"嗯，那我要在老家读书了，对吧？"

"对，你会有新同学。"

"爸爸，我们必须离开这里吗？姜子牙伯伯为什么非要让我们走。"

"因为，因为……爸爸也不知道，我猜他的这个房子又有用处了吧。"

"他不是在欺负我们吗？"

"没有，没有人在欺负我们。"

"老家的同学也不会欺负我们？"

"不会，没有人欺负我们，他们都很好，你看童童妈妈、蒋阿姨，包括郑阿姨刚刚给你买的零食，对不对，没有人在欺负我们，他们对我们都很好。"

"对，那我回家了，你们在这里。"

"对。"

"你们什么时候回来？"

"过年的时候我们就回来，哥哥还要和你放鞭炮呢。"

对话的几分钟里，水从热的变成了温的，小李被王离抱了出来。李秀明立马拿了干的毛巾去给他擦身体。王小李的身体就在她的双手之间，李秀明似乎感觉一阵清冽，一阵鼻酸。王小李还这样的小，这样的纤弱，他的身体洁白、清香、纯洁，这是多么可爱的存在。

王小桃这次第二个洗澡，因为这时候水还是挺干净的，浸在水里，他确乎感到了无比的舒适，他开始漫不经心地把水抄在自己的身上，与其说在洗澡，不如说在感受水波的震动，因为他的身体每动一下，浴缸就跟着晃动，他倒不会像小李一样故意去制造这种晃动来达到好玩的效果，他什么也没有想，什么也没有刻意做，只是任凭浴缸操控他自己。浴缸对他来说不是那样宽敞，他的膝盖有点弯曲。那塑料的灯光对于他的意义，和对小李很不相同，他没有自己的弟弟的那种兴奋，在这跳动的灯光里，他也找不到什么梦一般的浪漫，他只是觉得似曾相识，觉得灯光天旋地转，缠绕着自己，他突然有点儿恶心，便闭上了眼睛。这时候，身体的劳累终于一点点消散，他觉得自己像是被无数个部分拼接起来的，现在正在散架。他真的很累了。

王离在看电视，而坐在一边的李秀明则看着自己的大儿子，看着他闭着眼睛，躺在这个凹凸不平的浴缸里，这让她突然感觉到愧疚。没有让他继续读书，而是小小年纪就开始干活，他的世界已经如此狭隘了。他只能每天面对着铝合金、电锯、火花这样的东西，而不像王小李，在读书，在面向一个更加大的世界。王小桃的命运的轨迹已经被她和王离的决定残忍地截断了，他不可能穷途末路，他可以一辈子骑着那辆电瓶车生活，但也没法歌舞升平，没有女人会奋力地扑进他的怀抱，这是一条多么无聊的轨迹啊，就像这个充满力量的身体，被框在这个小小的浴缸里面，就连那一点点绚烂的灯光都会让他不知道如何应对，也许在不远的过去，他也曾疯狂地爱恋这个世界的五彩斑斓的灯光，可是一张告示已经勒在他的眼皮上，让他疲惫得睁不开眼睛。

在王离提出让王小李回去的时候，李秀明第一个想到的是该让王小桃回去了，他不该在这个由水、混凝土和我们手中的铝合金制造的世界里。最该回去的人是他，可是王离还不明白。

等王离进入到水中的时候，温水已经变成了凉水，上面铺着一层男人皮肤的油花，他进到水里，也能卷起许多儿子们身上的污垢。在这样几乎没有温度的水里，也不能称之为享受了，王离真的只是在洗澡而已。王小桃已经睡到了小李的旁边，可还没有躺着，而是靠着坐着，不知道在想什么心事。王离拿毛巾在自己的皮肤上猛烈地摩擦，一条条污垢纷纷落在水里，他也毫不在乎，他在水里激烈地摆动着，伴随着的就是浴缸更加猛烈的晃动，洗澡水不时溅出来，有时候瓷砖嗑在地面上，也能撞出声响来。王离在晃动中扶着浴缸的沿子，对他来说，这凹凸不平的底部更加不是什么好玩的设计，完全就是洗澡的阻碍而已。等他用力地擦完身子，终于也安分下来，他坐在浴缸里，刚才还似乎不存在的灯光，现在迷蒙地进入他的眼睛。他已经说不清自己为什么要买这样一串灯泡，他只是看看灯光，又看看那一副在各种灯光下的自己的身体。

李秀明听见王离洗澡的时候唱起歌来，她听不懂在唱什么，也许是调子完全给他唱跑了，王离不是一个唱歌的好手。他们结婚之前，王离在老家撑着一只小船给她唱歌，她和姐姐两个人听着，笑在一起，李秀明姐姐说，没有听过这样难听的歌声呢，不过，妹妹，你倒是可以嫁给他。她躲在姐姐的身后，看着这个在江西的河流上的男青年，赤裸着上身，不好意思地笑着。没有想到，快二十年过去了，他们在张家港，虽说靠着长江，却处处都是水泥和玻璃的地方，他们不知不觉已经在这水泥之间徜徉了这么多年了。像两条鱼，离开家乡的水，可是这里的长江没有属于他们的水，他们在干旱里也活了这么久了。现在呢，王离在冷冷的水里坐着，身体被他自己擦得通红，歌声也停了。王离一下子从水里蹦出来，全身都是通红的，毋庸置疑，他干净了很多，他胡乱把身体弄干了，甩甩头上的水，在屋子里走了几步，显然他自己也不知道走到哪里去。

王离把脏水都倒了，重新给李秀明倒了洗澡水，水不是很多，可是水汽重新蒸腾了起来，叫人很有洗澡的欲望。王离说："你不是一直想要一个浴缸来洗澡吗，过来吧。"李秀明一件一件脱去了衣服，她着实感受到了很大的不同，水流过身体，不做停留，和浸在水里是很不一样的。浴缸有着更多的快感。她一开始什么也没有做，就是闭着眼睛，享受着热的水流。

当她的眼睛睁开，被四面梦幻的灯光充满的时候，她突然觉得怅然若失，一时之间分不清过去与现在，真实和虚幻。在这个屋子里住了多长时间已经记不清楚了，明天就要离开，而此时此刻的自己还在这温存的水里，面对着一墙壁有点荒唐的灯，生活的一切都是这样不合逻辑。她又要坐上三轮车，匆匆离去，就像二十年前和王离一起坐上来张家港的大巴，上面充斥着现在都能回忆起来的臭味。大巴的颠簸和现在浴缸里水的颠簸让她的意识也有些颠簸了，她觉得自己的人生就是这样颠簸着，每一次的迁徙都充满无奈和虚无。而这满墙的灯光让她有点儿感动，似乎是她漂泊一生的支点，让她笃定着，王离还是那个在江上唱歌的青年，只是时间流逝了，他变老了。而这支点甚至比江上的船篙还要轻薄，还要幻灭。

李秀明看见王离走到浴缸的边上来，看着自己，眼神是凶猛和柔情的总和。而他的脸也正躲在那些忽明忽暗的灯光下，有时泛红，有时又是诡异的蓝色，也有一些零星的间隙，是暗淡的。

"你为什么要买这个灯泡嘞？"李秀明问。

"你看这好看吗？"

李秀明抬头看了一圈，她笑了，有一种想哭的冲动，这个时候，她感觉到王离的手在自己的肩膀上，粗糙的手掌开始黏上自己身上的水珠，手从肩部丝丝入扣地滑到背部，欲望又克制又疯狂。想哭的冲动更烈了。

"明天我们早点走吧。"李秀明似乎微微地噙了一点泪水，所以不看王离说道。

"几点？"

"五点就差不多了。"

"这么早吗，我倒还和他们说八九点我们才走。"

"算了，还是早点走吧。"

"也好啊。"

"这个浴缸，你打算带走吗？"李秀明重新开始注视王离。

"浴缸还带吗？算了吧。"王离的手仍旧在她的背上，他看了一眼这个凹凸不平的浴缸，笑了笑。

"我们拿不下？"

"是啊，明天大家都得走，况且新租的地方就有个小淋浴间了，算了吧……"王离盯着李秀明的身体，说道。

"好。就可惜你弄了这么久了。"说着，李秀明想起身了。

王离笑了一下，拿着浴巾过来裹向李秀明的身体，帮她掖干身子。等李秀明双脚都踏出了浴缸，她说："这东西，我倒是挺喜欢的。"说着，她把湿漉漉的头发靠在王离的脖子上，王离给她擦身子的时候，嘴里抿着几丝头发。

王小桃看到，李秀明起身的那一刻，身体的剪影一下子在墙上被奇怪地放大，那是一个和男人身体的剪影所不同的形状。突然之间，那些五颜六色的闪动的灯光，那些若有似无的熟悉的感觉，一下子穿进他的眼睛和意识里面。

他的脑子热得浑浊不清，那些相似的意象在他的大脑里重叠起来。先是网吧里闪动的光，同样是布满了各种各样的颜色，那个女店主，穿着很短的裙子，她的臀部被一个来上网的青年无情地玩弄了一瞬间。那些路边的洗头店，门口总有着紫色的旋转的灯柱，似乎一直盘旋在他颅内的沟壑里，那里的女人们，在花花绿绿的灯光下面聊天，她们要的东西很简单，就是金钱，但是他恰恰没有。还有那胡同里冷清的路灯，路灯下面是周志军的手，藏在狐狸的衣服里面。最后的最后，是电脑的屏幕上，每一个光点都射出光线，拼凑出流动的图画，关于性，在电脑里，欲望可以产生接着产生，不需要有短暂的灭亡。所有这些关于灯的记忆，终于在王离关上开关那一刻，死亡了。

如果没有警察来抓你，你会偷那辆车吗？

这是弟弟问自己的话，那一天王小桃回答弟弟，我不会偷的，我当时脑子发热了。王小桃在得知王小李学校的纠纷之后，心脏仿佛被四围笼上来的一张网缚住，网越收越紧，血管迸裂。在那之后，他第四次去到那个网吧的楼下，可是他没有上去，他站在工厂前面废弃的草地上，到处遍布着肮脏，他在问，是什么让我必须要离开。是姜子牙，他写了那一篇文章把我撵走。他站在姜子牙的身后，盯着他背在背后的两只手和秃顶的脑袋，他的手里恰好是一个酒瓶子，他毫不迟疑地走上去，酒瓶子怦然破碎。是陈国平，他非要让姜子牙赶走我的，他看见陈国平下班停完车，关上车门走出来，看见他也满不在乎，恰好他的手里有一把刀，陈国平的腹部转瞬间红色蔓延。是陈星，是他把纠纷带到学校才引起了一切，他出现在陈星放学的路上，独自走在跑道上，就在王小李被欺负的地点，他恰好有一个塑料袋，塑料袋里有限的氧分即将和陈星一起耗尽。是秦桂，他把那张该死的纸贴在平江路上，他骑着一辆摩托车跟在秦桂的摩托后面，他猛地加速，秦桂人和车通通散架了。是周志军，不声不响地骑走了自行车而不告诉自己。他跟在周

志军左右，狐狸在周志军怀里，他们站在阴黑的弄堂里，高空
掉下一块石头。是自己……

王小桃在那片草地上颤抖，挥舞拳头，被他击打的唯独只
有空气。报复的火焰虚无缥缈，与他敌对的东西太多了，他挥
舞拳头，疯狂地挥舞，最后，倒在肮脏的泥土里。被驱逐的羞
耻栖息在草地上的每一点绿色里面。

如果没有警察来抓我，我会偷那辆车吗？

手机店门口的性感女郎还在跳舞，一刻都没有停止，王小
桃在自行车堆里游走，解开了一辆，拿走了一辆，背在背上，
疯狂地奔跑，周围没有警察，路人没有看见自己，王小桃会疯
狂奔跑，跑，跑，跑到一个没有灯光，没有女人，什么都没有
的地方。放下车。

王小桃的脑子，温度还是很高，可是慢慢降低了。

我会，我会偷！

火速逃离平江路

等我要上初中的时候，妈妈说："大新这里外地学生太多了，整天打架抽烟，你去市里上学吧。"于是我就被弄到了市区的初中去了，因为离得很远，我只能住在学校的宿舍里，没承想，小小年纪，我就开始了羁旅生涯。之后的平江路，对我来说就成了一周只能见一次的地方了，高中也是这样。等我上了大学，平江路就更陌生起来。

每个周日下午，我都要回学校。每次坐在车的后座，一家家门面房都开始变小了，每一个人都开始变小了，蓝色的写了"平江路"三个字的路牌也开始变小了，终于在拐角的地方消失不见。这个时候，我的脑子里就要冒出很多很多东西，小马哥的在奋力奔跑的甲鱼，老周的香烟，拐子的易拉罐，还有那个缠着塑料小灯的"秘密"。有时候我兀自去思考，在没有摔烂之前，王离究竟想做一个什么样的浴缸。思考的结果是没有什么不同，只是那个浴缸会镶嵌在一个很高的架子里面，然后那些钢圈和珠子会让浴缸转动起来，随之而起的是那一闪一闪的，梦一样的灯光。在那里面洗澡，也许就像坐一场旋转木马一样好玩。但是这原先的"秘密"终究是没有做成的，我也无法得知它到底会是什么样子，我能知道的就是它摔得稀巴烂了。在初中的那几年里，我们为了写好一篇作文，就会背各种各样奇怪的句子，有一句说"悲剧就是把美的东西摧毁了给人看"，这句话也被各种各样奇怪的同学放在了各种各样奇怪的地方。我看到这句话就想到"秘密"，我深知生活中的绝大多数事情还上升不到作家们所说的悲剧和喜剧之列。但光是你心爱的人和东西，被人漠视，被人欺负，被人摔得稀巴烂，就够叫人难过的了。

我以为这些东西都会过去，可事实证明，这些事情深刻地印在我的生活里，特别是那个下午，姜子牙匆匆跑过来，手里拿着一张泛黄的写满了字的纸张，他太兴奋了，挥手，让每一个人都过来，可是没有什么人理他，但当他开始读那张纸的时候，平江路的人就都聚了过来。

老实说，我真的记得太清楚了。那天，姜子牙一本正经地站在王离家的门口，门里面，王离和王小桃放下手中的活，蹲在那里，李秀明坐在一张小凳子上，牵着王小李。老周和孙友亮抽烟，站在一边，老芳和毛牛在一旁，蒋秋英挽着钱太太赶过来，我爸妈带着我离得稍远一些。另一边，小马一家站在一起，李秀娥抱着马逸云，郑阿姨也出来了，远处，陈国平在默默地看着这一切。后头的柳老师从家里走出几步，向这里观望，大柳先生闭着眼睛躺在藤椅上。

这个时候，姜子牙举起手里的纸，声音沙哑，带着一点滑稽的戏腔，大声朗读起一些半文不白的文字来，总让人听不大懂，所以大家都紧紧地皱着眉头，而他读得非常用力，中途竟有些气短。我记得那些难懂的文字里有长江，有张家港，有大新，也有平江路，可是在他的朗读中，这些我最熟悉的东西都显得陌生。

这个时候，姜子牙冷笑了一下，朝王小李招招手，王小李很害怕，李秀明把他的手抓得更加紧了。姜子牙招招手，说："没事，过来把剩下的读了，伯伯我看看你认字多不多了。哈哈，不要怕。"

王小李呆滞地走了过去，拿起纸开始读，其中有几个不认识的字，停顿了，可是姜子牙好像已经背出来，在他停顿的地方流利地接上去。

王小李的声音充满了无邪的稚气：

因王离一家刻意辱骂他人，造成不和谐之声音，对被辱骂者亦是造成不可逆转之伤害，对市容市貌造成巨大之影响，对港城声誉造成巨大之污毁，对德治国家之建设造成巨大之阻力，对中华价值观之普及造成巨大之落后，对中华民族之伟大复兴造成巨大的障碍。故，我姜钦峰做如下告令，以代表全平江路之居民：

令，王离一家，火速逃离平江路！

所有人的脸色都很平静，王离更是死一样的平静。王小李拿着那一张飘零的纸，眼睛睁大了看着姜子牙，姜子牙依稀的头发也飘零，但并不看着王小李。王小桃拳头攥紧了，可是目光很是无力。

我不记得具体的天气了，好像是晴天，青草就是青草的绿色，花朵就是花朵的鲜红，太阳具有太阳应有的耀眼，树木具有树木应有的安静，有一只狗叫了几声，反而更加安静。

后　记

　　后记里最要紧的事情我要第一个去做，曾经我给自己定下一个极其私人的写作规范，就是凡有引用，都要力争注明出处，可能这与我做科学也有关系，科学的论文引用自然是半点马虎也不能掺杂。但我想，写小说也是如此，我相信小说这种文体自诞生以来，发展至今，已历经无数的革命，小说家为了创新也挤出了无数酸苦的脑汁，我拙劣的大脑能想到的所有形式和情节，恐怕多少已被前人涉猎过，现在多数小说匠所作的文章无非是在小说之林里添一些肉眼尚不可见的杂草。能在里头种一棵树何其的难，但和做科学也很相仿，你要走过这片森林，阅尽无数的树木，找到一个还算偏僻，也勉强有些养料的地方，然后再种。说通俗一点，就是要站在巨人的肩膀上，既然你都站在巨人的肩膀上，让别人扛着你臃肿平庸的才思，何不站得光明正大一点。

以下，便是《火速逃离平江路》的借鉴：

1. 小说全篇的结构，以及我本人叙写生长之地的动机，都来自《米格尔街》，所以我也采用了短篇的形式，一篇一人，互相穿插。只是本书加以一些改变，将人物用一件核心之事深入地串联了起来，厚着脸皮地说这是长篇。写完之后，我每每再读《米格尔街》，总心生惆怅，感慨其轻盈灵动，我很难望其项背。

2. 目录中，有重复的标题，我隐约觉得自己借鉴了米兰·昆德拉，为了写后记，又做了一次考证，譬如在《玩笑》《笑忘录》中确实有标题重复的先例。

3. 小标题中，《控制的极限》取自于贾木许的电影《控制的极限》，两者没有实质联系，只是取其名字。

4. 婷婷这一名字，和在第二个控制的极限中她的一段思想独白，是我对导演杨德昌和他的伟大作品《一一》的致敬。

5. 对姜子牙这一人物的第三人称描写，我疑心自己想模仿彼得·汉德克，譬如他在《守门员面对罚点球时的焦虑》一文中的写法，但是为了情节能流畅地运行，模仿得很不彻底，有些东施效颦。

6.《群贤毕至》中柳老师对学生的审问，灵感来自《莽丛中》。

7. 小说英文名——*The Great Pingjiang Road*，灵感来自《了不起的盖茨比》。

8. 书中许多语句，比如"充满了快活的空气"，"放了道台，娶了三房姨太太"等，我列不全了，读者读到，大可以当作是我对鲁迅先生光明的抄袭和发自心底的致敬。

我自己所想的，大概是这些，倘若你们觉得还有别处存在借鉴之嫌，我属实是不知道。既然我不知道，而且我很有写引用的心思，那么从康德的道德观上来说，我已经脱了干系了。

当然，我引用最多的是我的生活，是我将近十几年记忆重叠的幻影。《火速逃离平江路》写于二〇一八年寒假里，当时我正在家，构思出一个大致的框架，整天坐在书房里只是写。吃饭后散步，就要下楼，一下楼，就是那一条被我化作平江路的街道舒展在面前，隔壁的两家铝合金照旧"呲呲呲呲"地响，水产店里客人往来不绝，晚饭过后，我母亲还要去邻里家门口参加女人们的聚会。一见此番景象，我愈加写得亢奋，这样一来，一天一万字，半个月就写成了初稿。

但是书中的几多真，几多假，几多时空的杂糅，几多无端的编造，都不重要了。因为我深有自觉，小说一旦离开作者的笔，无论从什么角度来看，都进入了下一个范畴，我对它全然失去了控制，也无心对读者加以干预。

另，我很感谢在我创作和修改之中陪伴我的人，其中，单独拎出来的应当是我的朋友轶程，他很花了些工夫，为《火速逃离平江路》画一组插图，只是读者暂时没有法子看到。